KB118123

어렴풋한 부티크
124개의 꿈

인문 서가에 꽂힌 작가들 ↘
조르주 페렉 선집 7

어렴풋한 부티크

124개의 꿈

조르주 페렉 지음

조재룡 옮김

문학동네

김호영

한양대학교 프랑스언어문화학과 교수

조르주 페렉 선집을 펴내며

조르주 페렉은 20세기 후반 프랑스 문학을 대표하는 위대한 작가다. 작품활동 기간은 15년 남짓이지만, 소설과 시, 희곡, 시나리오, 에세이, 미술평론 등 다양한 장르를 넘나들며 전방위적인 글쓰기를 시도했다. 1982년 45세의 나이로 생을 마감할 무렵에는 이미 20세기 유럽의 가장 중요한 작가 중 한 사람으로 평가받았다. 시대를 앞서가는 도전적인 실험정신과 탁월한 언어감각, 방대한 지식, 풍부한 이야기, 섬세한 감수성으로 종합적 문학세계를 구축한 대작가로 인정받았다.

　　문학동네에서 발간하는 조르주 페렉 선집은 한 작가를 소개하는 것에서 한 걸음 더 나아가 독자들의 기억에서 어느덧 희미해진 프랑스 문학의 진면목을 다시금 일깨우는 계기가 될 것이다. 특히 20세기 후반에도 프랑스 문학이 치열한 문학적 실험을 벌였고 문학의 새로운 지평을 개척하기 위해 각고의 노력을 기울였다는 사실을 생생히 전해주는 소중한 자산이 될 것이다. 근래에 프랑스 문학이 과거의 화려한 명성을 잃고 적당한 과학상식이나 기발한 말장난, 가벼운 위트, 감각적 연애 등을 다루는 소설로 연명해왔다는 판단은 정보 부족으로 인한 독자들의 오해에서 비롯된 것이다. 지난 세기말까지도 일군의 프랑스 작가들은 고유한 문학적 전통을 이어가는 동시에 그것을 뛰어넘기 위해 다양한 글쓰기를 시도해왔다. 그리고 그 최전선에 조르주 페렉이란 작가가 있었다.

이번 선집에 수록된 작품들, 『잠자는 남자』『어렴풋한 부티크』『공간의 종류들』『인생사용법』『어느 미술애호가의 방』『생각하기/분류하기』『겨울 여행/어제 여행』등은 페렉의 방대한 문학세계의 일부를 이루지만, 그의 다양한 문학적 편력과 독창적인 글쓰기 형식을 집약적으로 보여주는 중요한 작품들이다. 이로써 우리는 동시대 사회와 인간에 대한 그의 예리한 분석을, 일상의 공간과 사물들에 대한 정치한 소묘를, 개인과 집단의 기억에 대한 무한한 기록을, 미술을 비롯한 예술 전반에 대한 해박한 지식을 만날 수 있다. 20세기 후반 독특한 실험문학 모임 '울리포OuLiPo'의 일원이었던 페렉은 다양한 분야와 장르를 넘나들며 문학의 영역을 확장하는 데 도움이 될 만한 기발한 재료들을 발견했고, 투철한 실험정신을 발휘해 이를 작품 속에 녹여냈다. 그러나 그가 시도한 실험들 사이사이에는 삶의 평범한 사물들과 일상의 순간들, 존재들에 대한 따뜻한 시선이 배어 있다. 이 시선과의 마주침은 페렉 선집을 읽는 또하나의 즐거움이리라.

　　수많은 프랑스 문학 연구자들의 평가처럼, 페렉은 플로베르 못지않게 정확하고 냉정한 묘사를 보여주었고 누보로망 작가들만큼 급진적인 글쓰기 실험을 시도했으며 프루스트의 섬세하고 예리한 감성을 표현해냈다. 그 모두를 보여주면서, 그 모두로부터 한 발 더 나아가려 했던 작가. 20세기 중반 이후 서구 작가들이 형식적으로든 내용상으로든 더이상 새로운 것을 만들어낼 수 없다는 자조에 빠져 있을 때, 페렉은 아랑곳하지 않고 문학의 안팎을 유유히 돌아다니며 '익숙하면서도 새로운' 무언가를 만들어 독자들 앞에 끊임없이 펼쳐 보였다. 페렉 문학의 정수를 담고 있는 이번 선집은 20세기 후반 프랑스 문학이 걸어온 쉽지 않은 도정을 축약해 제시하는 충실한 안내도 역할을 해줄 것이다. 나아가 언젠가부터 새로움을 기대하기 어려워진 우리 문학에도 분명한 지표를 제시해줄 것이다.

일러두기

1. 이 책은 아래의 원서를 한국어로 완역한 것이다.

Georges Perec, *La Boutique obscure 124 rêves*(Les Éditions Denoël, 1973). 2015년 판 (*Georges Perec, La Boutique obscure 124 rêves*, Gallimard, Collection L'Imaginaire)도 참조했다. 편집상 미세한 차이가 나는 경우에는 초판본을 따랐다.

2. 여기에 실린 주석은 모두 옮긴이주이다.

3. 원서에서 « »로 강조된 곳은 " "로, 대문자나 이탤릭체로 표시된 곳은 고딕체로 표시했다. 콜론과 세미콜론으로 연결된 부분은 그대로 남겨두었다.

누르[1]에게

현실이 아무것도 아닌
현실이라고
내가 생각하는데
어찌 내가 믿겠는가
꿈을 꿈이라고[2]

자크 루보[3]와 사이교 법사[4]

1 누레딘 메크리(Noureddine Mechri)의 약칭으로, 페렉과는 의형제를
   맺은 사이였다. 약칭 'Nour'는 유대인 전통에서는 아브라함 고향의
   성서적 이름을 의미한다. 다프네 슈니체(Daphné Schnitzer), *Entrer
   dans la Boutique obscure*, in *Etudes romanes*, N° 46, 2000, p.185.
   페렉은 1953년과 1954년 에탕프의 고등학교에서 동급생인 자크
   르데레와 누레딘 메크리를 만났다.

2 puisque je pense
         que le réel
   n'est réel en rien
         comment croirais-je
         que les rêves sont les rêves.

   자크 루보(Jacques Roubaud), *Mono no aware*, Gallimard, 1970.
   14세기 일본의 단카를 루보가 번역한 책에 등장하는 대목이다. 루보의
   번역은 단카의 5-7-5-7-7(총 31자) 운율을 그대로 살리지는 않았다.
   페렉은 행의 배치를 조금 수정해 루보의 번역을 그대로 실었다. 다프네
   슈니체, 앞의 글, 196쪽 참조.

3 Jacques Roubaud(1932~). 시인, 번역가, 수학자. 울리포의
   멤버였으며, 시, 산문, 전기, 에세이 등 상당수의 작품을 발표했다.
   울리포의 제약 개념을 활용하고 수학을 글쓰기에 응용했다.

4 Moine Saigyo(1118~1190). 헤이안시대의 승려이자 와카 작가(歌人).
   흔히 '사이교 법사'로 불린다. 여행하며 시가를 읊은 방랑 시인이었으며,
   무로마치시대의 소기(宗祇) 같은 렌카 작가 및 에도시대의 마쓰오 바쇼
   같은 하이쿠 작가들에게 영향을 끼쳤다.

서문

모든 사람이 꿈을 꾼다. 어떤 이들은 그 꿈을 기억하고, 이보다 적은 이들이 꿈을 이야기하며, 고작 몇 사람만이 꿈을 옮겨 적는다. 그렇긴 하지만, 오로지 꿈을 왜곡할 뿐이라는 (그리고 분명 우리 자신도 이와 동시에 왜곡될 것이라는) 사실을 아는데도, 우리는 왜 그것을 옮겨적는 것일까?

나는 내가 꾼 꿈들을 기록할 수 있다고 생각해왔다: 나는, 아주 재빨리, 이미 내가 오로지 내 꿈들을 적기 위해서만 꿈을 꾸어왔다는 사실을 깨달았다.

지나치게 꾸어진, 지나치게 다시 읽힌, 지나치게 쓰인 이 꿈들을 텍스트들, 다시 말해―두 눈을 뜬 채―쫓아가는 일만 내게 남겨진 이 "왕도"[1]의 문 앞에 선물로 놓인 텍스트의 뭉치가 되게 하는 게 아니라면, 대관절 내가 그후로 무엇을 기대할 수 있었겠는가?

이 꿈들을 필사하며, 이후 집필하며, 내가 다소간의 통일성을 추구해왔으므로, 활판 작업과 조판 작업에 관해 다음과 같이 정확한 설명을 제시하는 게 불필요한 일로 보이지는 않는다:

—줄바꿈은 꿈에서 느낀 그대로의 시간, 장소, 감정, 기분 등등의 변화와 관련된다;

—굵은 표시는 예외적인 경우에만 사용했는데, 각별하게 도드라진 꿈의 어떤 요소를 나타낸다;

—문단 사이의 크고 작은 여백은 깨어나 잊어버렸거나, 혹은 해독할 수 없게 된 대목들의 크고 작은 중요성과 관련된다;

—/ / 기호는 자발적인 삭제를 나타낸다.

1 "꿈의 해석은 정신의 무의식적 활동을 알게 되는 왕도이다." 지그문트
   프로이트, 『꿈의 해석』, 김인순 옮김, 열린책들, 2003, 699쪽.

차례

키 측정기

몇 시간을 임의로 머물러야만 하는 측정기(명칭이 생각나지 않는다: 메트로놈, 가늘고 긴 막대기). 늘 그랬던 것처럼. 옷장(은닉 공간 둘). 연극 공연. 굴욕. ?. 자유재량.

여러 사람이 함께 있는 어떤 방이다. 어느 구석에 키 측정기 하나가 있다. 나는 알고 있다, 그 아래서 몇 시간을 서 있어야 한다고 내가 위협받고 있다는 것을; 그것은 진짜 육체적인 형벌이라기보다는 오히려 극도로 불편한 어떤 신고식이다, 그 이유는 측정기 위쪽을 붙잡아주는 게 아무것도 없어서, 결국, 몸이 오그라들 위험이 있기 때문이다.

늘 그랬던 것처럼, 나는 꿈을 꾸고 있다, 그리고 늘 그랬던 것처럼 나는 알고 있다, 내가 어느 수용소에 있는 꿈을 꾸고 있다는 것을. 그게 정말로 수용소인 건 아니다, 물론이다, 그것은 어떤 수용소 이미지, 어떤 소용소 꿈, 어떤 수용소-은유, 친숙한 하나의 이미지일 뿐이라는 사실을 내가 알고 있는 어떤 수용소다, 마치 내가 지칠 새도 없이 매번 같은 꿈을 반복해서 꾸기라도 해온 것 같은, 마치 내가 다른 꿈은 절대로 꾸지 않기라도 해온 것 같은, 마치 내가 이 수용소 꿈을 꾸는 것 외에는 아무것도 하지 않았던 것 같은.

이 키 측정기의 위협이 우선은 그 안에 수용소의 모든 공포를

어렴풋한 부티크

담고 있기에 충분하다는 데서 비롯된다는 사실은 뭐로 보나 명백하다. 다음으로, 그게 아주 끔찍해 보이지는 않는다. 더구나, 나는 이 위협에서 벗어나는 중이다, 위협은 실현되지 않는다. 그러나 정확하게는 이 모면받은 위협이 수용소라는 가장 분명한 증거가 된다: 나를 구출해주는 것, 그것은 오로지 고문 집행자의 무관심, 고문을 하거나 혹은 하지 않을 그의 자유일 뿐이다; 나는 온전히 그의 자유재량에 내맡겨져 있다(내가 이 꿈에 내맡겨진 것과 정확히 같은 방식으로: 그러니까 나는 알고 있다, 기껏해야 이것이 한 편의 꿈이라는 것을, 그러나 나는 이 꿈에서 벗어날 수가 없다).

두번째 화면은 이 주제들을 아주 조금씩만 변주해 다시 취한다. 등장인물 두 명(이 중 한 명은 의심할 여지 없이 나다)이 어떤 장롱을 열고 있는데 거기에는 은닉 공간이 두 개 마련되어 있으며 수용자들의 재물이 잔뜩 쌓여 있다. "재물"이라는 말에서 이해해야만 한다, 이것이 소유자들의 안전과 생존 가능성을 높일 수 있는 온갖 종류의 물건들이라는 것, 그리고 생활필수품이거나 교환가치를 가진 물건들이라는 것을. 첫번째 은닉 공간에는, 모직 옷들, 낡고, 좀먹고 색 바랜, 엄청난 양의 모직 옷이 들어 있다. 두번째 은닉 공간에는, 돈이 들어 있으며, 이중 잠금장치가 설치되어 있다: 장롱 선반 중 하나는 속이 파여 있고, 선반 덮개는 작은 책상의 뚜껑처럼 위로 들어올려진다. 그러나 이 작은 은닉 공간은 믿을 만하다고 판단되지 않는다, 그래서 나는 거기서 돈을 꺼내려는 목적으로 이 은닉 공간을 가리고 있는 장치를 들어올리는 중이다, 바로 그때 누군가가 들어온다. 수용소의 장교다. 그 즉시 우리는 깨닫는다, 어찌 되었건, 이 모든 게 부질없다는 것을. 그리고 이와 동시에, 명확해진다, 죽는 것과 이 방을 나가는 것이 똑같다는 사실이.

    세번째 화면은, 내가 거의 완벽할 정도로 잊어버린 게 아니라
면, 이 수용소에 이름을 하나 부여할 수도 있었으리라: 트레블링카,
혹은 테레지엔부르크, 혹은 카토비체[1] 같은. 연극 공연은 아마도 〈테
레지엔부르크의 레퀴엠*Requiem de Terezienbourg*〉(『레 탕 모데른*Les Temps mo-
dernes*』지誌[2], 196호, …~…쪽)이었을 것이다. 삭제된 이 일화의 교훈
은 보다 오래전의 꿈들과 관련되어 있는 듯하다: 연기를 하면서 우
리가 (이따금씩) 구출되기도 한다는……

1 '트레블링카(Treblinka)'는 폴란드에 있던 유대인 수용소이다.
   '테레지엔부르크(Terezienbourg)'는 강제수용소가 있던
   '테레지엔슈타트'를 의미한다. '카토비체(Katowize)'는 유대인 집단
   거주지였던 폴란드의 도시 '카토비체(Katowice)'의 오기일 수 있다.
   카토비체에는 강제수용소가 없었지만 그 부근에는 40여 개의 크고
   작은 수용소가 있었다. 다프네 슈니체, 앞의 글, 192~193쪽. 『어렴풋한
   부티크』의 꿈 124개는 유대인 수용소에 관한 꿈에서 시작해 유대인
   수용소에 관한 꿈으로 끝맺는다.
2 1968년 5월은 68혁명으로 파리 곳곳에서 시위가 벌어지기 시작한
   시기이자 『레 탕 모데른』에서 이스라엘과 아랍 간의 갈등과 충돌을
   주제로 특별호를 발행한 달이기도 하다. 다프네 슈니체, 앞의 글,
   190쪽.

게임 타일

오로지 "빈정대는"으로 특징지을 수 있을 웃음을 지어 보이며, 그녀는 바로 내 앞에서, 어떤 낯선 남자에게, 수작을 걸기 시작했다. 나는 아무 말도 하지 않았다. 그녀의 계속되는 행동에, 결국 나는 방을 빠져나왔다.[1]

나는 내 방에 있다, A.와 함께, 그리고 우연히 만나 내가 바둑을 가르치고 있는 한 친구와 함께. 그는 게임을 이해하는 것처럼 보인다, 그가 브리지 게임을 배우고 있는 중이라고 생각하고 있다는 걸 내가 깨닫게 될 때까지. 실상 게임은 (스크래블[2] 부류라기보다 오히려 로토 게임[3]의 일종인) 글자 타일들을 나누어주는 방식으로 진행된다.

1 이 대목은 연인이었던 쉬잔 리핑스카와의 결별 전후를 담고 있다. 쉬잔 리핑스카는 『어렴풋한 부티크』에서 'Z.'로 표기되었다. 1969년 1월 'Z.'와 결별하고 나서 페렉은 자신이 살았던 물랭 당데를 떠난다. 필리프 르쥔(Philippe Lejeune), *Le Mémoire et l'Oblique, Georges Perec autobiographe*, POL, 1991, p. 146, 데이비드 벨로스(David Bellos), *Georges Perec une vie dans les mots*, Seuil, 1994, p. 437 참조.

2 scrabble. 알파벳 타일들을 조합하여 단어를 만드는 게임. 조합한 단어를 게임판 위에 내려놓으면 칸에 따라 점수를 획득하며, 마지막에 점수의 합으로 승자를 가린다.

3 대문자, 소문자, 흘림체 등으로 된 글자 타일을 뽑아 여섯 가지 색상으로 된 게임판 위에 올바른 모양을 맞추는 게임으로, 주로 어린아이들이 알파벳을 익히는 게임이다.

여행 일정

: 알려진 비밀 미로, (둥근, 철 띠를 두른) 궤짝들의 문들, 복도들, 만남을 향한 기나긴 여행

그 뒤로 이제는 모두에게 알려진 똑같은 이 길.

환영 幻影

나는 꿈을 꾸고 있다
내 가까이에 그녀가 있다
내가 꿈을 꾸고 있는 거라고 나는 혼잣말을 한다
그러나 내 손에 맞댄 그녀의 손 힘이 내게는 너무나
강하게 느껴진다
나는 깨어난다
정말로 내 가까이에 그녀가 있다
미칠 것 같은 행복
나는 불을 켠다
불빛이 백 분의 일 초 동안 작열하다 꺼진다
(딸깍거리는 램프)
나는 그녀를 끌어안는다

(나는 잠에서 깨어난다: 나는 혼자다)

치과의사

지붕 덮인 통로들 중 어느 미로의 맨 안쪽, 아랍식 장터와 약간 비슷한 곳에서, 나는 어느 치과에 도착한다.

치과의사는 거기에 없다, 그러나 나는 치과의사의 아들을 발견한다, 남자아이다, 나더러 나중에 오라고 한다, 그러고는 되돌아와 내게 말한다, 제 엄마가 금방 올 거라고.

나는 자리를 뜬다. 나는 아주 자그마한 어느 여인과 부딪친다, 예쁘다, 그리고 웃음을 머금고 있다. 치과의사다. 그녀는 나를 대기실로 데리고 간다. 나는 시간이 없다고 그녀에게 말한다. 그녀는 내 입을 아주 크게 벌려놓는다, 그리고 울음을 터뜨리며 나에게 말한다, 내 치아가 모조리 썩었다고, 그러나 내가 애써 치료받을 필요는 없다고.

크게 벌어진 내 입은 거대하다. 나는 몽땅 썩었다는 걸 거의 구체적이라 할 만큼 느낀다.

내 입은 너무 크고 치과의사는 너무 작아서 그녀가 내 입안에 제 머리를 통째로 집어넣을 것 같은 느낌을 받을 정도다.

조금 뒤, 나는 대형 쇼핑센터를 분주히 돌아다니고 있다. 나는 화구가 셋 달린 26,000프랑짜리 가스레인지 하나와 103리터짜리 냉장고 한 대를 산다.

작별

어느 날, 나는 그녀에게 말하리라, 그녀를 포기하겠노라고. 그녀는 거의 반사적으로 제 딸에게 전화를 걸어 당피에르[1]에 가지 않겠다고 말하리라.

전화 통화를 하는 동안, 그녀의 아름다운 얼굴은 서서히 일그러지리라.

1 Dampierre. 가상의 마을이지만 『어렴풋한 부티크』에서는 페렉이
  머물던 파리의 서쪽 근교 마이부아의 블레비성(城) 근처에 있는 물랭
  당데를 가리키는 것으로 보인다(마이부아는 마이부아와 블레비,
  당피에르쉬르블레비로 구성된다). 물랭 당데는 실제 마을 이름이면서
  동시에 『용병대장』에서는 허구의 장소로 등장하기도 한다. 데이비드
  벨로스, 앞의 책, 549쪽 참조.

29

나의 지난날들에 관하여

넌 아직 젊다 확신하겠지만, 이젠 네가 그렇게 젊은 건 아닐 텐데, 가장 소중한 네 친구들 중 둘이 벌써 죽었고 세번째 친구도 죽어가고 있으니 말이다……

이것은 플로베르의 이런 편지들과 흡사했다: "우리는 쥘을 매장했습니다……" (아니면 에드몽인가?)

죽은 이 두 친구는 누구였던가? 둘 중 하나는 클로드¹가 아닐까? 레지스²?

1 Claude Burgelin(1940~). 프랑스 작가. 페렉, 뒤라스, 사르트르에
   관한 연구서를 출간했다. 현재 리옹2대학교 명예교수이며 페렉과는
   친구 사이였다. 저서로 『조르주 페렉』(Seuil, 2002), 『조르주 페렉
   앨범』(Gallimard, 2017) 등이 있다.
2 Régis Debray(1940~). 프랑스 작가, 철학자. 1960년대에 체 게바라의
   측근으로 활동해 여러 차례 투옥과 고문을 당했다. 미디어 분야를 창조
   및 발전시키고 『메디크 Médique』지를 창간했으며, 2011년부터
   2015년까지 공쿠르 아카데미 회원이었다. 울리포의 작업에 직접
   참여하지는 않았으나 페렉의 『사물들』에 매료되었으며 페렉을 "진정한
   문체의 작가"라고 언급했다. 1950년대 말 잡지 『총전선』창간을 기획할
   무렵 만난 페렉의 친구였다. 83번 꿈 주석 3 참조.

지하철 안에서

아마도 셀 수 없을 정도의 우여곡절이 있고 난 다음이겠다, 막 출발하려는 기차에 내가 가까스로 올라타는데, 바로 그때, 검고 윤기 없는 문들이, 벌써 자동으로 닫히는 중이다.

열차 칸은 길고 또 좁다. 거의 비어 있다. 차량 맞은편에는, 여자 하나뿐이다, 엄청나게 키가 크다, 그녀는 좌석 여러 개에 걸쳐 누워 있다, 비스듬히가 아니라, 차량 길이에 맞춰서, 그녀의 발은 어림잡아 내 키에 이르고 또한 그녀의 머리는 거의 열차 칸 저 끝에 이른다.

(갑자기) 나는 무언가 (누군가), 부드럽게, 내 머리카락에 (손이) 스치는 걸 느낀다.

나는 경악한다.

나는 소리지른다.

분명 여자는 아니다, 나보다 훨씬 더 경악련하는 표정을 짓고 있는 것은.

축농증

어떤 의사에게 나는 내 축농증에 관해 오랫동안 말해왔다.

작가들

　　어떤 상점 안이다, 정확히 말하면 위마니테 축제¹ 부류의, 어느 떠들썩한 축제 한복판이다. 거기에는 사람들이 넘쳐난다. 우리는 이 러저러한 곳에서 만나자고 약속한다.

　　나는 "소비에트 작가들에게 나를 소개하러" 나간다. 사람들이 나에게 인사를 건네지만 곧이어, 내게 엄청나게 실망하여, 누구도 더는 나를 주목하지 않는다; 모든 사람이 아르망 라누²(그를 실제로 보는 건 처음인데, 내가 상상하던 모습과 닮은 구석이라곤 찾아볼 수 없다)에게 귀를 기울이고 있는데, 그는 소비에트연방에 번역된 자기 책 열 권에 관해서 러시아어(조금의 어려움도 없이 나는 이 말을 알아듣는다)로 떠들고 있다. 나는 이 10이라는 숫자에 충격을 받았다, 그리고 나는, 나를 위해, 그것을 "똑같은 걸 열 번"이라는 식으로 고쳐서 생각하고 있다.

　　나는 어떤 히피 무리에 속해 있다. 어느 국도에서 우리는 차량의 흐름을 막아선다. 우리는 고급 차 한 대를 둘러싸고 위협적으로 그 차에 다가가고 있다.

1 La Fête de l'Humanité. '위마니테' 신문사 주최로 매년 9월 둘째
　주말에 열리는 축제. 1930년 9월 7일 신문사 주간 마르셀 카생이
　최초로 개최했으며, 초창기에는 프랑스 공산당을 주로 초대해 정치
　축제의 성격이 강했다. 이후 축제는 정치적 현안들 외에 다양한 문화
　행사로 이루어졌고, 2000년 축제에는 약 6만 명이 참여했다.

2 Armand Lanoux(1913~1983). 프랑스 작가. 소설, 논픽션, 연대기,
　드라마, 시, 영화 시나리오 등 다양한 장르의 글을 집필했다. 프랑스
　텔레비전 위원회 의장, 국제라디오텔레비전대학교 사무총장을
　역임했고, 프랑스소비에트협회 정회원이었다. 1963년 소설 『바닷물이
　빠질 때*Quand la mer se retire*』로 공쿠르상을 수상했다.

헬름레의 죽음

나는 독일에서 날아온 편지 한 통을 받고 오이겐 헬름레[1]가 죽었다는 걸 알게 된다. 나는 전날 밤 그에게 편지를 썼었다.

차츰차츰, 나는 깨닫는다, 내가 꿈을 꾸고 있으며 오이겐 헬름레가 죽지 않았다는 걸.

1   Eugen Helmlé(1927~2000). 독일 작가, 번역가. 페렉의 『인생사용법』,
    레몽 크노의 『문체 연습』 등 수많은 작품을 독일어로 번역했다. 페렉과
    수차례 만나 번역에 관해 자문을 구했으며, 페렉의 작품을 독일 라디오
    방송에 소개했다. 데이비드 벨로스, 「라디오-페렉 *Radion–Perec*
    (1967~1968)」, 앞의 책, 395~407쪽 참조.

바둑

나는 바둑(그런데 이것은 오히려 조각들이 구球와 비슷한 형태를 이루는 퍼즐에 가깝다)을 두고 있다, 부르구엥[1]이라는 이름의 어떤 작가하고, 게다가 나는 그를 불쾌하게 생각하고 있다.

나는 당피에르에 가려고 마음먹고 있는데, 반대로 아송시옹가[2]에 있다. 나는 거리 위쪽의 어느 카페 쪽으로 향한다, 그러다가 라 뮈에트 방향으로 비스듬히 돌아선다. 나는 분노에 사로잡혀 있다.

혹시 당피에르인가, 아니면 아직 아송시옹가인가? 이곳은 보수공사중이다, 안내 데스크가 보이기는 한다, 로비 한가운데로 인부들—언뜻 보아도 무척 놀라운—출현. 어떤 작가가 들어오고 있다, 알아차리고 보니 내가 손에 그의 책을 들고 그걸로 장난을 치고 있다(나한테 부채질을 하고 있나?).

J.와 M.L.[3]은 서로 화해한 것처럼 보인다. 그들이 어울려 바둑을 두고 있다. 얼마 후 나는 바크가[4]에 있는 내 사무실과 흡사한 어느 먼지투성이 방안에서 키스를 나누고 있는 그들을 불시에 덮친다. 어떤 인부 한 명이, 문틀을 뜯어내려 와서는, 아주 전문적인 말투로, 이렇게 말한다:
—비스듬히 올라갔구먼.
문틀이 전기선을 받치고 있다, 때문에 짧은 정전. 나는 그가 뛰어난

전기기사이고 그렇게 하면 가구들을 꺼내놓기가 더 쉽겠다고 혼잣말을 한다.

세 명의 인부(한 명은 당피에르의 정원사다)가 테라스-거실[5]을 짓고 있다.

내가 보는 장면에는.

1 Bourgoin. 1946년부터 1949년까지 페렉이 다녔던 파리 클로드베르나르고등학교의 프랑스어-라틴어 교사였다. 데이비드 벨로스, 앞의 책, 119쪽 참조.

2 파리 16구에 위치한 거리. 1945년 고모 부부와 파리로 돌아와 함께 살았던 동네로, 페렉은 여기서 학창 시절을 시작했다. 데이비드 벨로스, 「아송시옹가*Rue de l'Assomption* 1945~1946」, 앞의 책, 109~121쪽 참조. 아송시옹가는 모차르트대로 옆이다. 119번 꿈 주석 4 참조.

3 J.는 자크 르데레를, M.L.은 그의 부인 미레유 르데레를 가리킨다.

4 파리 7구에 위치한 거리. 조르주 페렉과 아내 폴레트 페트라는 카트르파주가를 떠나 1966년 생제르맹데프레 근처의 바크가 92번지에 정착한다. 13번 꿈 주석 3, 15번 꿈 주석 1 참조.

5 Terrasse-salon. 페렉의 신조어. 마리 보노(Marie Bonnot), *Ecriture du rêve et jeux de mots dans La Boutique obscure, in Georges Perec Artisant de la langue* (Textes réunis et présentés par Véronique Montémint & Christelle Reggiani), Presse universitaire de Lyon, 2012, p.124 참조.

호텔

나는 한 달간 임대할 아파트를 찾고 있다. 누군가가, 그러니까 정확히 아파트를 팔거나 임대하는 직업에 종사하는 자가, 나에게 그러느니 차라리 호텔에 가라면서 생제르맹가 한가운데에 있는, 라 불 블랑슈¹를 권한다. 실제로, 나는 이 이름의 호텔을 알고는 있었지만, 한 번도 거기에 간 적은 없었다.

라 불 블랑슈는 오페라극장 근처의 루이주베공원²과 조금 닮은, 매우 조용한 공원에 있다(여기에 생트라 바가 있다). 이 사실이 나에게, 아주 가까이 위치한, 다른 호텔 하나를 생각나게 해주었는데, 내 여자친구들 중 하나가 간 적이 있거나 아니면 P.³에게 (아니 어쩌면 나에게) 가보라고 충고했었을 곳이다.

아주 세기말적인 분위기의 어떤 학회가 이 호텔에서 열리고 있다. 각 발표장은 빽빽하다, 여기저기 테이블에는 펼쳐진 신문들이 잔뜩 널려 있다.

나는 호텔 사무실을 찾느라 주위를 맴돌다가 결국 그게 어디에 있는지 누군가에게 물어보니 내게 이렇게 말해준다:

—아니, 저기 있잖아요.

사무실이 있다, 실제로. 사무실은 내 커다란 책상과 조금 닮았지만, 휘어 있다. 젊은 여자 세 명이 사무실을 차지하고 있다.

누군가 나에게 속닥거린다, 떠난 사람이 많으니 내가 방 하나

크타부 한쪽엄어

를 차지하는 데 문제가 없을 거라고. 게다가 서너 명의 남자가 열쇠를 반납하고 있다.

나는 방 하나를 잡고 싶다, 그러나 나는 실수로 그만 스위트룸을 달라고 한다. 누군가 그 이유를 내게 물어본다. 나는 아파트를 옮기는 중이고 한 달간 머무르고 싶다고 설명한다.

여자 종업원 셋 중 둘이 서로 상의한다, 그리고 내게 신혼부부용 객실을 보여주기로 결정한다.

객실은 아주 높은 층에 있다. 우리는 걸어서 올라간다. 비좁은 입구에 조형 램프가 하나 있다, 이 램프의 받침대는 머리가 없는, 벌거벗은 여인을 재현해놓았으며, 여인은 제 몸통을 칭칭 감고 있는 보아뱀을 두 팔로 끌어안고 있거나 혹은 조르고 있다. 여인과 뱀은 나무로 되어 있지만 너무 완벽하게 모방해놓아서 살아 있는 것이라고 잠시 믿을 수 있을 정도다.

나는 스위트룸에 들어가본다, 작은 계단으로 연결되는 방 두 개로 구성되어 있다.

나는 방 하나, 큰 방 하나면 내게 충분하다는 걸 설명하려고 애쓴다. 그런 다음, 주제를 바꾸어, 나는 바에 구비해놓은 위스키가 어떤 상표인지를 물어본다. 그들은 ("롱 존" "글렌……" "맥……" 같은) 낱말 몇 개를 대더니 "시바스"라는 단어를 여러 차례 반복하고, 그 단어는 이내 형태를 잃고 (샤바스, 시벨 등으로) 허물어진다.

그러자 나는 보드카 같은 게 있느냐고 물어본다. 그들은 "야"로 끝나는 낱말로 내게 대답한다; 나는 "데니스카야" 혹은 "발티스카야"를 알아듣는다. 나는 진품 보드카라는 것에 흡족해한다……

1   La Boule Blanche. 생제르맹데프레가에 있는 파사주 이름. 동일한
    이름의 버스 정류장이 있을 뿐, 호텔은 존재하지 않는다.
2   파리 9구에 있는 작은 공원으로, 사유지다. 공원 중앙에는 1897년
    알렉상드르 팔기에르가 세운 페가수스에 올라탄 시인 기마상이 있다.
3   폴레트 페트라(Paulette Pétras, 1938~1916). 프랑스 국립도서관 수석
    사서였으며, 페렉의 아내이자 친구였다. 소르본대학교에서 문학을
    공부하였으며 1960년 누레딘 메크리의 소개로 페렉을 만났다. 둘은
    파리의 카트르파주가 5번지로 이사했으며, 1960년 10월 22일 파리 5구
    시청에서 결혼했다. 1969년 이혼 절차 없이 헤어진 뒤에도 1973년
    파리 린네가 13번지의 아파트를 구입했을 정도로 '친구'처럼 지냈다.

스키 사냥

어떤 영화다, a) 촬영 과정을 내가 지켜보았거나, b) 한 차례, 내가 시사회에 참여했거나, c) 내가 배우 중 하나였을 것이다.

숲속 어딘가. 사냥 장면. 우리는 숲 한가운데 있다. 아마도 눈이 내리고 있었을 것이다.

사냥꾼들이 자기들보다 간발의 차이로 앞서가 포획할 사냥감을 가로채는 밀렵꾼들에게 악담을 퍼붓고 있다.

시야가 이동한다(파노라마, 측면). 나는 화면 한참 밖에 있다.

털이 텁수룩하고, 수염 나고, 모피를 뒤집어쓴 네 개의 형체가 지나가고 있다: 밀렵꾼들이다.

그다음에는, 스키를 타는, "사냥 대장"이, 그다음에는 기상천외한 장비를 등에 짊어진 카메라맨이, 그다음에는, 마찬가지로 무언가를 꽤 짊어지고 있는 녹음기사가, 그다음에는, 그 외 기술팀의 나머지 사람들이.

사람들이, 스키를 타고, 뒷걸음질로, 밀렵꾼들을 데려오고 있다. 그들의 스키에 클로즈업: 스키가 참으로 이상야릇하다, 스키에 굽이라도 달린 것 같다고나 할까.

밀수꾼들 가운데, 아주 못생기고, (반유대주의를 상징하는 인물처럼) 불친절하기 짝이 없는 유대인 노파 하나.

노파는 고가의 모피코트를 입고 있다.

나는 마을로 돌아가는 동안에 그녀에게 말을 걸어본다: 원칙적으로, 그녀는 진짜 사냥에 참여할 수도 있었다(심지어 그녀 자신만을 위한 사냥의 기회를 가질 수도 있었다) 그러나 그녀는 다른 사람들의 사냥감을 사냥하는 걸 더 좋아한다.

나는 그녀에게 말한다, 그녀가 추격당하거나 자신의 이름이 더러워지는 걸 보게 될 위험이 있다고.

다음은 분명치 않다: 누군가 명예훼손에 관해, 벌금에 관해 말하고 있다.

추문을 은폐해야만 하리라.

45

카트르파주가街[1]

P.와 나, 우리는 식물원[2] 뒤편, 카트르파주가, 이제 5층이 아닌, 1층에 산다. 우리는 따로 살고 있다, 다시 말해 우리는 아파트를 둘로 나눴다. 복잡한 공사를 마친 후, 우리는, 심지어, 엎친 데 덮친 격으로, 아파트를 우리 이웃 여자와 함께 쓰게 된다.

나는 아파트를 둘러본다. 처음 두 방은 내게 친숙하다; 실제로 카트르파주가의 우리 옛 아파트다. 그런 다음에 우리는 이상야릇한 구역에 도착한다: 아주 기이하게 설비된 주방이다. 거기에는 유약 처리가 된 콩알만한 싱크대("도기 개수대")가 하나 있다, 싱크대의 수도꼭지가 싱크대보다 훨씬 큰 (금방이라도 물이 넘칠 것 같다는 생각만 불러일으키는) 어떤 냄비(커다란 "양수 냄비") 위로 열려 있다; 싱크대 위에는, 거대한 유리 환기장치("후드"를 겸한 장치)가 하나 있다; 그것은 유리로 만들어졌다, 안이 겨우 비칠까 말까 한, "우둘투둘한"(세로로 골이 졌던가?) 유리다; 주목할 만한 다른 사항: 환기장치는 벽에서 완전히 떨어져 있다, 그리고 벽으로 수도관과 가스관이 여럿 지나간다; 환기장치는, 실제로는, 천장 위에 달려 있어야만 한다. 거기에는 또한 가스레인지가 한 대 있는데 그 위에서 음식이 천천히 익어가고 있다.

주방을 지나면, 사다리꼴 욕조가 놓인 커다란 욕실이 있다. 그 다음에는 복도다, 복도 저 끝에는, 살짝 벌레 먹은, 나무 현관문이 하나 있다. 나는 이렇게 해서 발견한다, 난생처음, 내 아파트에 현관문이 두 개 있다는 사실을; 그럴 거라고 나는 더러 의심해오긴 했지만, 이에 대해 명백한 확증을 (마침내?) 갖게 된다.

나는 그 문을 연다. 그러자마자 집 고양이 세 마리가 달아나버린다. 흰 고양이 한 마리와 회색 고양이 두 마리가 거기에 있다, 그중 한 마리는 정말 확실하게 내 암고양이다. 그리 걱정할 일은 아니다, 고양이들은 분명 다시 돌아올 테니까; 당연히, P.가 녀석들을 내보내곤 하는 그 문으로—다른 문이 아니라.

나는 열쇠 구멍(눈알 하나 크기의 둥근 구멍)으로 들여다본다. 나는 본다, 널찍하고, 나무들이 심어진 대로를, 그리고 몇몇 상점을, 그 사이에 있는 어떤 식당을.

P.는 아파트에 누워 있다. 그녀는 고양이들 중 한 마리만 찾았을 뿐이었다. 녀석은 모르티메가[3]에 있었다.

나는 깨닫는다, 우선, 아파트의 첫번째 방을 P.와 이웃 여자가 공동으로 소유하고 있다는 것을, 그리고 곧이어, 거기가 내 아파트가 아니라는 것을, 내가 거기에 단 한 번도 살았던 적이 없다는 것도.

첫번째 방에는, 이웃 여자의 구역과 P.의 구역이 책더미로 구분되어 있다. 이웃 여자—꽤 늙었으며 오히려 상스럽다고 할 여자다—는 이 책들 중에서 어느 것을 P.에게서 빌려왔는지도, 더 정확히는 자기가 다 읽어서 P.에게 되돌려주고 싶어하는 책들이 무엇인지도 알지 못한다.

그녀가 내게 내밀고 있다, 아주 멋진, 헤첼 출판사 총서 중 쥘 베른[4] 시리즈와 다소 흡사한 책 한 권을. 나는 기쁨에 몸을 가볍게 떤다: 책에는 다음과 같은 제목이 달려 있다

기관지들

아주 희귀한 책, 호흡 생리학의 고전이다, 나는 기억한다, G.가 이에 대해 언급했던 것을. 나는 책을 펼친다. 책은 독일어로 (고딕체로) 쓰여 있다.

나는 책더미에서 친숙한 몇몇 선집(크노-마생-카를만의 『문체 연습』[5], 스타인버그[6]의 작품들)을 알아본다.

이웃 여자의 남편이 등장한다. 늙고 피곤에 찌든 남자다. 그는 콧수염이 없다. 아니면, 반대로, 수염이 있다. 그는 배우 앙드레 쥘리앵[7]을, 아니 어쩌면 내 옛 동창생의 아버지인 앙드레 R.[8]를 약간 닮았다. 그는 손에 커다란 볼펜 모양이고 또 가득찬, 지퍼 달린 필통 같은 걸 하나 들고 있는데, 볼펜들이 잔뜩 들어 있거나, 아니면 열두 색깔―그렇다고 치자―의 커다란 펜이 달랑 한 자루 들어 있다. 그는 못마땅한 표정으로 머리를 가로젓고 있다.

얼마 후: 나는 책더미 옆, 어떤 침대 위에 누워 있다. 내 앞, 내 왼편에, 내 침대와 수직으로 놓인 침대 위에는 P.가 널브러져 있다. P.의 침대와 연장선상에, 내 맞은편에, 긴 테이블이 하나 있다, 그 뒤로 (바로 내 맞은편에) 남편과 (내 오른쪽에) 이웃 여자가 앉아 있는데, 그녀는 자기 앞에 아주 작은 건전지 하나를 두었다.

이보다 훨씬 전에, P.와 나, 우리 두 사람은 어떤 거리에 있었다. 우리는 거닐고 있었다, 바렌가[9]의, 파리외방전교회[10] 정원만큼 아름다운, 아주 아름다운 공원을.

어렴풋한 부티크

1 파리 5구에 위치한 거리 이름. 조르주 페렉과 폴레트 페트라는 1960년
봄, 카트르파주가 5번지에 정착해 1966년 바크가로 이사할 때까지
이곳에 살았다. 데이비드 벨로스, 「카트르파주가 1960」, 앞의 책,
251~259쪽 참조. 13번 꿈 주석 3 참조.
2 파리 식물원(Jardin des Plantes)을 뜻한다.
3 가상의 거리.
4 Jules Verne(1828~1905). 19세기 프랑스 소설가. 『해저 2만 리』
『80일간의 세계 일주』 등 다수의 모험소설, 과학소설을 남겼다.
5 Raymond Queneau, *Exercices de style*, (accompagnés de 33
exercices de style parallèles peints, dessinés ou sculpés par
Carelman et de 99 exercices de style typographiques de Massin),
Gallimard, 1963. 레몽 크노가 서문을 집필하고 카를만의 삽화와
마생의 타이포그래피 작업으로 이루어진 레몽 크노 『문체 연습』의
'화보판'이다.
6 Saul Steinberg(1914~1999). 미국인으로 귀화한 루마니아 예술가.
다양한 신문에 삽화를 그렸으며 만화를 연재했다.
7 André Julien(1927~1998). 프랑스 연극배우이자 영화배우.
8 André Jean Paul Roussin(1911~1987). 프랑스 배우, 연극연출가,
극작가. 1943년 〈암 스트람 그람*Am Stram Gram*〉이 파리의 아테네
극장에서 상연되면서부터 극작가로서 알려지기 시작했다. 1947년
〈작은 위트*La Petite Hutte*〉가 천 회 이상 상연되면서 큰 성공을
거두었다. 이후 통속극의 대부가 되었으며, 1973년 아카데미프랑세즈
회원으로 선출되었다.
9 파리 7구의 앵발리드 구역에 있다.
10 비기독교 국가, 특히 아시아에서의 복음 전파가 목적인
가톨릭사제협회. 1663년 파리 7구의 바크가에 세워졌으며, 지금도
바렌가가 아닌 바크가에 자리하고 있다.

체포

나는 튀니지에 있다. 지대가 아주 높은 도시다. 나는 거기서 아주 오래 산책을 하고 있다: 구불구불한 길, 나무 장막들, 채광창들, 파노라마가 펼쳐진다. 풍경은 마치 이탈리아 회화의 원경처럼 전체를 펼쳐내고 있는 것만 같다.

이튿날, 경찰이 나를 체포하러 온다. 나는, 먼 옛날, 사소한 죄를 지은 적이 있다. 이에 대해 기억나는 건 아무것도 없지만, 나는 안다, 그 일로 오늘 내가 이십 년 징역을 살 수도 있다는 사실을.

나는 권총으로 무장한 채 도망친다. 가로지르고 있는 장소들이 나에게는 낯설다. 직면한 위험은 전혀 없으나, 나는 진작에 알고 있다, 이렇게 달아나봤자 아무것도 해결되지 않으리라는 걸. 나는 익숙한 장소들로 되돌아온다, 전날 내가 산책을 했던 바로 그곳들로. 선원 세 명이 내게 길을 물어온다. 나무 장막 뒤에서는, 베일을 쓴 여인들이 빨래를 하고 있다.

나는 어느 구불구불한 길을 따라서 도시로 도로 내려간다. 형사들이 사방에, 수백 명씩 깔렸다. 그들은 아무나 멈춰 세우고 차량을 수색한다.

나는 형사들 사이를 지나간다. 나의 시선이 그들의 시선에 걸

어렴풋한 부터크

려들지 않는다면, 나는 거기서 빠져나올 기회를 가질 수도 있을 것이다.

나는 어느 카페 안으로 들어간다, 거기서 나는 마르셀 B.¹를 발견한다. 나는 그의 자리 근처로 가 앉을 참이다.

남자 셋이 카페에 들어온다(두말할 필요도 없이 형사다!); 이들은 건성으로 카페 홀을 한 바퀴 돌고 있다. 그들이 혹시 나를 본 것은 아닐까? 나는 겨우 숨을 내쉬고 있다, 그러나 그들 중 한 명이 내 테이블로 다가와 앉는다.

—제가 지금은 신분증을 갖고 있지 않습니다. 내가 말한다.

그는 막 일어나 자리를 뜨려는 참에(이것은 내가 위기를 모면했다는 뜻이리라), 나에게 낮은 목소리로 이렇게 말한다:

—교미하시오!

나는 이해하지 못한다.

그는 어느 신문 가장자리 여백에, 속이 빈 커다란 글자로 이 단어를 적는다:

교미하시오

그러더니 그는 첫 두 글자의 속을 검게 채워 이렇게 다시 적는다:

교미하시오

나는 마침내 이해한다. 극도로 복잡하다: 나는 집으로 돌아가 "아내와 교미"를 해야만 한다; 이렇게 하면, 형사가 나를 찾으러 올 때, 유대인인데도 불구하고 내가 "토요일에 교미했다"는 사실이, 나에게는 정상참작의 사유가 될 것이다.

유대인이라는 사실이, 실제로, 이 모든 사건의 원인이며 이 사건을 현저히 복잡하게 만들고 있는 것이다. 나의 체포는 유대-아랍 분쟁에서 빚어진 결과여서 나의 친親팔레스타인 감정을 피력해본들 아무 소용이 없을 것이다 .

나는 내 별장(어쩌면 고작해야 작은 방 한 칸일 수도 있다)으로 다시 간다. 나는 무엇보다도 내가 프랑스에 있는 튀니지인 죄수가 될 것인지, 아니면 튀니지에 있는 프랑스인 죄수가 될 것인지를 알아보는 데 전념한다. 이 두 가지 경우에서, 나는 어느 한 나라의 국가 원수가 방문할 때 받게 될 사면을 기대하고 있다.

　　나는 나 자신이 결백하다고 느낀다. 나를 가장 난감하게 만드는 것은 이미 더러워진 양말을 내가 몇 년이나 더 신고 지내야 한다는 것이다.

1 Marcel Bénabou(1939~). 프랑스 역사학자이자 작가. 모로코에서
  태어나 1956년 이후 파리에 살고 있다. 잡지 『총전선』 창간 기획 당시
  만난 페렉의 친구(83번 꿈 주석 3 참조). 1970년 페렉의 뒤를 이어
  울리포의 일원으로 활동했다.

작대기

"어느 화창한 날 아침", 나는 다시 어떤 수용소에 있다. 기상 시간이다; 문제는 내가 옷가지를 찾아야 한다는 것이다(나는 도시에 있을 때처럼, 트위드 재킷에, 옥스퍼드 구두 차림이다).

수용소에서는, 모든 것을 살 수 있다. 나는 커다란 지폐 다발들이 여기저기 돌고 있는 것을 본다. 여자 간수들이 수감자들에게 물약을 나눠주고 있다.

나에게 누군가 웃옷을 하나 찾아준다. 우리는 내려가기 위해 줄을 서고 있다(우리는 용도를 바꿔 만든 일종의 군 막사 2층 어느 커다란 공동 숙소에 있다).

우리는 잠시 어느 복도에 몸을 숨긴다.

우리는 네 명씩 열을 지어 걸어가고 있다. 장교 하나가 기다란 대나무 작대기로 우리를 줄 세운다. 그는 처음에는 너그럽게 대하더니, 그다음에는 갑자기 우리를 향해 무지막지하게 욕설을 퍼붓기 시작한다.

점호를 위한 정렬. 장교는 내내 고함을 지르고 있다, 그러나 때리지는 않는다. 잠시 동안, 우리는 각자 (그와 나) 작대기의 끝을 붙잡고 있다: 나는 그가 나를 때릴 거라는 생각에 공포에 사로잡혀 있다.

수용소의 세계는 끄떡없다: 우리는 아무런 영향도 미칠 수 없다.

나중에, 나는 어떤 막사 앞을 지나다가 울음을 터뜨린다, 불치

병에 걸린 어린아이들을 돌보는 곳이다. 아이들은 오로지 그곳에서만 단 하나의 생존 기회를 찾는다. 나는 이 생존이 아이들을 알약으로 변형시키기 위한 것은 아닌지 자문한다, 그리고 이와 관련해 나는 떠올리고 있다, 실제로 촌충 한 마리가 담긴 알약을 억지로 삼키게 해서 성공에 이르는 다이어트 치료에 관한 어느 일화를.

베르즐레스 와인[1]

나는 그녀와 레스토랑에 있다.

나는 아주 제대로 갖춰진 메뉴판을 보고 있다, 하지만, 거기에는 비싸기만 하고 시답잖은 요리들만 (예를 들어: "프랑크푸르트소시지와 감자튀김", 12프랑) 적혀 있다.

나는 와인 메뉴판을 쳐다본다, 그리고 "베르즐레스"를 마시자고 제안한다.

1 부르고뉴 지방에서 생산되는 와인.

지폐 다발

미국 드라마의 한 유형. 그것은 이야기를 들으면 그다음을 미리 짐작할 수 있는 어떤 시나리오 같다.

우리는 온전히 한 그룹을 이루고 있다. 경찰이 우리를 한 차례, 그런 다음 두번째로(그러나 이때는 우리를 풀어주어야만 한다), 그리고 세번째로 체포하는데, 세번째에는 우리가 기대하고 있던 처벌 면제권이 더는 작동하지 않는다.

결국, 경찰청장이 우리를 풀어주고 우리 돈도 되돌려준다.

서부영화의 늙은 주인공들 (스튜어트, 폰다 등) 같은 주름살 가득하고 유명한 배우 셋이 한 테이블 주위에 앉아 웃으면서 두꺼운 달러 지폐 다발을 만지작거리고 있다.
퍼렇고 누런 지폐 다발에 클로즈업, 거의 모두 같은 숫자들: 500$, 500$, 100$ 등등, 늘려 찍은 장면, 1$짜리 가운데를, 그런 다음, 다시 고액권들을.

그사이, 나는 알게 된다, 내가 아버지가 될 거라는 사실을, 나는 곧이어 아버지가 된다: 아이가 태어났다, 나는 예상조차 하지 못했다.

나는 어느 긴 복도에서 마땅한 이름을 골똘히 생각하고 있다: 아주 짧거나(예를 들어, '조르') 아니면 아주 길거나 해야 한다. 디디에는, 예를 들어, 어울리지 않을 것이다.

딸이다. 아이는 디디에르나 드니즈와 같은 무언가로 불린다. 양말과 하얗고 작은 신발을 신은 아이의 다리가 무척 야위었다. 아이는 나를 보고 아주 못마땅한 표정을 짓고 있다.

아이에게 입을 맞추다가, 형성중인 아이 혀의 미세한 부분(아직 완전하게 굳어지지 않은 세포조직)을 내가 물어뜯는 일이 발생한다. 나는 아이의 혀 발달에 해가 될까 걱정한다.

여자아이를 돌보고 있는 건 내 아내가 아니라 오히려 아내의 친구인 어떤 여자다.

C.¹

당피에르에서의 주말. C., 그리고 그의 친구 중 한 명도 함께 도착한다. 나는 그에게 『임금 인상』²의 텔레비전 드라마용 각색 계획에 대해 말한다. 최근에 엇비슷한 계획을 누군가 내게 제안한 적이 있다.

C.가 내게 말한다, 이 계획의 시초가 자신이라고, 그가 이 계획을 실제로 누군가(그도 나도 그 이름을 기억해내지는 못한다)에게 말했던 적이 있다고.

(깨어나니 많은 것이 기억나지는 않지만, 내게는 이 모든 것이 아주 논리적으로 보여, 나는 사실임직함에, 게다가 장면의 사실성에 설득된 상태다).

1 Marcel Cuvelier(1924~2015). 프랑스 배우, 연극연출가, 영화감독. 페렉의 친구였다. 80번 꿈 참조.

2 L'Augmentation. 1967년 발표된 페렉의 희곡. 1970년 마르셀 퀴블리에의 연출로 파리의 게테몽파르나스극장에서 초연되었다. 이후 라디오 시나리오로 각색되었으며, 여러 차례 연극무대에 올랐다. 『임금 인상을 요청하기 위해 과장에게 접근하는 기술과 방법 L'Art et la Manière d'aborder son chef de service pour lui demander une augmentation』(Hachette, 2008)이라는 소설로 출간되었다. 이 소설에서는 어느 대기업 사원이 과장에게 봉급을 올려달라고 말하러 가는 과정에서 맞닥뜨릴 만한 상황들과 그에 따른 다양한 해법이 단 하나의 문장으로 쓰였다.

S/Z[1]

나는 서점으로 되돌아온다, 책들은, 대부분 중고이며, 무더기로 쌓여 있거나, 아니면 오히려, 한쪽 귀퉁이에 모여 있다.

나는 특정한 제목을 하나 찾고 있다, 그러나 서점 주인한테는 없는 책이다. Z.와 함께, 나는 몇몇 작품을 뒤적거리고 있다.

나는 책 하나를 발견한다; 작가의 이름이 내게 익숙하지만, 그 이상은 아니다: 이 책은 어머어마하게 두꺼운 작품집, 아니면 사전인데, 발자크에게서 유래한 S/Z의 변주들이다.

각 페이지는 네 칸으로 나뉘어 있다:

증명된 낱말 : S : Z : 참고 용례
　　　　　： ： ：
　　　　　： ： ：
　　　　　： ： ：

"증명된 낱말"과 "참고 용례" 칸들은 설명을 제공하고, "S"와 "Z" 칸들은 변형된 모든 단어들을 나타낸다. 다음과 같다:

: 발삭크 : 발자크 :
: 매세 : 메제 :
: ： ：

(매세는 어떤 등장인물 이름이다, 그리고 메제는, 내가 당장은 이해하지 못하는 낱말인데, 폴란드 어느 마을 이름—확실하다! 내가 왜 그걸 잊었던가?—이다)

이 페이지 저 페이지에 낱말들이 가득하다. 각각의 낱말, 아니 그보다는 오히려 낱말들의 짝은 너무나 분명해서 어떻게 그걸 더 일찍 생각한 사람이 아무도 없었는지 의아할 정도다, 그걸 알기까지 롤랑 바르트를 기다려야 했었다는 게 놀라울 정도다.

뒤에서부터 책을 뒤적거리며, Z.가 어떤 장章 도입부에 실린 일련의 제사題詞들(글자가 붉은색이었던가?)을 내게 보여주고 있다. 첫번째 제사는 "페렉이 스스로에게 자신의 글자들을 금지한다"와 같은 유의 무언가를 말하고 있다; 그것은 어느 논문에서 발췌한 『실종』[2]에 관한 글이다, 하지만 나는 저자 이름도, 신문 이름도 발견하지 못한다; 나는 이 제사에 아주 흡족해하고 있다, 마치 이 인용이 (진지하게 여겼다는 것을) 식별할 표시라도 되는 것처럼.

책의 저자는 여성이다, 그리고 나는 기억한다, 내가 그녀의 소설 중 한 권을 읽었다는 사실을.

1 프랑스의 기호학자이자 문학평론가인 롤랑 바르트(1915~1980)의
   에세이(Roland Barthes, *S/Z*, Seuil, 1970)에서 'S/Z'는 발자크의
   중편소설『사라진*Sarrasine*』의 주인공 '사라진'의 이니셜 S와, 그가
   사랑하는 거세된 가수 '잠비넬라'의 이니셜 Z를 가리킨다. 이 두
   알파벳을 축으로 변화가 시작된다.
2 『La Disparition』. 1969년 출간된 페렉의 소설. 일반적으로
   프랑스어에서 가장 많이 사용되는 알파벳 'e'를 단 한 차례도 사용하지
   않은 리포그람(lipogramme) 소설이다.『어렴풋한 부티크』를 집필하기
   바로 전에 출간한 작품이다. 제거한 'e'가 작품에서 목격되는 95번
   꿈에도 이 작품이 등장한다. 95번 꿈 주석 1 참조.

머리글자

내 오래된 친구들 중 두 명(하나는, 가령, 피에르 B.[1]일 텐데, 나는 십 년 전부터 그를 보지 못했다)이 당피에르에 있다. 세번째 친구―그의 이름은 가끔 언급되는 걸 내가 들어본 어느 신문사 편집장일 테지만 그를 만난 적은 한 번도 없다―는 아마 체포되었을 것이다. 사람들이 그가 혹시 G.P.[2]인지 묻는다. 아니야, 나는 소리친다. 그러니까 마오주의자 아니면 P.C.[3]. 나는 P.C.F.[4]으로 이해하고서 설명한다: 어쨌든 이 건 같은 게 아니라고! 그러나 다른 이가 정확히 말한다: P.C.M.L.F.[5]이라고.

이 꿈에서 나오는 용어 대부분은 십자말풀이의 정의와 비슷하다.

1   Pierre Bessis(1931~). 프랑스의 작가이자 기업가. 1966년 파리에 상표명 제조 전문이자 프랑스 최초의 컨설팅 회사인 베시스 연구소를 설립했다. 드니 뷔파르와 마찬가지로 1960년 프랑스 여론연구소에서 일하며 알게 된 시장 연구 전문가였다. 페렉과 만났을 무렵, 베시스는 헤겔을 주제로 박사학위를 받은 후 시장에 관한 연구에 매진하고 있었다. 데이비드 벨로스, 앞의 책, 255~257쪽 참조. 24번 꿈 주석 2 참조.

2   Gauche prolétariat. 좌파 프롤레타리아.

3   Parti communiste. 공산당.

4   Parti communiste français. 프랑스공산당.

5   Parti communiste marxiste-léniniste de France. 프랑스-마르크스-레닌주의-공산당.

남쪽을 향해

잠에서 깨어나니, 이 낱말만 남아 있다:

마르세유

우리는 남쪽을 향해 갔다.

우리는 이미 거기에 간 적이 있다, 그러나 우리는 다른 도시에서 출발했었다.

고양이들

갖가지 우여곡절이 있고 난 뒤, 나는 카트르파주가로 다시 돌아온다. (아니면 불랑제가[1]인가? 아니면 센가인가?)

나는 뒷방에서 2층으로 간다. 거기에 드니 B.[2](아니면 미쇼인가?)가 있다.

바닥에 고양이들. 적어도 세 마리. 작디작은 털공들. 나는 소리친다: 내가 분명히 말했잖아, 나는 단 한 번도 ~~고거~~ 고양이를 가졌던 적이 없다고! 나는 고양이 중 한 마리를 집어들고 문으로 가 밖으로 던진다. 그러자 바닥과 문 사이에 작은 고양이 한 마리쯤 들락거리기에 충분한 공간이 있다는 사실을 나는 알아차린다.

게다가, 집 전체는 이미 파손된 상태다.

아래층 남자는 자기 집에 어마어마하게 커다란 벽난로를 갖고 있다. 그가 불을 붙인다, 이내 내 방이 타들어가기 시작한다. 검게 그을린 바닥 아래 부스러진 벽돌조각들과 골조에서 떨어져나온 쇳조각들이 보인다. 내 친구는 상당히 불안해하며 우리가 어떻게 해야 할지 나에게 물어본다. 그러나 나는 조금도 당황하지 않고 착수해야 하는 일의 목록을 차분히 열거하고 있다.

1 파리 5구의 거리 이름. 1970년 1월, 페렉은 폴레트와 헤어진 뒤, 함께
  살던 바크가의 아파트를 떠나 파리 6구의 센가에 정착하고, 폴레트는
  불랑제가에 자리잡는다.
2 Denis Buffard(?~2015). 심리사회학자, 시장 연구 전문가. Bulletin N°
  66, Association Georges Perec, Juin 2015, p. 22 참조. 1960년
  페렉이 첫 소설 『사물들』을 헌정한 동료로, 1960년 프랑스 여론연구소
  (IFOP, Institut française de l'opinion publique)에서 특정 지역의
  시장조사 및 사회학 연구를 함께 진행했다. 당시 프랑스
  여론연구소에서 함께 일한 심리사회학자들과 페렉의 작업에 관해서는
  데이비드 벨로스, 앞의 책, 255~257쪽 참조. 22번 꿈 주석 1 참조.

연극 두 편

　나는 두 편의 연극에서 연기를 해야 한다.

　최근에 맡은 단역에서 나는 배우로서의 재능을 드러내어 예고 없이 발탁되었다.

　무대에 오르는 순간, 나는 깨닫는다, 내가 연습을 하지 않았으며, 더구나 내가 맡은 역할의 대본을 한 번도 읽지 않았다는 것을.

　장면은 어떤 대형 홀-카페-공동 숙소-구내식당에서 펼쳐진다. 배우들은 테이블에 둘러앉아 있다. 나는 무대 바로 앞 한가운데 빈 좌석에 자리를 잡는다.

　나는 부랑아 비슷한 역할을 맡아 연기하고 있다. 테이블 위에, 대사가 몇 줄 적힌 종이 쪼가리가 하나 놓여 있는데, 옆의 배우(연출가이기도 한)가 나에게로 몸을 기울이고는 그건 내 역할이 아니라고 속삭인다.

　나는 엄청난 불안감에 사로잡힌다. 얼마 지나지 않아, 누군가가 어쨌든 몇 가지 지시 사항이 적힌 쪽지(그보다는 정육점의 포장지 같은) 한 장을 내게 전해준다. 나는 내가 언제 말해야 하는지를 알려면 상대 배역들의 윙크 같은 것에 의지해야만 한다.

　연극이 시작된다.

　나는 헤맨다. 나는 내가 엉뚱한 말을 닥치는 대로 하고 있다는 인상을 받는다. 다행히도, 작가가 아주 엉성하게 대본을 썼다. 그건 오히려 대본이라기보다는 일종의 시끌벅적한 소리다.

상당히 불편한 시간이 지난 다음(내가 다른 사람들의 작업을 망치고 있다), 공화국보안기동대[1] 객석 뒤편에 도착한다.

이것은 연극의 일부다.

엄청난 혼란.

우리는 두번째 작품으로 옮겨간다.

등장인물 셋으로 구성된 단막극이다. 나는 곰(아니면 악마인가?) 역할을 맡고 있다, 그리고 내 바로 앞에는 파우스트와 마르가레테[2], 아니면 돈 후안과 파우스틴[3]이 있다. 나는 내 대본에 대해서는 조금도 불안하지 않았다, 그러나 나는 누군가가 내게 가져다주는 털가죽을 입어야만 한다. 내 대본은 주로 으르렁거리는 소리로 구성되어 있다.

나는 이 역할이 사실은 로제 블랭[4]을 위해 쓰인 것이며, 그가 내일부터 이 역을 맡아 연기할 것이라는 사실을 알고서는, "블랭이 다시 맡게 될 역 하나를 창조한다"는 생각에 갑자기 기분이 좋아진다.

첫번째 연극은, 오히려 리허설이 아니었을까? 어쨌든, 두번째 작품은 상연되지 않는다.

1   C.R.S.(Compagnie Républicaine de Sécurité). 1944년 샤를 드골이
    국가 안전 및 사회질서 확립을 위해 창설했다.
2   메피스토와의 계약으로 젊어진 파우스트가 사랑에 빠진 아름다운 시골
    여인.
3   독일 작가 폰 한 백작부인(1805~1880)의 『파우스틴 백작부인*Gräfin
    Faustine*』에 등장하는 동명의 주인공으로 '여자 돈 후안'이라 부를 만한
    인물이다.
4   Roger Blin(1907~1984). 프랑스 배우이자 연출가. 『고도를 기다리며』
    를 비롯해 사뮈엘 베케트의 작품 다수를 무대에 올렸다. 소설가이자
    극작가인 장 주네와 함께 70여 편의 영화를 제작했다.

크 티부 한꽃갈어

S자 형태의 바

나는 피에르 G.[1]와 내 방에 있다. 내 침대는 투명한 비닐 커버에 싸인 스펀지 큐브들로 덮여 있다. 다행이다, 왜냐하면 벽과 천장에서 물이 새어나오고 있기 때문이다. 게다가 벽과 천장은 다색의 파이프들로 짜인 그물이라 부를 만하다. 모든 것이 젖어 있다. 피에르가 나에게 위층 사람들이 욕조 수리(교체)를 요청하더라고 설명한다.

근처에 테이블이 하나 있다, 테이블 위에는 수화기가 내려진 전화기가 한 대 있다. 나는 수화기를 올려놓으면, 전화가 울리기 시작할 것 같은 (혹시 전화가 울리고 있나, 더구나 수화기가 내려져 있는데도?) 느낌을 받는다. 나는 수화기를 올려놓는다; 아무 일도 일어나지 않는다.

조금 뒤, 피에르와 나는 드러그스토어 부류의 커다란 상점에 있다. 한동안 나는 서적 코너에 혼자 있다. 모든 책이 눕혀서 진열되어 있다; 책은 연한 색(연보라색, 파란색, 쥐색, 분홍색, 라벤더색, 등) 표지가 씌워져 있다. 나는 이 책이 전부 외설 서적이라는 걸 깨닫는다. 제목들은 대부분 아주 짧다, 대개 간단한 여성 이름(파비엔, 이렌)이다. 저자 이름들이 내게 낯설다(분명 필명일 것이다).

우리, 피에르와 나는 커다란 홀에 도착한다, 거기서 우리는 먹거나 마실 수 있을 거라고 생각한다. 그러나 어느 호텔 지배인이 바는 좀 떨어진 곳, 유리로 된 탁 트인 공간의 반대편에 있다고 우리에게 알려준다.

우리는 각자 한 잔씩 마시는 중이다. 하나는 원뿔 모양 위스키 잔이다. 다른 하나는, 제법 앙증맞고, 게다가 밑받침 근처가 달걀모양으로 불룩해지는 와인 잔이다. 탁 트인 곳의 반대편에는, 레스토랑으로 통하는 계단이 딸린 커다란 홀이 하나 더 있다. 호텔 지배인이 그곳을 우리에게 가리킨다, 그러나 우리는 그저 술을 마시고 싶을 뿐이다, 그리고 그는 우리를 바로 안내한다. 바는 아주 길다. 바는 "S"자 형태다. 계산대 맞은편에, 젊고, 몸집이 큰, 짧게 머리를 올려 깎은 운동선수 부류의 남자들이 원판 위에서 주사위 놀이를 하고 있는데, 그들은 그 원판을 무릎으로 받치고 있는 것처럼 보인다. 바텐더가 우리에게 마실 것을 내민다. 누군가가 주사위 놀이를 하는 자들이 대학에 소속되어 있는지 물어본다, 그들은 고개를 가로저으며 아니라고 대답한다, 이 추측에 그들은 몹시 즐거워하는 듯하다.

75

1 Pierre Getzler(1938~). 프랑스 화가, 디자이너, 사진작가. 울리포의
   작가들, 특히 페렉과 자크 루보(피에르 게즐레의 여동생 드니즈
   게즐레와 결혼했다), 자크 주에와 공동 작업을 진행했으며, 페렉의
   초상화를 다수 그리고 지금은 사라진 파리의 빌랭가의 사진들을
   찍었다. 페렉이 『공간의 종류들』을 헌정했다. 데이비드 벨로스, 앞의 책
   참조.

환전

나는 베네치아행 비행기를 타야만 한다, 또 나중에는 세금을 내기 위해 툴루즈에 가야만 한다. 까다로운 환전 문제들. 이탈리아를 경유하면서, 나는 돈을 꽤 절약한다. 그러나, 나는, 당연히, 아무것도 신고하지 않아야만 한다.

엄청나게 혼란스러운 감정.
나는 (5,000, 30,000 혹은 50,000프랑짜리) 수표 한 장과 500프랑짜리 지폐 한 장만을 지니고 있다.
나는 6,000프랑을 지불해야 하는데, 내게는 엄청난 액수처럼 보인다. 게다가, 나는 깨닫는다, 오늘은 목요일인데, 내가 이탈리아에 갈 수 있는 건 오로지 토요일뿐이라는 것을. 또한 그땐 모든 은행이 문을 닫으리라는 것을. 나는 그날 밤에 떠나야만 했으리라.

이 모든 장면이 이 창구에서 저 창구로 왔다갔다하는 동안에 벌어진다, 어느 대형 공항의 국제적인 분위기 속에서.

나는 깨닫고 있다, 이 여행이 전적으로 무익하다는 것을, 왜냐하면, 어쨌거나, 조금 지난 다음에는 이 은행 업무가 내가 독일을 여행할 때 이루어질 수도 있을 것이기 때문이다.

전염병

꿈꾸는 자(그러니까 이 이야기는 전부 삼인칭 소설과 비슷하다)가 어느 작은 비스트로에 와서 테이블을 차지하고 앉았다. 그는 외국인이지만, 사람들은 그를 금세 단골손님 중 하나로 여긴다. 주인과 손님 몇몇이 전염병에 관해 이야기를 나누고 있다. 이웃 식당의 중국인 요리사가 들어온다(꿈꾸는 자는 자기가 아는 누군가와 그가 닮았다고 생각한다); 중국인 요리사는 식당 화덕을 지키면서 동시에 여자아이들의 집에서도 요리를 하는 걸 더는 계속할 수 없다며, 자기를 대신할 사람을 구해줘야 한다고 말한다. 이 점에 관해, 그는 셰익스피어의 속담을 인용한다:

―그들이 모두 전염병으로 죽은 것은 아니지만 그들은 모두 병들었어요![2]

어안이 벙벙해진 카페 주인은 꿈꾸는 자를 물끄러미 쳐다본다: 그가 이 속담을 알게 된 것이 바로 그를 통해서이기 때문이다. 바로 그 순간, 꿈꾸는 자는 깨닫는다, 자신이 더이상 테이블에 앉아 있는 낯선 사람이 아니라, "중심인물"이 되어가고 있다는 것을; 동시에 그는 이 중국인 요리사를 알아본다; 그는 이따금 여자아이들을 위해 봉사하러 오는 자가 바로 이 사람이라는 것만 알고 있다.

엄청난 전염병인 콜레라가 돌았다. 모든 사람이 검사를 받고 싶어한다. 증상은 각혈로 나타난다. 꿈꾸는 자와 그의 친구 둘이서 도시를 돌아다니고 있다. 그들은 젊은 여자들 무리로 가로막힌 어떤 계단 앞에 도착한다, 기숙사가 분명하다. 자기들 중 한 명이 감염되기라도 했다는 듯, 이들은 의사가 자기들을 먼저 돌봐야 하는 우선권이라도 가지고 있는 척한다. 의사는 여자아이들 한가운데로 길을 트며 나아가야 한다.

조금 후, 병든 채 누워 있는 여자아이들 무리 한가운데에서, 꿈꾸는 자가 땅바닥에서 (오물이나 배설물 따위가 아니라) 흙 한 줌을 그러모으고 있다. 그리고 그는 발견한다, 어느 문 뒤에서, 쓰러져, 죽어, 그가 방금 그러쥔 한 줌이 부족한 흙덩이가 되어버린 제 친구 J.를.

1 독일 바덴뷔르템베르크주에 있는 도시. 번역가 헬름레의 집이 있던 도시로, 페렉은 헬름레와의 인터뷰 등을 위해 자주 이곳에 머물렀다. 데이비드 벨로스, 앞의 책, 489쪽, 494쪽 참조.

2 셰익스피어의 속담이 아니라, 라퐁텐의 우화에 나오는 구절 "그들이 모두 죽은 것은 아니지만 그들은 모두 병들었다(Ils ne mouraient pas tous mais tous étaient frappés)"를 패러디한 것. Jean de La Fontaine, *Les animaux malades de la peste, in Fables, VII*, 1, v. 7.

런던

　　나는 외국의 어느 도시에 있다. 런던, 워털루 혹은 빅토리아에서 아주 멀리 떨어진, 아주 후미진 어떤 동네다.

　　나는 여행자 그룹에 속해 있고 우리는 어느 거대한 드러그스토어에서 헤매고 있다. 우리는 다른 그룹과 마주치는데, 내가 아는 사람들인 것 같다. 실제로, 사람들 각자가 내게는 친숙해 보인다, 내가 아는 누군가를 닮았거나, 닮았을 수도 있다. 나는 몹시 당황한다. 나는 어렴풋이 웃음을 지어 보인다.

　　어쨌든 이 두번째 그룹에 내 옛 친구 중 한 명인 자크 M.[1]이 있는 것이 확실하다. 그는 턱수염이 자라게 놔두었다. 거기에는 그의 친구들도 있는데, 이들은 프라이드Fried라 불린다. 반면, 자크의 아내, 마리안[2]은 내 그룹에 속해 있다.

　　그러자 나는 자크와 마리안이 헤어졌다는 사실을 깨닫는다.

　　다음날 아침이다, 나는 마리안을 만나 그녀에게 자크가 여기에 있다고 알려준다. 그녀는, 그가 있는 쪽으로 향하더니, 갑자기 방향을 바꾼다. 나는 그녀를 따라간다.

　　우리는 여자아이들 무리 앞을 지나간다. 아이들 중 한 명이, 내가 접근하자, 겁에 질려, 뒷걸음친다.

어렴풋한 부티크

1 Jacques Mangolte(1940~1982). 1950년대 말 잡지 『총전선』 창간
   기획 무렵에 만난 페렉의 친구. 83번 꿈 주석 3 참조.
2 자크 망골트의 아내로, 『총전선』 그룹에 속했다.

GABA[1]

내가 근무하는 곳의 센터장[2]이 사흘간 임상실험에 참여한 대가로 나에게 45프랑(3×15) 대신, 82프랑(3×16)[3]을 지불한다.

나는 이 돈을 비자금 계좌에 입금하라고 제안한다, 그러나 그는 고개를 가로젓는다.

그는 나에게 내 인사기록표가 어디에 있는지 묻는다.

나는 생각한다, GABA(감마하이드록시뷰티르산[4])에 대해서, 그다음에—말할 필요도 없이—시냅스 흥분제인, 시냅스 전前부위 흥분제에 대해서, 그리고 시냅스 전부위 억제제에 대해서.

(깨어났을 때 오래도록 생소한 느낌)

1 감마아미노뷰티르산. 포유류의 중추신경계에 작용하는 억제성
   신경전달물질.
2 1961년부터 『인생사용법』의 성공으로 전업 작가가 된 페렉은
   1978년까지 국립과학연구센터(CNRS)에서 신경생리학
   자료조사원으로 일했다. 이곳의 센터장과 동료들의 모습, 자료에
   등장하는 전문용어는 30번 꿈 외에도 53, 65, 72, 87, 90, 123번 꿈에도
   등장한다.
3 꿈에서 본 잘못된 계산을 페렉이 그대로 옮겨적은 것으로 추정된다.
4 무색무취의 중추신경억제제로, 환각을 일으키는 마약으로 사용된다.
   줄여서 GHB로 표기하며, 페렉은 이를 GABA와 혼동한 것으로 보인다.

무리

어쩌면 성대한 전원 파티라는 것에서, 우여곡절로 가득한 오페라 한 편에서, 어느 한 무리의, 거의 굳어지다시피 한, 은밀하게 불안을 조장하는, 요지부동의 이미지가 남겨진다: 바토식㰼 풍경화의 등장인물 네 사람, 남자 둘, 여자 하나, 남자 하나………

극장에서의 야회夜會

나는 Z.와 함께 어느 공개 모임에 있었는데, 아라공¹과 엘자 트리올레²도 함께 참여했다. 나이들고 다정한, 키 작은 엘자 트리올레가 나에게 손짓을 해, 나는 놀랐는데, 그건 우리가 잘 알지 못하는 사이였기 때문이다.

잠시 후.
우리는 극장에 있다.
나는 무대 아주 가까이, 풋라이트 바로 위에서 팔꿈치를 괴고 있다. 어느 순간, 배우들 가운데, 관객을 등지고 앉아 있던 한 사람이, 자리에서 일어나더니 오케스트라의 지휘자처럼 박자에 맞춰 손짓을 하기 시작한다. 무대 뒤에서 음악이 들려온다. 먼저 하프시코드 독주, 다음에는 오케스트라 전체의 연주. 어떤 등장인물이, 오른쪽에서, 노래를 부르기 시작한다. 이것이 연극의 마지막이다. 나는 당혹해하고 있다, 그럴 이유가 없다는 것을 알면서도, 또한 왜 내가 그렇게 감동한 표정을 짓고 있는 유일한 사람인지 막연히 자문하면서.

극장 출구, 혼잡하다.
나는 계단 위쪽에 Z.와 함께 있다. 엘자 트리올레가 우리 출구와 직각으로 교차하는, 다른 출구를 향해, 저 아래쪽을 지나가고 있다. 내가 있는 곳을 향해 그녀가 재차 머리를 돌린다. 나는 Z.에게 말

한다: "엘자 트리올레네." Z.는 그녀가 나를 알게 되었을 때 내가 얼마나 어렸었는지를 묻는다, 그러더니 훨씬 더 어린 나를 알던 누군가를 그녀가 나에게 소개해줄 거라고 말한다. 하지만 이 모든 걸 그런 식으로 말해서 나는 여자를 말하는 것인지 남자를 말하는 것인지, 그리고 그 말이 "나보다 훨씬 어리다"라는 의미는 아닌지 이해하지 못한다.

우리는 집으로 돌아오고 있다.

내 삼촌, 어떤 대머리 남자가, 우리를 따라오고 있다. 나는 그가 Z.의 현재 애인이라는 사실을 알아차린다. 삼촌을 앞질러서, 그리고, 어떤 의미로는, 그를 떨쳐버리면서, Z.가 작은 기숙사 같은 곳, 어느 어두운 방으로, 나를 들여보낸다, 나는 당피에르의 집 별채 중 하나인 걸 알아본다.

우리는 침대 위로 쓰러진다. Z.가 조금 숨을 헐떡이면서 내게 바짝 달라붙는다, 그러나 나는 그녀가 내 삼촌과 다시 만날 생각이고 나는 거기 그대로 남아 있어주길 바라고 있다는 걸 간파한다. 깊이 생각한 다음에도, 그녀는 자신이 무얼 해야 할지 마음을 정하지 못한 듯하다. 어쨌든, 나는 그녀에게 말한다, 내 방 말고 다른 곳에서 잠자고 싶지 않다고.

1 Louis Aragon(1897~1982). 프랑스 시인, 소설가, 기자. 초현실주의자.
  엘자와 20세기 프랑스 문학의 상징적인 커플이었으며, 수많은 작품을
  그녀에게 헌정했다.
2 Elsa Triolet(1896~1970). 러시아 출신의 프랑스 소설가, 시인,
  시나리오작가, 1944년 공쿠르상을 수상했다.

에스플라나드[1]

기다란 망토 차림의 경찰 한 무리가 어느 커다란 에스플라나드에 모여 있다; 기동순찰대는 아니다, 그보다는 어느 유명인사의 이동 경로에 경계선을 설치하는 경찰들이다.

나는 다시 경찰들에게 둘러싸여 있다. 나는 알몸이다, 아니 달랑 속옷만 입고 있다, 그런데 경찰들은 이런 내 모습이 아무렇지도 않다는 표정을 짓고 있다.

어느 순간, 나는 달린다.

나는 J.가 서 있는 어떤 자동차 근처로 합류한다. 내 옷가지가 땅바닥에, 진창 속에, 더러워진 채 떨어져 있다. 나는 양말 한 짝을 찾아낸다, 그러나 나는 이 양말을 신을 수 없다.

우리는 차에 타기를 바란다(그 안에선 내가 옷을 갈아입을 수 있으리라는 생각으로). 앞좌석에는, 운전사 대신, 커다란 똥덩어리가 하나 있다: 우리는 커튼을 집어 그걸 닦아낸다.

조금 후, J.와 나는 자동차를 몰고 가는 중이다. 우리는 어떤 영화관을 따라 돌고 있다. 커다란 영상 광고에서 에로영화 예고편이 나오고 있다: 네온등에 비친 실루엣 둘이다, 한 남자와 한 여자가 (교체와 반복을 암시하는) 온갖 종류의 체위를 취하고 있다: 반듯하게 누워 있는 남자와 여자, 여자 위의 남자, 남자 위의 여자, 배를 깔고 엎드린 남자와 여자 등등.

어렴풋한 부티크

90

이중 아파트

　여러 채의 집 혹은 이중 아파트가 있다, 다시 말해 공동의 방 한 칸을 두고 두 가족이 분리되어 살고 있는 아파트. L.과 P.의 가족들 그리고 나, 이렇게 우리는 아파트 하나를 나누어 쓰고 있다. 마리안 M.¹이 우리를 보러 온다. 우리는 그녀를 찾으러 아래로 간다; 그녀가 어느 낯선 남자와 함께 엘리베이터 안으로 들어온다, 그리고 그녀는 남자가 자기 남편이라고 나에게 말한다, 그러나 나는 그 남자를 아무리 알아보려 해도, 알아보지 못한다.

　어느 작은 화장실; 화장실 변기는 똥으로 가득하다. 나는 놀란다, 악취가 나지 않는다는 사실에, 나는 조금 안심한다. 변기 뚜껑을 도로 닫다가, 엄지손가락에 똥이 조금 묻는다. J.는 나에게 세면대를 가리켜 보인다. 나는 얼룩이 사라질 때까지 오래도록 문질러야만 한다, 그러자 내 손이 갑자기 시커멓게 변한다.

　어느 작은 기차역, 아마도 영국에 있는.
　P.와 나, 우리는 거기로 몇 번이나 간다. 거기에는 신문 가판대 한 곳이 열려 있다. P.가 신문 한 부를 집어들고는 값을 지불하는 걸 까먹는다.

카페에서

1

M.K.가 내 아파트를 방문한다. 그녀는 주방에 있는 샤워기에서 물을 한 잔 받아 가져오더니 검은 테이블 위에 엎지른다. 물은 테이블 아래로 흐르지 않고 고루 퍼진다, 테이블 표면이 순간적으로 왁스를 입힌 것처럼 번들거린다.

2

당피에르. 초대 손님들이 식당에 모인다. Z.가 내려가고 있다, 눈부시도록 아름답다. 나는 참호처럼 비좁은 작은 방으로 그녀를 데려간다. 나는 그녀를 떠날 거라고 말한다. 그녀가 말한다:
—어쨌든 이걸 너에게 줄게.
(이름이 기억나지 않는다: 헌사獻詞, 학위, 비법, 명판名板.)
그녀가 내 목에 목걸이를 하나 걸어준다.

3

나는 P.와 함께 침대에 있다. 사실, 거긴 사람들이 적지 않은 어떤 카페다, 그러나 침대에 있는 우리를 보고도 누구 하나 놀라지 않으며, 우리에게 불편한 감정을 느끼지도 않는다. 그래도 나는 생각한다, 카페에서 섹스를 하는 게 다소 이상야릇하리라고, 시트로 우리를 최대한 가린다고 해도, 시트가 들썩거리는 걸 어쨌든 사람들이 보게 되리라고. 우리는 게다가 서로의 옷을 벗기려는 어려운 곡

여름포한 부티크

예에 착수한 참이다. 나에게는 그것이 꽤 간단하지만, P.에게는 무척이나 복잡한 일이다.

어느 순간, 그녀가 몸을 일으켜 제 브래지어 훅을 끄른다. 그녀의 젖가슴은 부풀어오르고, 여기저기 얼룩이 흩뿌려진 것처럼 자줏빛이다, 아니 그보다는 오히려 이례적으로 오래 끌면서, 수없이, 탐욕스레 빨아대서 생겨난 혈종血腫 같다. 나는 그녀를 그렇게 만든 남자를 질투한다.

P.가 몸을 일으켜 침대에서 빠져나간다, 그때 그녀는 속이 비치는 티셔츠 하나만 입고 있다, 그녀가 음반 한 장을 전축 위에 얹으러 간다, 그리고 노래를 부르겠다고 카페 손님들에게 예고하더니, 조금 더 감춰진 어느 구석으로 가, 제 티셔츠를 벗어버린다, 그리고 두 팔과 천조각 하나로 제 가슴과 성기를 최대한 가린 채 침대로 돌아온다.

그때 누군가가 우리 침대를 따라 길게 놓여 있고 손님 둘이 이미 앉아 있는 기다란 테이블 위에다가 우리가 먹을 음식을 내놓는다. 우리에게 메뉴판을 던져준다: 전식, 주요리와 후식. 나는 비프스테이크 하나만 시킨다. 누군가 나에게 매우 이상야릇한 요리 하나를 전식이라고 말하면서 던져준다, 그러고 나서, 아니라고, 그건 테이블 끄트머리에 있는 손님의 후식이라고 말한다. 그때 내 비프스테이크가 나왔지만, 듣도 보도 못한 음식이다.

백화점에서

나는 P.와 함께 뉴욕에 있다. 우리는 밀집해 있는 몇 채의 집 위로 지붕이 보이는 어느 백화점으로 가려고 한다.

우리는 차에 타고 있다. 나는 누가 운전하고 있는지 알지 못한다. 우리는 방향을 잡느라 애를 먹다가 결국 금지된 방향의 길들로 접어들고 만다.[1]

우리는 백화점에 도착한다, 그리고 엘리베이터 안으로 들어간다. 층은 추시계 문자판과 유사한 원형 문자판 위에서 움직이는 검은 바늘로 표시된다. 우리는 11층에 도착했다, 그러나 바늘은 ㅁ-ㅈ-ㅍ[2] 2를 가리키고 있다.

우리는 엘리베이터에서 빠져나온다. 우리는 실내장식용 직물 코너에 있다. P.는 두툼한 수건들과 대형 욕실 타월들을 살펴보고 있다; 사실, 그녀는 면 시트나 시트용 면을 사고 싶어한다.

거의 모든 사람이 프랑스어로 말하고 있다, 그러나 더러 미국식 표현이 거기에 섞여들기도 한다. 나는 두 남자와 몇 마디 말을 주고받는다. 그다음에 또다른, 젊은 두 남자가, 완전히 발가벗은 채로 나타난다. 그들은 계단을 통해 빠져나간다. 그들 중 한 명의 등에는 동그랗고 바싹 마른 작은 딱지들이 덮여 있는데 딱지들은 지붕의

어렴풋한 부티크

슬레이트처럼 엇갈려 포개져 있다. 나는 생각한다(아니면 말한다) "다발성경화증"이라고, 그런 다음 나는 고친다: "피부경화증"으로.

나는 다른 매장에 가려고 P.와 멀어진다. 나는 다시 엘리베이터를 탄다. 이번에는, 층을 표시해주는 장치가 비정상적으로 작동하는 것처럼 보인다; 나는 우선 물렁물렁한 손목시계와 비슷한 무언가를 생각했다가, 이중 장치가 동시에 바늘을 움직인다는 것을 깨닫는다, 그러니까 하나는 각 층과 호응하고, 나머지는 어떤 추시계에 연결되어 있다는 것을. 실제로, 문자판에는, 하나가 아니라, 두 가지 계열의 숫자들이 있다, 하나는 보다 큰 검은색 계열, 다른 하나는 아주 작은 붉은색 계열.

엘리베이터를 빠져나오다가, 나는 P.를 다시 만난다. 엘리베이터 발치에 꾸러미(아기 바구니)가 하나 있다, 거기에는 전날 P.가 강가에서 잃어버린 배낭 하나와 시트용 면 꾸러미 두 개가 들어 있다: 조그맣고 하얀 알들이다, 나프탈렌과 약간 비슷한, 시트를 세탁할 때 표백용으로 사용하는.

1   페렉은 좌우 시력의 차이 때문에 평생 자동차 운전면허를 취득하지
     못했다. 이에 관해 페렉은 『W 또는 유년의 기억』에서 이렇게 말한다.
     "사실 나는 태어났을 때부터 왼손잡이였던 것 같다. 학교에서는
     오른손으로 글을 쓰라고 강요를 받았다. 이것이 말더듬이(흔한 경우인
     것 같다.)가 아니라 머리를 약간 왼쪽으로 기울이는 것으로 나타났고(몇
     해 전까지만 해도 역력하게 나타났었다.) 특히 왼쪽과 오른쪽을 거의
     구별하지 못하는 만성적 불능증으로 나타났다. (그것 때문에 운전면허
     시험에 떨어지는 대가를 치러야 했다. 시험관이 오른쪽으로 돌라고
     요구했는데 왼쪽에 있던 트럭을 들이박을 뻔했다. 또한 그 때문에 노를
     저을 때 아주 형편없는 사공이 되기도 했다. 배를 돌리려면 어느 쪽으로
     저어야 하는지 도무지 몰랐기 때문이다.)" 조르주 페렉, 『W 또는
     유년의 기억』, 이재룡 옮김, 팽귄클래식, 2011, 157~158쪽.
2   cd. 'cadran(문자판)'의 약자.

석고 세공인

나는 대규모 파티를 위해 당피에르로 돌아왔다. 나는 자신감과 확신으로 가득하다, 그런데, 거대한 조리실과 여러 식당에는, 나에게 다소 친숙한 한 무리의 사람들이 있다, 그러나 그들은 Z.도, Z.의 아이들도 아니다. 나는 공원에서 그녀를 찾고 있다.

외침 소리가 들려온다: 니키! 니키! 니키가 그녀의 개 열일곱 마리를 데리고 도착한다; 개들이 내게로 달려들어 나를 넘어뜨릴 뻔했지만, 곧이어 껑충껑충 뛰면서 내게 다정하게 군다. 나를 본 것이 비록 단 한 차례에 불과하지만, 니키는 진심으로 내 손을 부여잡고, 함께 아는 우리 친구 중 한 명인 H.가 수요일에 우리와 합류할 수 있도록 그에게 전화해보라고 제안한다. 나는 그녀에게 대답한다, 아쉽게도, 수요일에는 내가 더는 여기에 있지 않을 거라고.

나는 다시 조리실들과 식당들을 돌아다닌다. 사람들이 점점 불어나고 있고 우리는 이들 각각을 먹일 만큼의 음식을 충분히 준비하지 못했다. 상당수가 조바심을 내고 있다. 사람들이 (Z.의? 음식의?) 도착을 알려온다. 사람들이 쌍안경으로 도로를 유심히 살펴보고 있다; 끝없이 이어지는 직선 도로다; 그러나 도착하는 사람의 흔적은 전혀 없다.

나는 C.를 보았던가? 나는 S.를 보았던가? 자기들의 어머니가

98

나를 기다렸노라고 그들이 내게 말했던가? 어머니의 방은 어두컴컴하다, 하지만, 어느 순간, 나는 손 하나가 창유리(작은 사각 창문의 유리) 하나를 붉은 체크무늬 천조각(비시[1] 면포)으로 닦아내고 있는 것을 보았다.

조금 후.

Z.는 아마 아이들이 있는 건물 안에 있을 것이다. 마분지로 만든 어떤 집이다. 1층에 들어가려면, 먼저 아주 좁다란, 그러나 겉보기엔 늘어날 수 있을 것 같은 복도 비슷한 곳을 가로질러가야만 한다. 나는 내 어깨가 거길 통과할 수 있을지 궁금해하면서—그렇다기보다는 오히려 그럴 수 있다는 것에 거의 놀라지 않다시피 하면서—우선 내 머리를 거기에 밀어넣어본다. 나는 벌써 길의 절반가량을 갔다, 그런데, 안에서, 인부 한 명이 나타나는 게 보이는데, 왜 그런지 모르겠지만, 나는 그를 석고 세공인이라고 부른다: 그는 Z.의 집으로 올라가는 계단에서부터 와서 다른 계단으로 향한다. 그는 손에 튼튼한 연삭기가 달린 전기드릴을 들고 있다.

나는 나를 따라오는 것처럼 보이는 그 기다란 관에서 몸을 뺀다, 집 전체를 무너뜨릴 위험을 감수하면서.

내 발치에, 누군가가 있다, 나는 우선 그를 어린아이로, 길쭉한 머리통에 사지는 말라비틀어진 가늘고 연약한 존재로 착각한다.

아이들의 집은 이제 2층짜리 캠핑카다, 나무와 구리로 된 이중문이(침대칸 좌석의 문처럼) 거기에 달렸다. 나는 이 문으로 들어가려 한다, 어린아이도 마찬가지인데, 내가 아이의 목덜미를 붙잡고 그를 내던져버린다. 그러자 나는 깨닫는다, 그게 만화영화에 나오는 무슨 족제비 같은 조그만 동물이라는 것을. 이 조그만 동물이 나를 할퀴고 물어뜯는다. 조그만 동물은 사나운 표정을 짓고 있다.[2]

나는 마침내 캠핑카에 들어간다. 내 방이다. Z.의 방은 아마도 위층일 테지만, Z.가 거기 있을 거라는 게 점점 더 불확실해진다.

동물은 첫번째와 두번째 문 사이로 침입하는 데 부분적으로 성공했다. 나는 갑자기 엄청 겁을 먹기 시작한다, 이 동물이 내 방 안으로 완전히 들어오게 될까봐, 그리고 그런 다음 내가 구석에 몸을 숨기고서 벌벌 떨게 될까봐, 내가 이놈을 죽이려 마음먹게 될까봐. 나는 이 동물을 내 무릎 위에 앉힌다; 나는 놈의 목을 조른다, 놈이 발버둥친다, 그러나 놈은 힘이 없다. 놈은 해를 끼치지 않을 듯한 표정(겁에 질려, 체념한, 서글픈 커다란 눈망울)을 짓고 있다; 놈의 가느다란 두 발은 눈에 띄지 않는 경련으로 떨린다. 나는 더욱 세게 조른다. 나는 알고 있다, 내가 지금 놈을 죽이는 중이라는 걸, 그리고 얼마 지나지 않아, 놈은 무기력한 어린아이의 모습으로 변한다. 아이 목의 혈압이 더욱 거세진다, 점점 더 거세진다, 그러다 갑자기 뚝 멈춘다.

(나는 잠에서 깨어난다, 손가락이 죄다 마비되고, 땀에 흠뻑 젖어서)

조금 후 (예지몽)

나는 어느 어두운 방에 있다. 내 앞에 열린 문으로 어렴풋이 빛이 비치는 방이 보인다. 회색 머리카락의 한 여인이 긴 드레스를 입고 왔다갔다하고 있다.

그런데 그때껏 해를 끼치지 않았고, 심지어 불안하게 하지도 않았던 것이, 단박에 공포의 대상으로 변한다: 〈사이코〉의 등장인물(제 늙은 어미로 변장한 미친 젊은이)과 동일한 여인이다. (스팍스[3]에서, 십 년 전에 보았던) 이 장면이 나를 얼마나 불안에 빠뜨렸던지, 오로지 공포에 대한 기억 때문에 그리고 어떤 상상의 동물이 침대 혹은 다른 가구 아래서 내었던 소리 때문에, 밤새도록 내가 깨어 있었을 정도로.

1 2차대전 당시 나치가 프랑스 점령 후 친독 정부를 세운 프랑스 중부 도시 이름이기도 하다.

2 이 대목은 『W 또는 유년의 기억』의 30장에 등장하는 "W의 어린아이"에 대한 묘사를 상기한다. "초심자 생활을 하는 첫 육 개월 동안 아이는 손에 수갑을 차고 밤에는 쇠사슬로 침대에 묶이고 종종 입에 재갈까지 물리기도 한다. (중략) 그리고 잠시 후에 소시지 한 조각, 물 한 모금, 담배 한 모금 때문에 서로 물고 뜯고 싸우는 모습도 볼 것이다." 조르주 페렉, 『W 또는 유년의 기억』, 앞의 책, 162~163쪽.

3 튀니지 동부의 항구도시. 페렉은 아내 폴레트가 스팍스중학교의 프랑스어 교사로 발령받으면서 함께 이 도시에 정착해 그해 10월부터 이듬해 6월까지 살았으며 이후 다시 파리로 돌아온다. 스팍스의 생활에 대해서는 데이비드 벨로스, 앞의 책, 260~269쪽 참조.

J.L.의 꿈 셋[1]

1 Jacques Lederer. 에탕프의 고등학교 시절 페렉의 친구(본문 10쪽 주석 1 참조). 프랑스 남부 포의 낙하산 부대에서 함께 근무했으며 튀니지에서도 함께 생활한 적이 있다. 페렉과 르데레는 250통가량의 편지를 주고받았으며, 르데레는 이후 이 서신들을 출간한다. *Correspondance de Georges Perec et Jacques Lederer, Flammarion*, 1977.

팔레드라데팡스, I

나는 팔레드라데팡스에 있다. 여기는 무너지는 중이다.
나는 내 아내와 함께 전속력으로 어떤 계단을 내려가고 있다.

돌다리

돌다리 하나, 어떤 길과 강이 교차하는 곳.

안내판이 이곳의 이름이 이렇다고 알려준다:

(너)

괄호 안의.

팔레드라데팡스, II

나는 팔레드라데팡스에 있다. 내게는 전당의 웅장한 궁륭이 반쯤 열렸다가 다시 닫히고 있는 것처럼 보인다.

조금 후: 나는 여전히 팔레드라데팡스에 있다. 거기에 이제 궁륭은 없다, 그게 아니라면, 아니 오히려, 궁륭이, 전당이, 도처에 있다.

어렴풋한 부티크

더블린에서의 사냥

어떤 컬러 모험영화다; 색채가 아주 흐릿하다, 황갈색 톤으로 단조롭게 펼쳐지는, 정말 "아메리칸 스타일 영화"(더글러스 서크의 〈캡틴 라이트풋〉[1]이나 라울 월시의 〈세계를 그의 품안에〉[2]처럼).

촬영은 더블린에서 진행되고 있다, 19세기다.

주인공이자 유일한 등장인물, 나는 그를 그림자처럼 따라붙어 호위하고 있다, 그는 혁명 지도자다, 경찰에 인계된 적이 있었거나, 혹은, 그보다는, 제 옛 동지들로부터 사형을 선고받은 적이 있다.

그는 이 사실을 알고 있다.

그는 작은 암캐 한 마리를 데리고서 산책을 하고 있다, 개 두 마리가 이 암캐의 냄새를 맡으러 오면, 그게 바로 암살자들이 모습을 드러내기로 약속한 신호라는 걸 그는 알고 있다.

그는 명백하게 피할 수 없는 것을 모면하려 일부러 애쓰지 않는다; 이와는 반대로, 그는 산책을 한다, 도시 전역에 모습을 드러낸다, 술집 같은 곳에 들어간다. 사람들은 그에게서 등을 돌리거나, 아니면 증오나 경멸 혹은 연민의 시선으로 그를 바라본다. 하지만 어떤 개도 그의 암캐에게 다가가지 않는다.

그런데 갑작스레, 어느 순간, 암캐가 제 주인에게서 벗어나 달아나버린다.

암캐를 붙잡으려는 황급한 뜀박질. 왜 그런가 하니, 그는 정말로 죽기를 바라고 있지만, 한편 언제 그리고 누가 자신을 죽일지 모르는 것은 원하지 않기 때문이다.

마당 가로지르기

담장 넘어 들어가기

층계 기어오르기

몹시 불안하게도: 모든 것이, 모두가 위협적으로 변한다.

우리는 똑같은 원형 코스를 두 번 돌고 있다(사실은 내내 원을 그리면서 올라가다보면 출발점으로 되돌아온다—내게 이름이 떠오르지 않는 네덜란드 화가(에셔³)의 판화에서처럼, 혹은, 그보다는, 우리가 마치 거대한 뫼비우스의 띠 위에 있기라도 한 것처럼.

이미지들 안에는 〈망향〉⁴의 흔적이 더러 있을 수도 있다.

어느 순간, 다소 불안한 상태에서, 나는 "이미지가 더 빨리 지나가게 하려고"(계단에서 더 빨리 달리는 나를 보려고) 시도하지만, 그렇게 하는 데 이르지는 못한다.

1 Douglas Sirk(1897~1987). 독일 태생의 미국 영화감독. 첫 작품
   〈그것은 4월이었다*April, April!*〉로 큰 성공을 거뒀다. 〈잘 자요 내 사랑
   Sleep, My Love〉 등의 스릴러를 만든 이후 할리우드의 흥행 감독으로
   이름을 날렸다. 〈캡틴 라이트풋*Captain Lightfoot*〉은 1955년
   작품으로, 록 허드슨, 바버라 러시, 제프 모로가 출연했다.
2 Raoul Walsh(1887~1980). 미국 영화감독. 1924년 〈바그다드의 도둑
   The Thief of Bagdad〉으로 일류 감독으로 인정받은 후 전쟁영화
   〈애욕과 전장*Battle Cry*〉, 서부극 〈고원아*Taza, Son of Cochise*〉 등
   모든 장르에 손대어 '무엇이든 찍는' 감독으로 제작사들로부터는
   찬사를 받고 비평가들에게는 비판을 받기도 했다. 〈세계를 그의 품안에
   The world in his arms〉는 1952년 작품으로, 그레고리 펙, 앤 블리스,
   앤서니 퀸 등이 출연했다.
3 Maurits Cornelis Escher(1898~1972). 네덜란드 판화가. 에셔의 작품
   중에서, 페렉은 〈올라가기와 내려가기〉(1960), 〈결합의 끈〉(1956)을
   떠올리고 있다.
4 〈Pépé le Moko〉. 쥘리앵 뒤비비에(Julien Duvivier, 1896~1967)
   감독의 1937년 작품,

110

식사 준비

Z.가 어떤 친구에게 파티를 열어준다. 얇은 칸막이벽 저편에서, 우리—다시 말해 보조 요리사 한 무리를 지휘하고 있는 나—는 식사 준비를 하고 있다. 우리는 아주 유쾌하다, 우리는 노래를 부른다. 나는 일종의 크림과 마요네즈 혹은 플랑¹을 준비한다, 상자들에서 꺼낸 식재료를 한가득 거기에 뒤섞으면서: 이토록 쉽다니! 이토록 먹음직스럽다니!

그런데—아마 조금 지나, 마지막에—작은 동물 한 마리가 접시에 담긴 요리를 먹으러 온다.

나는 아주 유쾌하다. 나는 광대, 분위기를 살리는 사랑받는 사람이다.

아파트

앙리 G.[1]의 아파트다. "오점五點형[2]으로" 연결된 방들.

각 방에, 하이파이 장비들: 녹음기, 라디오, 스테레오 장치 등등, 그리고 조금씩, 또 조금씩, 점점 더 완벽하게 갖추어진다.

1   Henry Gautier. 페렉이 자료조사원으로 일한 국립과학연구센터의
    신경생리학 실험실에서 함께 근무한 박사. 30, 53, 55번 꿈 참조.
    데이비드 벨로스, 「연구소의 페렉Perec au labo(1961~1978)」, 앞의
    책, 270~287쪽 참조.
2   다섯 개의 점으로 이루어진 모양으로, 네 개의 점이 사각형이나
    마름모꼴을 이루고 그 중앙에 점이 하나 들어 있는 형태다.

하이파이

나는 P.와 함께 어느 백화점의 "하이파이 제품" 코너를 지나고 있다. 혹시 기기들 중 하나가 눈에 띌 만큼 특이한 형태인가?

탱크

P. 그리고 그녀의 남자 친구들 중 한 명과 함께, 우리는 버려진 어떤 집에 정착했다. 수도꼭지에서 나오는 물을 최근에 마신 적이 있다는 걸 내가 기억하는데도, 심지어 음식을 조리할 때도, 오로지 미네랄 생수만 사용해야 한다는 지침이 내려졌다. 그러나 우리가 찾은 미네랄 생수 병은 마개조차 닫혀 있지 않다.

우리는 식탁에 둘러앉는다. 우리는 (씹다가 버린 추잉 껌과 약간 비슷한) 파테¹ 조각 하나를 식탁 밑에서 발견한다. 십중팔구 며칠은 지난 게 분명한데도, 조각은 전혀 썩지 않은 것 같다, 그러나 P.는 역겨워하면서 조각을 던져버린다.

높고 좁은, 창문이다, 나는 거기로 거대한 탱크 한 대를 얼핏 본다. 그것은 사실 어떤 절벽인데, 이론의 여지 없이 탱크의 면모를 갖추고 있다: 니스나 페인트로 군데군데 칠해놓은 커다란 금속판들은 부분 부분 벗겨지거나, 받침대에서 떨어져나와, 거대한 기포들처럼 보인다. 전체적으로 진흙투성이에다, 더럽고 미끌미끌해 보인다.

얼마 안 가 나는 식별해낸다, 왼쪽에서 오른쪽으로 이동하며, 탱크의 무한궤도 바퀴 위쪽 가장자리를 따라 달리는 한 소년을, 그런데 이 경우에는, 절벽의 낭떠러지에 난 어느 오솔길을 따라서다. 한 남자가 아이를 뒤쫓고 있다. 다른 누군가가 아이 앞에 불쑥 나타나서 아이의 길을 막는다. 아이에게는 뛰어올라야만 피해 갈 수 있는 기회가 있지만, 그것은 진짜로 허공을 향한 도약이어서 아이의 목숨이 걱정되기도 한다. 아이가 물에 뛰어드는 걸 주저하고 있는 것이 분명해 보이지만, 마지막 순간, 아이는 균형을 잃고 뛰어내린다, 더러 수영장에서 등 떠밀려, 어쨌든, 자기가 물에 빠지게 될 거라는 걸 깨닫고 뛰어들기로 결심하는 어떤 아이처럼.

절벽-탱크² 저 아래, 호수가 하나 있어 나는 창문으로 내려다보고 있다. P.와 그녀의 친구는 지금 호수 반대편에 있다.

아이가 호수로 떨어진다, 두 발이 먼저, 그러나 아이는 고작 몇 센티미터만 뛰어내린 것 같다. 거기에는 물이 거의 없다. 아이가 다시 호수 한복판을 향해 달리기 시작하더니 발을 헛디딘다, 그러고는 헤엄을 치기 시작한다. 남자 둘이 헤엄쳐서 아이의 뒤를 쫓고 있다. 그들은 물론 경찰이다, 그리고 경찰 함정 한 대가 호숫가에서 시동을 걸더니 와서 아이의 길을 가로막는다. 아이가 잠수한다; 아이는 좀더 멀리 떨어진 곳에서 다시 나타난다, 그러나 이번에는 완벽하게 포위되어 있다. 그때 새로운 사람이 하나 솟아오른다: 수염이 난, 남자다, 아마도 권총으로 무장한 것 같다. 그가 경찰들을 협박한다, 그들을 죽이겠다는 게 아니라, 경찰이 만약 아이를 놓아주지 않는다면 자신이 죽여버리겠노라고. 그들은 그렇게 한다.

나는 다시 P.와 호숫가에서 합류한다. 우리는 방금 본 것을 분개하며 떠올린다, 파렴치하고 폭로적인 신문 사회면 어느 기사처럼.³

117

1   익힌 고기나 생선 조각을 파이 껍질로 싸서 다시 구운 음식.

2   falaise-tank. 페렉의 신조어. 마리 보노, 앞의 글, 124쪽 참조.

3   이 꿈에 등장한 물에 빠진 아이는 페렉을 집요하게 쫓아다니던 어린
     시절을 떠올리게 한다. 이러한 모습은 『W 또는 유년의 기억』의 9장과
     11장에 등장하는 "나의 동명이인이 익사한 것"을 중심으로 칠레의 민간
     조난 구조 단체에 의해 발견된 요트 속의 "다섯 구의 시체"와 "시체를
     찾지 못"한 "열두 살 난 가스파르 뱅클레"(9장, 앞의 책, 58~62쪽),
     "좌초의 충격으로 제대로 묶여 있지 않았던 대형 트렁크가 떨어지면서
     허리가 부러진 캐실리아"의 시신과 바닷속에서 발견하지 못한 "그녀의
     아들"(11장, 앞의 책, 75쪽)의 모습으로 나타난다. 페렉은 이 꿈을 꾼 지
     두 달이 지나 자살을 시도했다. 데이비드 벨로스, 앞의 책, 489쪽.

눈 속의 강제수용소
혹은
수용소의 겨울 스포츠[1]

　　이미지 하나만 남아 있다: 아주 딱딱한 눈, 혹은 얼음으로 만들어져, 하키 픽인가 하는 생각을 떨쳐낼 수 없는 신발을 신고 있을 누군가의 이미지.

1   페렉은 빌라르드랑(Villard de Lans, 78번 꿈 주석 2 참조)에서 겨울
    스포츠를 하며 보낸 기억과 "며칠 전에 뱅 지역의 스키장 아래에 있고
    '수영장'이라 불리는 스케이트장에서 스케이트를 타다가 썰매에
    부딪쳐서 뒤로 넘어져 어깨뼈가 부러졌"(『W 또는 유년의 기억』, 앞의
    책, 94~100쪽)던 기억을 갖고 있다.

중국 식당

나는 앙리 G.와 함께 있다, 매우 값비싼, 어느 중국 식당이다.

잡보란에 실린 기사 하나가 화제가 되었다: 물을 것도 없이 젊은이들끼리의 주먹 다툼이다.

지금 우리는 그들을 보고 있다, 그 젊은이들을, 텔레비전에서. 그들은 단상 위에 올라가 있다; 그들은 군복 차림이고 다양한 단체 동작을 선보이고 있다.

어렴풋한 부티크

건전지 알람 시계

1

나는 제법 유명한 이탈리아 여자 배우와 어떤 바에 있다. 쉰 살이 넘은 나이인데도, 눈에 띌 만큼 아름다운 여인이다, 살도 거의 찌지 않은. 그녀는 내 애인이 된다는 가정을 물리치기는커녕, 반대로 매우 흡족해하면서, 진지하게 고려하고 있다. 그러나 여섯시 종이 울린다, 그녀는 갑작스레 일어나 자리를 떠난다.

2

P.가 나에게 건전지 알람 시계를 하나 주었다; 시계는 알처럼 둥글고 투명하다; 시계에는 여러 개의 작은 흡반과 각각의 면에 비스듬히 달라붙은 두 개의 길쭉한 부품이 있는데 그 용도는 알지 못한다. 그런데 압델카데르 Z.[1]가 시계의 갖가지 부품을 가지고 장난치다가 잃어버린다. 알람 시계는 사용할 수 없게 되어버린다. 나는 몹시 화가 나 있다.

3

대규모 철도 파업. 철로 위 붉은 깃발들이 열차들을 가로막고 있다. 나는 철로를 따라서, 여행 가방 하나를 손에 들고 걷는다. 나는 어떤 도시로 들어간다, 아마도 그르노블[2]이리라. 내가 교차로를 건너는데 거기에 경찰들(모두 사복 차림에, 친절해 보일 듯 말 듯한 표정을 짓고 있다)이 운집해 있다. 예전에, 나는 땅바닥에 박혀 있던 셀 수 없이 많은 붉은 깃발 중에서 하나를 뽑아 여행 가방을 들고 있던 손에 둘렸던 적이 있었다(파업 참가자들을 향한 연대의 표시처럼 내가 느꼈던 행동).

나는 목책을 따라 걷는다. 나는 어떤 성당에 도착한다. 실제로, 거기에는 벽이 없다, 그리고 바닥은 쇄석碎石³으로 되어 있다, 마치 거리처럼, 그러나 고작해야 기둥 여럿으로 지탱되는 지붕 하나가 있을 뿐이다.

나는 사제를 찾고 있다, 그는 거기에 없다, 그런데 내가 불현듯 그를 보고 있다, 그는 자신의 제단 저 높이 숨어 있다. 그가 나에게 다가온다, 그리고 내게 말한다:

—나는 아버지가 되고 싶습니다.

—그러나 당신은 그럴 수 없습니다, 당신은 신부님이십니다.

그는 아버지나 신부나 아무런 차이가 없다고 대답한다.

청어 두 마리(마르세유산産처럼 아주 굵은)가 우리를 쳐다보고 있다.

4

같은 장면이지만 다른 배경이다.

나는 친구들의 집(아마도 H.의 집)에 있다. 나는 화들짝 놀라는데, 내가 다시 군대로 돌아가야만 하기 때문이다. 나는 아직 복무를 다 마치지 않았다. 나는 계산을 해본다, 2월 15일경에는 자유로워질 것이다. 그들이 어떤 행동을 취할 수도 있을 텐데, 이토록 짧은 시간에 나에게 돌아오라고 할 필요는 없다, 바로 다음날 내가 (낙하산) 점프를 해야 하는 게 아니라면, 그리고 온갖 의료 검사도 상당한 시간이 걸릴 위험이 있는 만큼.⁴

내 동료들이 나에게 설명해준다, 그들은 그들대로 그 도시를 떠나 파리로 갈 거라고, 내가 다시는 그들을 보지 못할 거라고.

아마 건전지 알람 시계가 여기서 다시 출현하는 것 같다.

1   Abdelkadar Zgha. 페렉의 고등학교 시절 친구로, 튀니지 출신이다.
    데이비드 벨로스, 앞의 책, 146쪽 참조.

2   프랑스 동남부 론알프스 지방의 도시. 1941년 페렉의 어머니는 적십자
    단체를 통해 페렉을 자유 구역인 그르노블로 보낸다. 남은 전쟁 기간
    동안 고모 부부가 페렉의 양육을 맡는다. 페렉은 1945년 전쟁이 끝나자
    고모 부부와 함께 파리로 돌아가 파리 16구의 아송시옹가에서
    학창생활을 시작했다. Claude Burgelin, *Album Georges Perec*,
    Gallimard, 2017, p. 23 참조.

3   19세기 최초의 포장도로는 발명한 사람의 이름 'McAdam'을 따서
    'McAadam roads'라 불렸다. 빗물이 빠르게 배수되도록 자갈을 분쇄해
    만들어 '쇄석로'라고도 불린다.

4   1957년 12월 입대한 페렉은 1958년 1월부터 1959년 12월까지 포에서
    낙하산병으로 복무했다. 데이비드 벨로스, 앞의 책, 204~219쪽 참조.

M/W

내가 한창 번역중인 어떤 책에서, 나는 두 문장을 발견한다; 첫번째 문장은 "wrecking their neck,"[1]으로 끝나고, 두번째 문장은 "making their naked,"[2]로 끝난다, "옷을 홀라당 벗기기"를 의미하는 은어 표현.

침입자

누군가가 샤워실의 얇은 칸막이벽을 통해 내 집에 슬그머니 들어오는 데 성공했다. 그는 노크를 하고는 나를 부른다. 게다가, 그의 목소리에선 적의가 하나도 느껴지지 않는다. 이자는 내 짐작으로는, 여자다; 내 침대 발치에서 그녀의 냄새가 난다, 그녀가 내 귀에 대고 무어라고 속삭인다; 나는 내가 꿈꾸고 있는 게 아니라는 데 완전히 설득된다; 나는 조금 얼이 빠진 채, 소스라쳐 잠에서 깨어난다, 내게 이렇게 말하는 소리를 들으면서
—이게 뭐예요?

(시간이 조금 흐른 뒤, 초인종이 울린다. C.다, 나와 함께 아침식사를 하려고 크루아상 몇 개를 들고 있다.)

커다란 마당

어떤 마당, 집들로 둘러싸인 큼직한 공간 하나. 나는 앙리 C.[1]를 만나고 있다, 그가 내게 말하기를, 자기도 그르노블로 내려가니 나를 데려갈 수도 있겠다고 한다.

우리 모두 함께 저녁을 먹고 있다. 나는 이 테이블에서 저 테이블로 옮겨다닌다. 먹을 것이라고는 고작 치즈밖에 없고, 이 치즈마저도, 겉보기엔 괜찮지만, 알고 보니 대부분 벌레가 우글거리고 있다. 내가 이걸 가지고 P.에게 잔소리를 한다, 그녀는, 자기 집에 다시 올라왔을 때 그렇다는 걸 알았다고 내게 말한다. 하지만 그러면서도 그녀는 타르틴[2] 한 조각을 (사방으로 열어 보이며) 벌레 먹지 않았다고 확인시켜주면서 내게 만들어준다.

나는 떠나려고 몇 차례 자리에서 일어난다. 나는 모두에게 (몇몇 여자애들에게는 입술에) 키스를 한다. Z.가 거기에 있다, 그녀는 조금 떨어져 있지만, 미소를 띠고 있다. 내가 키스하는 걸 거부하며 울고 있는 (그러나 조금 지나자 체념하는) 한 여자아이를 제외하고 모든 사람이 느긋해진다(내가 떠나는데도?). 작별의 입맞춤이 여러 차례 되풀이된다. 앙리 C.와 그의 아내는 그르노블에서 파리까지 비행기를 타고 갈 게 분명하고 나는 기차다. 그는 차로 데려다주겠다는 제안을 나에게 되풀이한다. 나는 받아들여, 바로 출발하자고 그에게 요청한다, 그건 내가 출발 십오 분 전에 기차에 자리를 잡고 앉아 있는 걸 좋아하기 때문이다. 앙리 C.는 그래도 우리가 커피 한잔

마실 시간은 있다고 나에게 대답한다(고약한 냄새가 나기는 하지만 커피는 따뜻하다). 마당의 여러 건물 중에서, 유일하게 불이 켜져 있는 한 곳에서 커피가 나왔다. 거기는 계단 세 칸을 올라가면 된다. 담배 연기 자욱한 방, 가난한 자들이 계산대 안쪽에서, 무언가를 먹고 있다. 누군가 우리에게 커다란 쟁반에 커피를 받친 채 밖으로(우리는 땅바닥에 몸을 웅크리고 있다) 가져다준다. 커다란 사발세 개—검은 것 하나, 새하얀 것 둘—그리고 잔은 하나밖에 없다. 나는 (내 것으로 마련된 것은 아니지만, 아무것도 내 것으로 예정되지 않았으니) 블랙커피 한 모금을 마신다.

앙리 C.는 아주 우아하고, 매우 젊다; 그가 검은색 중절모를 썼길래 나는 모자가 정말로 예쁘다고 그에게 말해준다.

바닷가

그것은 우여곡절로 가득한 어떤 이야기였다. 사건은 니스 근처, 바닷가에서 발생했다. 어쩌면 망통¹일 수도. 알랭 들롱²이, 그가 아니라면 알랭 들롱의 어떤 친구가 문제였다. 주인이 내 삼촌을 아는 어느 레스토랑에서 나는 저녁을 먹었다. 조금 지나, 나는 거기로 돌아가려고 했다; 나는 전화를 걸었다, 그러나, 결국, 나는 예약을 하지 않았다. 내 삼촌이, 내 기억으론 아주 호되다 싶게 나를 혼냈는데, 그 이유는 모르겠다, 아마도 내가 삼촌에게 이 사실을 말하지 않았기 때문일지도.

나는 파리로 돌아온다, 정말 공상과학소설 같은, 최첨단의, 환상적인 로켓 같은 것을 타고서. 나는 기억한다, 파노라마가 펼쳐지는 둥근 기창들을. 현기증 나는 속도.

렌쇼 신경세포[1]

교류들
네 개의 받침 기둥

내가 잊어버리는 흔한 단어

렌-쇼
(쇼-렌)
제어

(나는 밤에 이 단어들을 휘갈겨 적었다; 잠에서 깨어, 나는 이 단어들을 다시 발견한다; 어떤 낱말도 특별한 기억을 불러내지는 않는다)

(렌쇼 신경세포의 반복되는 제어는, 상당히 개괄해서 말하면, 근육 수축을 통제하는 루프 시스템[2]이다)

1 Renshaw cell. 알파운동신경의 측부 축삭(collateral axon)에 의해
   자극받는 '억제성 뉴런'. 이와 같은 어휘의 등장에 관해서는 30번 꿈
   주석 2 참조.
2 배전선의 배선방식 중 하나. 변전소 또는 변압기를 중심으로 선로를
   시설하는 방식 중 환상식(環狀式)을 말한다.

D.E.A.[1]

아마도 장 뒤비뇨[2]의 집, 아니면 오히려 폴 비릴리오[3]의 집이리라.

나는 로네오식 등사기로 출력된 작품 한 편이 테이블 위에 놓여 있는 것을 알아차리고는 그걸 펼쳐본다. D.E.A 학위 청구 심사 ▬▬▬─분명 연극무대 장치에 할애된─인데, A.가 남아메리카에 있는 동안 작성한 것이었다. 나는 논문에 관해서 들은 바가 없지만, 그녀가 오래 체류하는 동안 무언가를 했다는 사실에 놀라면서도 흡족해한다.

특이 사항이 하나 있다: 제목이 적힌 페이지는 (가정하자면) IBM 307의 도움을 받아 (유명세가 있을 만한 이름이 여기에 들어가야 한다) 구성되어 있었다.

나는 떠올리고 있다─이 주제에 관해─피에르 G.[4]가 언젠가 나에게 자동 작문에 대해 말했던 적이 있다는 사실을.

이 일은 아마도 이런 종류의 일들이 대화의 훌륭한 주제가 되곤 하는 칵테일파티에서 벌어지고 있으리라.

1   Diplôme d'études approfondies의 약자. 2000년대 이전 프랑스
    대학원은 석사과정(Maîtrise) 1년, 박사준비과정(D.E.A) 1년,
    박사학위과정(Doctorat) 3년으로 구성되어 있었다. 현재 석사과정과
    박사논문 제출 준비 학위과정을 석사과정(Master)으로 통합해 2년의
    체계로 운영한다.
2   Jean Duvignaud(1921~2007). 프랑스 작가, 연극비평가 및 연출가,
    사회학자, 인류학자. 1972년 페렉, 비릴리오와 함께 잡지 『코즈 코뮌
    Cause commune』을 창간했다.
3   Paul Virilio(1932~2018). 프랑스 도시학자이자 작가. 테크놀로지와
    속도에 관한 저작들로 잘 알려져 있다.
4   Pierre Getzler. 26번 꿈 주석 1 참조.

136

다각형 균형 유지

나는 P. 그리고 앙리 G.와 함께 거리에 있다. 버스 몇 대도 거기에 있다.

우리는 코끼리의 다각형 균형 유지[1]에 관해 이야기를 나누고 있다.

앙리 G.는 무게중심이 약간 몸의 앞쪽에 (아니면 약간 뒤쪽인가?) 위치한다는 사실을 나에게 상기시킨다: 서 있는 데는 무엇 하나 소모되지 않으며, 기껏해야 아주 작은 노력이 필요할 뿐이라고.

이 설명은 당연히 하이힐에 적용된다.

1 이와 같은 전문용어의 등장에 관해서는 30번 꿈 주석 2 참조.

정자精子와 연극

(아침나절 어느 순간, 나는 기억한다, 내가 어떤 꿈을 꾸었다는 사실을, 그러나 이 꿈에서는 오로지 두 단어밖에 나타나지 않는다: 정자, 연극).

귀가

내가 Z.를 떠난 이래로, 그녀는 두 남자와 살고 있다, 그녀는 이들을 사랑하지는 않는다, 그러나 둘 다 백만장자다; 한 사람은 엔지니어이고 다른 이는 마하라자¹ 부류로, 그녀에게 어마어마한 저택 한 채를 지어주었다.

나는 이 저택 짓는 일에 참여하는 중이다.

나는 높다란 흰색 벽 아래에 도착한다; 벽에는 내 머리 저만치 위로, 커다란 출입문(훗날의 창문이랄까, 아니면 유리로 된 트인 공간이랄까)이 하나 뚫려 있는데, 이 출입문의 가장자리에 타일공 두 명이 있다, 남자 하나와 여자 하나. 내가 아는 이들인 것만 같다; 그들도, 어쨌든, 나를 알고 있는 것 같은 것이, 여자가 『사물들』 3쇄가 출간되었는지 나에게 물어보고는, 이 책을 써주어 고맙다고 말한 다음, 할 수만 있다면, 말더듬이를 위한 이 책의 번역본이 하나 있으면 좋을 것 같다고 말을 해주니 말이다. 이 생각에 나는 몹시 즐겁다.

그러는 동안, 고생을 바가지로 하며, 나는 두껍지는 않지만 아주 견고한 나무틀의 도움을 받아 (사다리가 없는 와중에도) 출입문 위로 기어오르는 데 성공했다, 그리고 가까스로 균형을 회복하면서 나는 타일공들이 일하고 있는 방 가장자리에서 몸을 일으켜세웠다. 막 깔아놓은 타일을 밟고 지나는 게 금지되어 있는데도(사람들은 판자와 벽돌로 된 다리 위를 지나다닌다), 타일공들은 내가 집으로 들어가는 걸 허락해준다. 내가 우선 필라냐² 부류의 작은 집의 그것, 다시 말해 내가 사각형이라고 생각하고 있는 그 타일은 사실, 육

각 혹은 팔각형이다; 그리고 타일들은 아주 작은 것부터 실로 거대한 것에 이르기까지 크기가 다양하다, 타일공들의 기술은 바로 이와 같은 부조화 때문에 생겨난, 까다로운 (그리고 불가능한) 위상학적 문제들을 해결하는 것이다.

나는 앞으로 나아간다—웃으며 속으로 『사물들』의 첫 부분을 "말더듬이식으로" 흥얼거리면서—감지하지 못한 상태에서 (그러나 느낌은 아주 선명하다) 아직 굳지 않은 시멘트에 빠지면서. 타일 몇 개가 다른 것들보다 위로 들려 있다; 나는 우선 이 타일들이 밟고 지나가는 데 사용되거나, 혹은 사고 때문에 그렇게 된 것이라고 생각했다가, 그것들이 일본식 모래 정원[3]에 솟아 있는 바위들처럼, 장식—떠 있는 섬 부류—의 구성 요소들이라는 사실을 이해한다.

마하라자의 집에서 보낸 내 삶의 추억들이 희미해지기 시작한다: 나는 믿을 만한 측근, 마하라자의 개인 비서였다. 나는 그의 서류 가방을 들고 다녔고 비록 중요한 것은 아무것도 담겨 있지 않았지만, 이 가방을 정리하면서 시간을 보냈다. 우리는 업무상 출장을 떠나야만 했다; 출발은 이러저러한 시간에 예정되어 있었다; 그러나 마하라자는 절망적으로 모두를 기다리게 할 뿐이었다. 마하라자는 비현실적인 기질의 소유자다: 단 한 번도 준비를 제대로 마친 적이 없고, 출장을 떠날 의향이 더이상 없는 등등. 나는 내 방과 마하라자의 아파트들을 왔다갔다하느라, 그리고 믿을 수 있는 어떤 친구에게 그의 변덕을 라신의 비극적이다시피 한 용어들을 동원해가며 설명하느라 내 시간을 보냈다. 한번은, 내가 출발을 간청하러 간 적도 있다, 나를 위해서가 아니라, 그의 호위 병사들, 사슬 갑옷 차림의 기사들을 위해서, 그들 중 한 명은 내 뒤에 바짝 붙어, 벌벌 떨고 있었다. 마하라자는, 화가 나서, 자기가 쥐고 있던 보드카 잔의 내용물을 내 얼굴에 끼얹었다(아니, 좀더 정확히 말해, 내 머리 위로, 마치

141

세례 성수를 끼얹으려 한 것처럼), 그런 다음 그는 욕설을 퍼부으면 서 잔을 깨뜨렸다. 그 행동에 정말로 내가 공포에 떨었던 것은 아니 었다; 내 신경을 특히 거슬렸던 것은, 내 방으로 이어지는 거대한 복 도를 따라, 병사, 이 모든 것에도 불구하고 내가 도우려 했던 바로 그 병사, 그리고 마하라자의 아내(P.가 아니라 다른 여인)가 계속해서 나를 조롱했다는 사실이다.

언젠가 또 한번은, 반대로, 마하라자가 나에게 훈장을 수여했 다. 훈장은 10프랑짜리 지폐와 얼추 크기가 비슷하고, 아주 복잡한 형태의 물결무늬가 새겨진, 직사각형의 은 배지였다: 이것에 대해 이런 상상을 할 수 있다, 열두 개의 정사각형으로—말하자면—등분 되었다고, 각각의 오목 정사각형과 볼록 정사각형이 번갈아 있다고; 오목 정사각형 각각과 볼록 정사각형 각각은 다시 또 열두 개의 오 목 정사각형과 볼록 정사각형으로 등분되고, 이렇게 계속해서……

마하라자의 망설임은 사실상 조금도 중요하지 않았다. 나는 오 전 여섯시이니 출발은 돌이킬 수 없게 꼬였다고 생각했지만, 내 방 의 대형 시계는, 오후 한시를 가리킬 뿐이었다. 그리고 심지어, 조금 더 지나자, 나는 지하철역에서 줄을 서 있었고, 시간은 고작 오전 열 한시를 가리킬 뿐이었다.

사람들이 지하철역에서 줄을 서고 있을 때, 그건 표를 구입하지 않기 위해서였거나, 아니면 지하철역 밖으로 나가게 해줄 표를 한 장 구입하기 위해서였다. 더구나 사람들은 모두 이걸 기괴하게 여기 고 있었다. 저멀리, 저 아래 차량들이 보였다. 왼편으로, 작은 철제 계단 아래, 문이 세 개 있었다; 첫번째 문 위에는, 아무것도 적혀 있 지 않았다, 두번째 문 위에는 성가대원용 입구와 같은 무언가가; 세 번째 문에는 주방들이라고 적혀 있었다: 믿을 만한 친구가 내게 말했는데, 아니 그보다는 나에게 상기시켜주었는데 (내가 아주 최근에 알게 된 사실이었다) 파리교통공단[4]에서 저렴한 가격에 음식을 제공하는데, 돈을 낼 수 없으면 심지어 공짜지만 이 경우, 식은 고기보다 덜 비싼 음식만 제공한다고 했고, 내가 내린 결론은 거기서는 오직 식은 음식만 먹을 수 있다는 거였다.

나는 지금 Z.의 집으로 돌아가고 있다.
—거참 희한한 일이군, 나는 혼잣말을 하고 있다, 평소대로라면 그녀는 타일을 깔건, 카펫을 깔건, 일률적인 방식으로, 바닥을 깔았을 텐데; 이 집에서 그녀는 아주 색다른 고정관념에 사로잡혀 있었는데, 말할 것도 없이 마하라자와 그의 건축가들의 영향 때문이다; 그녀에게 마음대로 쓸 수 있는 재산이 엄청 많다는 것은 사실이다, 이 재산에서 비롯된, 크기가 제각각인 이 타일들, 타일들 위로 솟아난 굵직한 이 돌들, 아주 복잡한 그림이 새겨진 환상적인 황금빛 마룻바닥……

그녀의 방은 진짜 푸르른 카펫 바다다. 그녀가 평소 살았던 방들이 모두 충실하게 복원되었다. 나는 내 옛 방을 되찾을 수 있을 거라고 확신한다(책 한 권—『잠자는 남자』[5]—을 꺼내려고 내가 내 서재에 온 적이 있지 않았나?).

어느 복도 끝에서, 나는 문을 열었다가 아주 키가 큰, 정장 차림의 두 남자를 발견한다; 그들은 나를 보고 당황한—겁에 질린 것과 다르지 않은—표정을 짓더니 반대편으로 달아나버린다.

또다른 문 하나. 나는 일종의 드레스룸 비슷한 곳에 있다. Z.가 나타난다, 등을 돌린 채; 그녀는 발가벗고 있다; 그녀는 통로에서 붉은색 목욕 가운을 들고 있다가, 샛문으로 사라진다.

143

／／

나는 Z.에게 책 한 권을 찾으러 왔다고 말한다. 내 옛 서가는 어디 있어? 그녀는 자기 아들 집에 있다고 대답한다. 나는 그녀의 아들을 보러 간다; 그는 자기 책상에 앉아 있다.

―잘 지내니?

―잘 지내요!

내 서가가 보이지 않는다, 심지어 나는 그걸 더이상 생각하고 있지도 않다.

두 남자를 앞질러 가면서, Z.와 나, 우리는 집을 떠날 준비를 한다. 우리는 파티오[6]를 가로지른다. 아주 긴 방(내가 공사에 참여했던 바로 그 방)인데 방의 옆면은 계단식 테라스가 차지하고 있고 거기서 사람들이 물로 가득 채워진 폭 좁은 운하 위, 좁다란 돌길을 돌고 있다. 수많은 꽃들. 사람들로 가득찬 테이블들. 축제 분위기. 수다 떠는 소리. 내게 이런 말들이 들린다.

―당신의 파티는 훌륭하며, 또한 아주 훌륭했습니다,

그런 다음에, 보다 분명하게:

―샴페인과 페리에 말입니다.

Z.가 영어로 몇 마디를 한다.

우리는 수플로가[7]를 내려간다. 우리는 걷고 있다, Z.와 나, 두 남자를 꽤 앞질러가고 있다. Z.가 웃음을 멈추지 않는다:

―네가 올 거라고 나는 정말 확신하고 있었다니까, 심지어 기다릴 필요조차 없었다고. 한번 봐, 오늘 아침, 아무 일도, 심지어 전화벨조차 울리지 않았는데, 그런데 말이야, 네가 여기 있잖아!

그녀는 완벽하게 단호한, 빈정거리는, 못돼먹은 표정을 짓고 있다. 나는 수중에 담배가 다 떨어졌다는 사실을 깨닫는다. 오른쪽

144

에 작은 담뱃가게 하나가 보인다. 나는 거기로 달려간다(내 생각에는 내가 거리를 횡단하는 것 같다). 거기는 주로 수공예 잡화를 파는 극도로 작은 방이다. 창살이 부분 부분 쳐진 계산대가 있다. 하나같이 붉은색 옷을 입은 여자아이들로 계산대 앞이 붐빈다, 어디로 보나 초등학생들이거나 기숙사에 거주하는 학생들이다. 계산대 반대편에는, 똑같은 방식으로 옷을 입은 두 명의 젊은 여인, 그리고 또 초등학생 몇몇이 있다.

나는 조바심을 내고 있다.

—필터 달린 지탄[8]이랑 성냥 한 갑 주세요.

—필터 달린 지탄은 없어요.

나는 다른 담배를 달라고 청하려다가 오른쪽 선반 위에 미처 분류되지 않은 상태로, 무더기로 흩어져 있는 담뱃갑들을 본다, 그중에 필터 달린 지탄 한 갑이 섞여 있다. 나는 그것을 가리킨다. 그걸 건네받는다. 나는 돈을 지불하고 밖으로 나온다.

나는 눈으로 Z.를 찾고 있다, 그러나 그녀는 두 남자와 마찬가지로 사라져버렸다. 짤막한 절망의 순간, 뒤따라오는 안도감에 가까운 돌이킬 수 없는 감정. 그녀를 다시 본 내 실수는 그러니까 그다지 대단한 것이 아니었다, 그녀가 다시 사라져버렸으니 말이다. 나는 평소와 마찬가지로, 담뱃갑에 싸여 있는 투명한 비닐 포장을 벗겨낸다. 그때 나는, 나한테 판 게 담배 한 갑이 아니라, 커다란 성냥 한 갑이라는 사실을 알아차리고는 화를 낸다.

나는 인도 좌측을 따라 생미셸대로[9]를 내려간다. 오늘은 금요일이다. 오후 네시밖에 되지 않았는데도, 날이 저물고 있다, 아니면 거의 저문 거나 마찬가지다. 나는 소용없을 줄 뻔히 알면서도 M.에게 전화할 결심을 한다. 나는 담배도 파는 어떤 카페 안으로 들어간

145

다. 나는 계산대 앞에서 기다린다. 나보다 먼저 온 손님이 담뱃가게 창구의 절반을 가리고 있던 신문을 집어들고 가버린다. 나는 5상팀짜리 동전을 발견하고, 가서 집어다가 담배 파는 사람(노인이다)에게 돌려준다, 그가 이런 나를 정직하다고 칭찬한다. 나는 그에게 10프랑짜리 지폐 한 장을 내민다, 그리고 필터 달린 지탄 한 갑과 성냥 한 갑을 달라고 한다, 2프랑 10상팀이다, 그런데 그가 내게 거스름돈을 주려 하면서 몇 번이나 실수를 한다.

결국, 이렇게 처리해야만 한다:
그에게 담배 한 갑을 요구한다, 2프랑이라 치고, 10프랑짜리 지폐 한 장을 준다. 그는 나에게 8프랑을 거슬러줄 것이다;
그런 다음, 그에게 1프랑짜리 동전을 내민다, 10상팀이라 치고, 성냥 한 갑을 달라고 한다, 그러면 그는 나에게 90상팀을 거슬러줄 것이다.

그러나 이 작전이 성공할지 어떨지도 확실하지 않다.

1 Maharadjah. 과거의 인도 왕국 중 한 곳을 다스리던 군주.

2 Filagne. 대리석과 타일로 이루어진 스페인의 건축물.

3 Zen garden. 곱고 흰 모래를 깔고 그 위에 자갈(바위)을 심어 바다 위에
   떠 있는 섬들의 풍경을 펼쳐놓은 듯한 일본 고유의 정원.

4 R.A.T.P.(Régie autonome des transports parisiens).

5 조르주 페렉의 세번째 작품으로, 이인칭 소설이다.

6 휴식 공간을 갖춘 작은 마당 안의 공간. '위쪽이 트인 건물 내의 뜰'
   이라는 뜻의 스페인어에서 유래했다.

7 파리 5구의 거리로, 소르본 대학가와 발드그라스(Val-de-Gras) 지역의
   교차로에 위치한다.

8 프랑스의 대표적인 담배 상표명. 1910년 '골루아즈'와 함께 출시되었다.

9 파리 5구와 6구를 나누는 대로로, 센강부터 포르루아얄 지역까지를
   이른다.

눈

(……내가 M.에게 전화를 하고야 만 것
은 확실하다, 그녀는 자기를 찾으러 오라고
나에게 말했다……)

나는 그녀의 집 거의 맨 아래층에서 그녀를 발견한다. 그녀는
미소 짓고 있다. 우리는 서로 팔짱을 낀 채 걷기 시작한다. 그녀는 주
머니 네 개가 달린 하얀색 재킷을 입었다, 그리고 나는 달랑 티셔츠
하나다. 나는 깨닫는다, 내 주머니엔 고작 20프랑, 아니면 40프랑,
아니면 60프랑밖에 없다는 걸, 그런데 우리는 발자르¹에서 저녁을
먹길 기대하고 있다는 걸; 그러나 나는 속으로 말한다, 이건 별일 아
니라고, 내일 들러서 식사비를 치르겠노라 호텔 지배인에게 미리 잘
말해둘 수도 있을 거라고; 잠시 후, 나는 생각한다, 내가 한 달 단위
로 돈을 내고 있는 바에 가는 편이 훨씬 더 간단하겠다고.

나는 M.에게 내가 늘 무관심했다고 확신하는 터라, 이 저녁 데
이트에 큰 기대를 하지 않고 있다, 그러나 웬걸, M.이 나를 사랑하고
있다는 걸 나는 차츰차츰 깨닫는다. 어느 순간, 우리는 서로 키스한
다. 나는 한순간 행복에 사로잡히지만, 이내 얼마간의 불안감이 생
겨난다. 우선 M.이 평소보다 훨씬 키가 큰 것처럼 느껴진다, 나에게
는 거의 지나치다 할 만큼 커 보인다; 그녀의 얼굴을 보려면 발꿈치
를 들어 내 키를 높이고서 허공을 바라보아야 할 지경! 다음으로, 그

녀가 머리를 다듬은 방식도 평소와 같지 않은데 머리카락의 절반이 굵은 웨이브를 하고 있어 앞으로 부풀었다. 그녀의 눈도 정확히 그녀의 눈이 아니다, 그러나 여전히 아름다운 눈이다.

우리는 걷던 길을 다시 가기 시작한다. 그녀가 내 허리에 제 왼팔을 두르고, 웃으면서, 자신의 기다란 손가락으로 내 배꼽과 바지 지퍼 부근을 애무하기 시작한다. 그녀가 자신의 몸을 내 몸에 밀착시킨다. 그녀의 배에 닿자 내 성기가 딱딱해진다, 내 두 손은 그녀의 매끄러운 등을 구석구석 어루만지고 있다.

우리는 계속 길을 간다. 그녀는 나에게 자기 아이들을 기숙학교에 보냈다고 말한다; 그녀가 자살을 시도했었다는데, 어떤 방법으로 그랬는지는 말해주지 않는다. 그녀는 지금 드고텍스호텔²에서 지내고 있다.

―네가 내 방을 보았더라면! 그녀가 웃으면서 나에게 말한다.

나는 그녀에게 내 집에 와서 살면 아주 잘 지내게 될 거라고 대답한다.

그녀의 여자 친구 하나가 우리와 합류한다. 우리는 몽타뉴 생트 주느비에브 구역³에 도착한다. 우리는 좁고 구불구불한 거리를 거슬러올라간다. 얼마 지나지 않아 포장도로들이 무성한 풀로, 낮게 깔린 잔디로 바뀐다. 자가용 두 대가 우리를 추월한다. 한 대에는 상복 차림의 한 여인이 완전히 낙담한 상태로 타고 있다.

얼마 지나지 않아 이 길이 눈 덮인 길로 변해, 점점 통행이 어려워진다. 수많은 사람들이 측면을 기어오르느라 녹초가 된다. 우리도 가까스로 앞으로 나아가고 있다. 나는 알아차린다, 내 회색 양말의 엄지발가락 자리에 구멍이 났다는 사실을, 그다음에는, 조금 닳았을 뿐이라는 사실도, 그다음에는, 신발("처치스"[4]다)에 양말이 가려져 있다는 사실도. 나는 내가 양말을 신고 있다는 사실에도 놀란다.

깊숙한 곳에, 작은 얼음 절벽 하나가 있다, 거길 기어오르는 게 무척이나 힘들어 보인다. 얼음에, 그것도 그녀의 머리 한참 위쪽에 피켈을 박고, 몸을 그 위로 끌어올리고(몸을 위로 끌어올리는 어려운 일을 실행하고), 피켈 위에서 균형을 유지해야 손가락 끝이 절벽의 정상에 닿고 한번 더 몸을 위로 끌어올려야, 거길 기어오르기를 기대해볼 수 있다.

그러나 심지어 정상에 도착하기 전에, 기어올라야 한다, 충분히 경악할 지 위 어느 길 하나를. M.이 거기로 진입하고 있다. 나는 그녀를 따라가려고 한다, 그러나 그렇게 하지 못한다. 내 모든 의지(그리고 한편으로 그것은 그 순간에 내가 해보려는 유일한 무엇이기도 하다)가 소용이 없다: 내 근육들은 솜 같다.

M.의 친구(여자)가 우리에게 도로 내려오라는 신호를 보낸다; 약간 먼 곳에, 도로가 하나 있다, 직선으로 뻗은, 눈이란 눈은 모조리 치워진.

우리는 랑[5] 근처 어딘가에 있다.
우리가 고개를 하나 넘었던가?
내가 보기에는 그 도로와 우리가 가고 있는 길이 같은 골짜기에 속한 것 같다.
다소 혼란스러운 이 상황이 내게는 칠판에 적혀 있는 것처럼 보인다, 아무개 씨가 가지고 다니며 이렇게 무언가를 적는

고개가 두 개 있는 것은 아니다
두 고개가 다시 만난다
고개는 오로지 하나뿐이다
고개는 없다
아무것도 없다

1 Balzar. 1894년 문을 연, 소르본대학교 의과대학과 법학대학을 잇는
  파리 5구 에콜가의 음식점. 페렉의 옛 거주지 카트르파주가 인근이며,
  그의 단골 식당이었다. 데이비드 벨로스, 앞의 책, 485쪽, 521쪽 참조.
2 Hôtel Degotex. 가상의 호텔.
3 파리 센강 좌안에 위치한 언덕으로, 파리 5구와 라탱가와 연결되어
  있다.
4 Church's. 1675년 창업한 영국의 대표적인 구두 브랜드.
5 Villard-de-Lans. 46번 꿈 주석 1과 78번 꿈 주석 2 참조. 이 언덕에
  관해서 페렉은 "거리 전체에 걸쳐 경사가 거의 같았다(충분히
  가팔랐다)"(G. Perec, La rue Vilin in L'infra-ordinaire, Seuil, 1998,
  p. 17)고 말한다.

복수의 화신

/ /

/ /

오랫동안 자리를 비운 후, 복수의 화신이 멕시코로 돌아온다. 어느 배신자가 등뒤에서 그에게 총을 쏠 준비를 하고 있다, 바로 그 때 장갑을 낀 손 하나가 반짝거리며 불쑥 나타나 그를 가로막는다.

물이 나오는 지점들과 비밀스러운 수원水源들을 보호하기 위해 말을 타고 감행하는 대규모 약탈.

도시에서, 폭동이 발발한다. 대광장의 창살들이 뽑혔다. 벽보들이 찢겨나갔다.

나라는 지역의 얼치기 폭군, 양키 제국주의 똘마니에게 지배당한다.

『러키 루크』¹ 식의 개그가 되어가는 수많은 우여곡절.

/ /

어렴풋한 부티크

1 『Lucky Luke』. 1946년 만화 잡지 『스피루Spirou』에 처음 선보인 서부
  카우보이 코믹 만화. 벨기에 만화가 모리스의 그림과 프랑스의
  시나리오작가 르네 고시니의 합작품이며, 만화영화로도 방영되었다.

빵의 석방

이것은 한 편의 "브레히트식" 코미디 뮤지컬이다.

1

우리는 해군이다. 우리는 전쟁에 참전하기 위해 배에 오르고 있다. 배의 좁은 통로 여기저기서 엄청난 혼란이 빚어지고 있다. 그 누구도 어떤 선실에 자리잡아야 하는지 정확히 알지 못한다.

2

우리는 승선을 마쳤다.

대형 여객선, 아주 높은 곳에서 보이는: 장엄함. 우리는 이 전쟁이 끔찍할 것임을 예감한다; 우리는 폭탄이 대형 여객선 한복판에 떨어질까봐 두려워하고 있다.

대형 여객선은, 길쭉한 직사각형의 객실들(늘어선 관棺들과 조금 비슷한)로 가득하다, 객실들은 평행선으로 늘어서 있고, 그중 일부의 뚜껑이 끽끽 소리를 낸다(그러면 "관"이 빈다), 반면에 다른 뚜껑들은 굳게 닫혀 있다. 뚜껑은 버스비 버클리[1]의 발레단을, 아니면 알퐁스 알레[2]가 캐스터네츠 연주를 배울 때 사용했다는 홍합 껍데기를 닮았다. 우리는 얼마 가지 않아 깨닫는다, 그것이 바로 승무원 선실이라는 것을, 그다음에는, 그것이 봉인된(나일론 봉투에, 진공 포장된) 빵이라는 사실도.

3

빵의 석방을 위한 대대적인 캠페인.

동료 한 명(H.M.)과 함께, 우리는 아스테어[3]-켈리[4]와 아주 비슷한 듀엣 연기를 하고 있다, 이런 노래를 부르면서:

> 빵을 가두지 말아야 한다
>
> 빵은 자유로워야 한다 (애드리브)

우리는 클로즈업 (삽입) 상태에서, 색깔이 아주 선명해지는 순간에, 영화에 잠깐 출연하는, 업종이 같은 다양한 사람들을 설득한다. 이렇게 해서, "콧수염이 난 용감한 빵집 주인"이 등장한다.

4

대대적인 시위.

내 동료가 (아니면 나 자신인가?) 하늘에서 내려오는 마이크를 붙잡고 소리를 지른다:

> "잠시 후, 아무개(그는 어떤 이름을 우스꽝스러운 톤으로 지나치게 오래 더듬거린다)의 지휘로 해군 관현악단이 빵의 석방 곡을 연주하겠습니다."

음악. 연주자들은 우리보다 훨씬 더 높은 데 있다. 우리는 부두위에 있고 연주자들은 여객선 위에 있다.

5

나는 어떤 동료(아니면 또 H.M.이다)를 다시 만난다. 그가 자신의 새 아내(그는 예전에 아주 덩치가 큰 아내가 있었다, 이탈리아 엄마 같은 부류였다)를 내게 보여준다: 긴 외투를 입은 호리호리한 여인이다.

나는 그들의 집에 가겠다고 고집을 부리고 있다, 그가 제 아내를 끌어안는다, 그리고 애무를 하기 시작한다, 그리고 얼마 지나지 않아 나는 그녀를 애무한다, 결국에는, 나는 그녀 위에서 벌거벗은 채로, 그녀가 두 다리를 꼬기 시작했는데도, 단단히 그리고 깊숙이 그녀 안에 자리잡은 나를 다시 발견한다.

1   Busby Berkeley(1895~1976). 미국 영화감독이자 안무가.

2   Alphonse Allais(1854~1905). 프랑스 저널리스트, 작가, 코미디언.

3   Fred Astaire(1899~1987). 미국 영화배우, 브로드웨이 무용수이자
     안무가, 음악가.

4   Eugene Curran Kelly(1912~1996). 미국 댄서, 배우, 가수, 영화감독,
     안무가. '진(Gene)' 켈리로 불렸다. 프레드 아스테어와 진 켈리는
     20세기 미국 최고의 댄서로 평가받는다.

루조 레스토랑[1]

예감 비슷한 것에 이끌려—그리고 일어났던 일이 완전히 옳았다는 걸 내가 인정하게 되어—나는 C.T.가 머무르지는 않을 거라고 예상하고는 P.와 몽파르나스의 루조 레스토랑에서 만나기로 "예비적인 약속"을 잡았다.

루조 레스토랑에서, 나는 F와 함께인 P.를 발견한다. 나는 이 사실에 몹시 화가 난다.

P.는 나에게 이렇게 말할 뿐이다:
—정말이지, 루조는 맛이 기가 막힌다니까.

1   chez Rougeot. 1923년 몽파르나스에 위치한 바즈낭드 레스토랑의
     지배인이었던 루조가 인수해 오픈한 레스토랑. 파리 6구의
     몽파르나스대로에 있다. 오늘날 '비스트로 드 라 가르(Bistro de la
     gare)'라는 이름으로 바뀌었다.

B. 꿈

내가 내일 만나게 될 가수 중 한 명은 B. 양의 손녀다.

이 사실에 나는 처음에는 몹시 놀랐다가―B. 양은 미혼에다 아이도 없다―아주 오래전, 스위스에서, 젊은 유고슬라비아인 부부를 만난 적이 있었는데 그중의 남자가, 그도 마찬가지로, 손자 B였다는 사실을 기억해낸다.

나는 이 기억이 단 한 번도 다시 내게 떠오른 적이 없었다는 사실에 심지어 어안이 벙벙해진다.

1   독일 자를란트주의 주도. 페렉은 번역가 헬름레와 공동 작업으로
    라디오 방송극 〈기계*Die Maschine*〉의 녹음차 1968년 이후 수차례
    이곳을 방문했다. 데이비드 벨로스, 앞의 책 참조.

162

도시풍의 서부영화

(복수. 전후좌우에서 사람들이 사상자를
세고 있다. 조준경이 달린 저격수용 총. 기
차 안. 세관 통과. 꽃병 안의 꽃들. (사이
비) 좌파의 선전물)

결국, 나는 세관원을 그의 상급자에게 데리고 가야만 한다. 세
관원이 나에게 기차 식당칸에서 자기를 기다리라고 말한다. 언뜻 보
기에, 그곳은 비어 있는 듯하다, 그러나 테이블은 모두 차 있다. 바
의 받침 의자들은 비어 있다, 그러나 바로 그 앞에서 놀고 있는 아이
들이 거기다가 자기들이 갖고 있는 숫자 맞추기 놀이 카드를 올려
놓았다.

나는 창 너머로 바라본다. 완만한 경사의 언덕. 정확히 바로 저
곳이다, 작년에, 자경단이 우리를 공격했던 곳은.

열차가 다시 움직이기 시작한다. 나는 지도를 본다. 우리는 부
다를 막 떠나왔다, 다리를 건너는 중이다, 어느 긴 섬, 또다른 다리
하나, 기차가 페스트¹에서 다시 멈추기 전에, 나는 희망한다, 거기서
해결책을 찾게 되기를.

뼈

말할 것 없이 P.다, 내 머리를 쓰다듬다가, 내가 대머리—내 머리카락은 가발 혹은 가면 비슷한 무엇일 뿐이다—라는 사실을, 내 "이마"의 뼈(실제로 내 두개골 상부를 완전히 뒤덮고 있는 뼈, 수프 용기의 뚜껑 같지만 더 납작하고, 가운데가 살짝 튀어나온)가 움직인다는 사실을 알아차린 사람은.

우선 이런 사실이 나를 두렵게 만든다.

시간이 지났는데도 아직 완전히 닫혀 있지 않을지도 모르는 숨구멍을 조심하라!

그러자 이번에는 내가 직접 확인한다. 양쪽 엄지손톱으로 뼈 가장자리를 짚어나가며, 나는 뼈(내 알람 시계의 케이스나 내 라디오의 배터리 커버 같은)가 빠져나와 바닥 위로 굴러가게 하기 위해서 압력을 가할 필요를 거의 느끼지 못한다.

나는 내 피질皮質을 보고 있다.

나는 내 뼈를 그러모아 제자리에 도로 끼워 넣는다. 나는 다시 몹시 불안해지기 시작한다, 감염될지도 모른다는 생각에, 점점 더 불안해진다.

어렴풋한 부티크

조금 지나, 과감히 머리를 움직여본다, 그랬더니 내 뼈가 빠지지 않는다, 이 사실에 나는 안도한다.

이게 꿈일 뿐이라는 사실을 알게 되어서 나는 행복에 젖어 있다.

/ /

나는 당피에르, 거기 내 옛 방에 있다. 그곳에는 사방에 거미줄이 쳐져 있다.

나는 오토바이를 타고 다시 떠나는 데 필요한 장비를 갖추기 시작한다. 나는 신발을 신는다. 신발 안에는 거미줄, 그리고 곡식 알갱이 혹은 서캐와 닮은 미세한 배설물이 가득하다. 깔창에, 커다란 거미 한 마리가 있다, 나는 결국 그 거미를 짓밟아버린다.

판자들

1

당피에르. 나는 2층 화장실로 올라가고 있다. 작은 방인데 거기서는 눈에 띄지 않고 볼 수가 있다. 나는 C.를 보고 있다고 생각하지만 그건 빨간 원피스를 입은 소녀다.

2

우리는 셋이다. 우리는 잡다한 물건들을 훔친 다음, 지하철 르드뤼롤랭¹ 역의 프리쥐니크² 근처 어느 폐쇄된 상점에서 나무판자 두 개를 훔친다.

우리를 보는 사람은 아무도 없는데, 나는 근처의 어느 수공업자에게 우리가 훔쳐도 되는지를 물어본다. 그가 나에게 아무것도 물어보지 않았는데도! 물론, 그는 내게 대답해준다, 나무판자 하나쯤은 문제가 되지 않지만, 다른 하나를 줄 권리가 그에게는 없다고. 우리는 그에게 두 개 다 돌려준다.

나는 J.L.과 함께 바스티유 근처의 좁은 골목—파사주 슈와쾰³과 약간 비슷하다—에 있다.

거기서 "신질서"⁴가 시위를 하고 있다, 낙하산을 들고서.

골목 끝에, 철책이 쳐진, 작은 문 하나. 자물쇠가 있다, 철책 중간쯤이 아니라, 아주 높이.

J.L.과 내가 거기 놔둔 꾸러미를 찾으려면 이 좁은 골목으로 되돌아와야만 한다.

나는 내 상사를 만난다; 그가 나에게 미국 친구 여럿을 소개해주는데, 아닌 게 아니라, 내가 실제로 아는 이름들이다(그들의 이름은 내 서류에서 자주 언급된다).

우리는 야구 경기를 관람하고 있다.

사람들은 선수들 뒤에 경찰들이 집결해 있다는 사실을 알아차린다.

다시 골목길. 나는 갑자기 겁을 먹는다. 분명 달려야 할 것이다, 그러나 거기에는 너무, 정말이지 너무, 꾸러미가 너무 많다.

1   파리의 지하철 8호선 역으로, 파리 11구와 12구의 경계에 위치한다.

2   Prisunic. 1931년 생긴 프랑스의 잡화 체인점. 유럽으로 진출했으나
    1997년 모노프리(Monoprix)에 인수됐으며 2003년에 완전히
    사라졌다.

3   유리 천장으로 닫혀 있고 그 아래 상점들이 늘어선 백화점의 일종. 파리
    2구에 있다.

4   Ordre Nouveau. 사회, 경제, 문화 분야에서 '신질서'를 만들기 위한
    연구 및 문서 센터라는 기치 아래 1969년부터 1973년까지 활동한
    프랑스의 민족주의, 극우파 정치운동으로, 신파시즘에 속해 있던
    켈트십자가를 상징으로 사용했다. 1968년 5월 극우파 학생들의 조직
    '옥시당(L'Occident)'이 전신이며, 1972년 국민전선(Front National)
    창설에 참여했다.

삼각형

식사 도중에, 사람들이 십자말풀이의 정답들을 제시한다, 특히 영화 제목을.

J.L.이 나를 따로 불러 조언을 건넨다: 내가 실험실에서 일하는 걸 이제 그만두어야 한다고; 나는 정오에 일어나, 매일 오후 2시에서 4시까지 영화관에 간다, 그러고 나서는 십자말풀이를 한다.
―그런데 나는 십자말풀이로는, 내가 그에게 말한다, 생계를 유지하지 못할 것 같아.
그는 나에게 그렇지 않다고 대답한다, 내가 십자말풀이를 전부 맞힐 수 있다고; 단지, 이제는 그 일을 하는 데 내가 사흘씩이 아니라, 두 시간만 써야 한다고.

잠시 후, J.L.이 전축 위에 음반을 하나 올려놓는다: 그것은 거의 현대음악이 아니다시피 하다, 기껏해야 클래식을 흉내낸 현대음악. 모든 사람이 이 음악이 아주 아름답다고 말한다.
―이거, J.L.이 말한다, "라디오룩셈부르크[1] 오케스트라 추천곡" 이네, 롤리타 폰 패러붐[2]의 곡이잖아. 누군가가 이 음악이 "추천받은 작품"이라는 사실을 조롱한다; 사람들이 이 작품은 1968년이나 1969년에 나왔다고 정확히 일러준다.
우리 세 사람은 방안에 있다. J.L.은 안쪽 어느 계단 위, 전축 가까이에 있다; 나는 긴 나무 테이블 곁에 서 있다, 그리고 나와의 관계는 알 수 없는 어느 낯선 남자(여자)가 J.L.과 같은 높이에 있다. 우리 세 사람은 직각삼각형 하나를 그리고 있다, J/나는 삼각형의 긴 변을, J/낯선 남자(여자)는 짧은 변을, 그리고 낯선 남자(여자)/나는 빗변을……

171

어렴풋한 부티크

1 Radio-Luxembourg. 룩셈부르크의 다언어 상업방송. 비영어권에서는
'라디오 텔레비전 룩셈부르크(RTL)'로 알려져 있다. 1933년 장파
방송을 시작해 1992년 폐국하기까지 유럽 최대 상업 라디오
방송국이었다. 1950~1960년대에 사회적으로 큰 영향을 주었으며,
로큰롤의 대중화에 일조했다.
2 Lolita von Paraboom. 이탈리아식 이름 'Lolita', 이름의 중간에
사용하는 독일어 전치사 'von', 미국식 성 'Paroboom'을 조합해 만든
가공의 인물이며, 조롱의 의도가 다분하다.

도둑맞은 편지[1]

나는 잠에서 깨어났다고 믿고 있다. 방에는 시녀들로 가득하다. 그런데 여기가 과연 내 방인가?

나는 어떤 연못 근처에 있다. 거기를 건너려고, 나는 가교 하나를 빌리고 있는 중이며, 그 가교는 다리가 되어 센강 위에 걸쳐진다. 우리는 한가운데 도착한다; 우리는 1953이라는 날짜를 보고 있다.

내가 주머니에 넣어두었던 편지를 누군가 훔쳐갔다.

나는 어떤 흑인 여자와 함께 단거리달리기를 하고 있다.

1 1844년 출간된 에드거 앨런 포의 단편소설 제목. 「모르그가의 살인
   사건」 「마리 로제의 수수께끼」와 더불어 현대 탐정소설의 중요한
   출발점으로 평가받는다.

"I"로 된 낱말들

있지 않았던가—그랬었나?—내 서류에 "i"로 시작하는 이런 낱
말 세 개가[1]:

> Impédance [2]
>
> Inhibition[3]
>
> I?

그전에, 다른 게 있지 않았었나? 극장에서? 촌극 세 편?

1 이 어휘들은 국립과학연구센터에서 페렉이 신경생리학 자료조사원으로
  일할 때 다루었던 자료들을 반영한다. Eric Lavallade, *Lieux obscurs:
  parcours biographiques et autobiographiques dans La Boutique
  obscure entre 1968 et 1971*, in *Le Cabinet d'amateur*(Revue
  d'études perecquiennes), Association Georges Perec(2012) 참조.
2 임피던스. 회로에서 전압이 가해졌을 때 전류의 흐름을 방해하는 값을
  말한다.
3 억제. 정신분석학에서는 하나의 과정이 다른 과정의 작용으로
  중단되었을 때 "원래의 과정이 억제되었다"고 말한다. 따라서 공포가
  성적 충동을 억제할 수 있다. 억제 작용을 하는 힘은 보통 자아나
  초자아, 억제된 과정은 보통 본능적 충동이다. 억제는 하나의 증상으로
  나타날 수 있다.

〈오통Othon〉

코르네유의 희곡을 각색한, 장마리 스트로브의 영화, 〈오통〉은 다른 제목이 있다.[1]

다른 제목을 가진 게 어쩌면 코르네유의 희곡인가?

사실, 마찬가지로 첫 작품 안에는 다른 텍스트가 하나 있다, 나는 그걸 해독해보려고 시도하지만, 헛일이다.

1 1964년 발표된 장마리 스트로브(Jean-Marie Straub)와 다니엘 위예
   (Danièle Huillet) 감독의 독일-이탈리아 영화. 코르네유의 비극을
   각색한 작품으로, 원제는 "Les yeux ne veulent pas en tout temps se
   fermer(언제 어느 때고 눈이 감기기를 원하는 것은 아니다)" 혹은
   "Peut-être qu'un jour Rome se permettra de choisir à son
   tour(어쩌면 로마는 어느 날 선택될 기회를 가질 수도 있으리라)"였다.

왕복

나는 고양이를 키우는 걸 받아들인다.
이 고양이는 어떤 종자인가? (복잡한 혈통……)
고양이는 어디서 볼일을 볼까?

거리에서는 중요한 도로공사가 시작된다; 자동차용 왕복 시스템을 설치하고 있다.

사실, 이것은 어떤 글(『잠자는 남자』인가?)에서 어떻게 삭제를 실행하는가의 문제일 뿐이다.

버스

……우선 레스토랑 메뉴판에 대한 끔찍하리만큼 복잡한 조사가 이루어지고 있다, 이 조사는, 아마도 무덤덤한 표정의 호텔 주인을 쫓아다니며, 계단을 오르락내리락하는 것으로 마무리된다. 사람들이 알고 싶어하는 것은, 무엇보다 이러저러한 요리를 준비하는 데 요구되는 시간이다.

이 시간이 얼마나 오래 걸리는지 도시에서 멀찌감치 떨어진 곳에 가서 우리가 바둑 한 판을 둘 수 있을 정도의 시간이다.

우리는 버스를 타고 출발한다.

나는 가운데 자리에 앉아 있다, 버스의 좌측이다. 자크 R.¹와 그의 아내, 그리고 그의 딸은 앞쪽, 우측, 문 가까이 있다.

버스 뒤(따라서 내가 몸을 돌려야만 볼 수 있다)에는, 상품 진열대 같은 것이 하나 있는데 내가 보기에 우아하면서도, 실용적이고 평범하다; 이 '평범하다'는 말에서 나는 오래전부터 사람들이 그렇게 생각했을 법하다는 사실을 수긍한다.

어느 순간, 버스가 정차하고 자크 R.가 버스에서 내린다. 우리는 노트르담 드 로레트성당²에서 아주 가까운 곳에 있는 것 같다, 그가 사는 곳이다. 그의 아내는 더이상 거기에 없다. 그런데도 누군가가 이런 생각을 내뱉는다:

—그가 왜 내리는 거지, 그의 아내가 여기 있는데?

이 물음에 다른 이가 이렇게 대답한다:
—아니라니까, 머저리, 얘는 딸이잖아.

　사정이 어찌 되었건, 버스는 다시 출발한다. 버스가 자가용으로 변한다. 피에르 L.[3] 혹은 장피에르 P.[4]가 운전대를 잡고 있다. 얼마 가지 않아 우리는 두 사람이 운전에 아주 서투르다는 사실을 깨닫는다; 그들은 진입 금지 방향으로 접어들기 시작한다.

　나는 다른 차에 있다, (신원 불명의) 운전사 바로 옆에, 그리고 우리는 점점 더 그들이 사고를 낼 거라고 확신한다.
　실제로, 조금 먼 곳, 넓고 혼잡한 도로에서, 눈길을 확 잡아끄는, 연쇄 충돌 사고가 일어난다, 그러나 피해가 컸다기보다는 소리가 요란했다는 사실이 순식간에 드러난다.

　사고 차량의 두 운전자가 아주 느리게 발레를 하듯이 결투를 벌이고 있다. 피에르 L.(혹은 장피에르 P.)은 운전대를, 그리고 다른 운전자는 벽돌을 하나 손에 쥐고 있다. 둘이 서로를 향해 돌진한다, 멈춘다, 피에르 L.이 다시 출발한다, 그러더니 갑자기 몸을 돌려 자신의 적을 때리는 시늉을 한다.

　차에서 기름이 새어나온다.

　커다란 웅덩이 하나가 도로 가장자리로 넓게 퍼져나가 냇가처럼 변한다, 거기서 여인들이 빨랫감을 두드리고 있다.

1 자크 루보를 가리킨다.

2 Notre-Dame de Lorette. 파리 9구에 있는 성당.

3 Pierre Lusson. 프랑스의 수학자, 음악학자. 자크 루보, 조르주 페렉과
함께 프랑스 최초의 바둑 설명서(Pierre Lusson, Georges Perec,
Jacques Roubaud,『오묘한 바둑기술 발견을 위한 소고*Petit traité
invitant à la découverte de l'art subtil du go*』, Christian Bourgois,
1969)를 출간했다. 데이비드 벨로스, 앞의 책, 429쪽 참조.

4 Jean-Pierre Prévost (1942~) 프랑스 영화감독, 작가. 페렉의 물랭
당데 시절 친구이며, 젊은 날 함께 시나리오 작업을 했다. 데이비드
벨로스, 앞의 책, 499~500쪽 참조.

카니발

나와 같은 실험실에서 일하는 어떤 젊은 여자와 함께, 우리는 버스를 타고 귀가할 채비를 한다.

버스가 도착한다. 버스는 텅 비어 있다, 뒤쪽의 한 사람만 제외하고. 그 사람은 Z.다. 나는 버스에 올라 한참을 고심한 다음, 검표원에게 승차권을 한 장 달라고 하고 1프랑짜리 동전 하나를 푯값으로 낸다.

나는 내 동료 옆에 앉는다, Z.의 맞은편이지만, 그녀하고는 멀찍이 떨어져 있다. 그녀가 나를 보지 못한 것처럼 모든 일이 진행되고 있다, 그러나 사실, 나는 그녀가 나를 봤을 거라고 확신한다.

우리는 오토바이 무리에게 추월당한다, 그런 다음 우리는 이상야릇한 가장행렬과 마주친다, 내가 보기엔, 고등학생들이 기획한 것 같다. 거기에는 일종의 유동성 플라스틱 재료로 만든, 온갖 종류의 페인트 장식, 착시 차림, 특수한 분장 등이 있다; 색깔이 번쩍거린다: 자주색, 진분홍색, 붉은색 등. 이런 것들은 가압 튜브로 판매되며, 따라서 사용하기에 아주 편리하다.

이 카니발의 다양한 장면들. 모의 전투; 곡사포에서 커다란 포탄 하나가 가련하게 떨어진다; 거리 일대가 마치 커다란 두더지 한 마리가 아래에서 꿈틀거리고 있기라도 한 것처럼 불쑥 솟아오른다.

이 장면들은 이제 아송시옹가 근처에서 벌어지고 있는 것처럼 보인다.

청년 한 명이 (가짜) 피로 흥건한 욕조 안에 고통스러운 척하며 얼굴을 찡그린 채 누워 있다; 내가 지나가면서 그를 보고도 아무런 티를 내지 않자, 그는 내가 그의 장난을 재미있어하지 않는 걸 (혹은 내가 나의 감상을 드러내지 않는 걸) 보고는 몹시 실망한 표정을 짓는다.

돌아오는 길은 이제 당피에르의 작은 도로로 변했다. 우리 전체가 한 그룹이다. 누군가가 플라스틱폭탄의 작동 방식을 설명한다; 플라스틱폭탄의 실용적인 측면을 강조한다.

당피에르에서의 식사 자리. 나는 Z.의 맞은편에 있다. 거기에 우스꽝스러울 정도로 조그만 치즈 접시가 있다. Z.가 질 좋은 치즈를 얻는 게 얼마나 어려운지를 설명한다. 누군가가 브리 치즈 한 조각을 가져온다, 그것을 잘라야 한다, 더 정확히 말하면, 껍질을 벗겨내야 한다. 나는 내 옆에서 찾은 긴 칼로 그렇게 해보려 시도한다, 그런데 내 왼편의 누군가(어쩌면 S.B.다)가 치즈 접시를 내게서 빼앗더니 Z.에게 건네준다. 나는 이런 말로 불평을 늘어놓는다.
—내가 여기서 잘할 수 있는 건 아무것도 없군.
나는 검지를 아주 살짝 베였다는 걸 알아차린다; 까맣게 피가 맺힌 것 같아 보인다, 그리고 피가 방울지는 걸 보려면 나는 아주 세게 눌러야만 한다.

P.가 노래한다

P.가 노래를 부르고 있다.

그녀는 수준급으로 노래를 잘 부른다. 사실주의 스타일의 노래
지만, 아주 감동적이다.

우리는 함께 불랑제가를 내려가고 있다. 그녀는 일하러 가고 나
는 고모를 보러, 아송시옹가로 가는 길이다. 나는 그녀에게 길을 조
금 걷자고 제안한다(날씨가 좋다).

나는 노래를 끝까지 함께 불러준 코러스를 어떻게 준비했는
지 그녀에게 물어본다. 그녀가 그건 녹음해서 만든 거라며 사용된
장치—무슨 "비디오-테이프" 같다—의 이름을 정확히 말해준다.

그녀는 거리에서 노래를 부르고 있었다, 그리고 사람들은 그녀
의 노래를 들으려고 돌아서기까지 했다, 그러나 그녀에게는, 마치
음반에서처럼, 어쨌든 반주가 따라붙었다.

나는 노래하고 있는 그녀에게 만족한다. 우리는 그녀의 레퍼토
리를 구상하고 그녀의 경력을 설계한다. 그녀는 갤러리55[1]에서 시
작할 것이다, 그리고 이어서 에클뤼즈[2]에서도, 그리고 또 여러 곳에
서도…… 나는 확신한다, 내가 그녀를 도울 수 있을 거라고, 그녀의

재능이 사람들을 모두 설득하게 될 거라고. 나는 그녀가 벌써 스타
가 되는 꿈을 꾼다.

우리는 잠시 후미진 구역 어딘가에서 길을 잃는다.
우리는 어떤 계단을 내려가고 있다; 나는 알아차린다, 그녀가
하얀 천으로 된 점퍼 안에 아무것도 입지 않았다는 걸, 그녀가 아주
예쁜 가슴을 가졌다는 걸.
전부 로코코양식으로 조각된 나무 계단이다. 나는 이 계단 난간
위로 미끄러져 내려간다, 내 나이에 이런 걸 하려면 어린아이가 되
어야겠다고 "마음속으로" 생각하면서; 그러나 나는 그렇게 하면서
아주 행복하기조차 하다.
나는 아래에 도착한다; 난간에서 내려오려고 시도하다가, 나는
머리가 난간 살 사이에 살짝 끼었다는 사실을 깨닫는다, 그리고, 내
맞은편에, 관리인 사무실의 반투명 유리 너머로, 자리에서 일어나는
관리인의 실루엣이 보인다.
나는 때맞춰 몸을 빼내는 데 성공한다. 나는 밖으로 나온다, 그
러나 나는 건물을 나설 때부터 내내 나를 뒤쫓고 있는 관리인의 존
재를 느끼고 있다.

나는 왼쪽으로 돌아간다. 나는 멀리 있는 P.를 알아본다. 거리에
는 표지판이 두 개 있다; 그중 하나, 가장 가깝고 왼쪽을 바라보는 표
지판에는, "올레Ollé"(혹은 "올라Olla")라고 적혀 있다; 다른 하나, 다
소 멀리 있고 오른쪽을 바라보는 표지판에는, "오페라"라고 쓰여 있
다. 우리가 가는 곳은 그쪽 방향이다. 손에 책가방을 들고, 정원 의
자에 앉아 있는 어린 소녀로부터 멀지 않은 곳에서 P.가 나를 기다리
고 있다. 나는 P.를 향해 간다, 처음에는 걸어서, 이어서 점점 더 빨
리 뛰어서, 이렇게 혼잣말을 하면서: "그녀에게 한결같이 속도가 빨

186

라지고 있다는 인상을 줄 게 분명해"; 그러나 나는 어쨌든 나 자신이 아주 급격하게 가속하고 있다는 걸 다시 느낀다. 도착하면서, 나는 P.가 두 팔로 안고 있는 만화 모음집을 빼앗는 척한다. 그녀가 나에게 다른 사람들이 자주 그러기는 하지만, 도착할 때는 속도를 줄여야 한다고 말한다, 그녀는 나에게 다시 시작해보라고 제안한다. 나는 그렇게 하려고 뒤로 물러나다가 그때 P. 옆에 앉아 있는 소녀의 입이 피로(아니면 딸기 잼으로) 뒤덮여 있다는 사실을 깨닫는다. 나는 느리게 달려가 P.에게 도착한다, 그러나 내가 쥐고 있던 (『아스테릭스』 혹은 『러키 루크』 유의) 하드커버 앨범이었던 만화 모음집이 한낱 신문지로 변해버린다……

("라디오 514이 찾아왔습니다, 열시 반입니다!"로 중단됨).

1 Galerie 55. 파리 6구의 생페르가 55번지에 있는 스튜디오. 1956년 르네 르겔텔(René Legueltel)이 만들었으며, 파리에서 유명한 카바레 중 하나다.
2 L'Écluse. 파리 6구 강변의 그랑오귀스탱가에 위치한 카바레. 1951년 2월 문을 열었다. 매주(월요일 제외) 밤 열시부터 공연이 열렸다.

캘리포니아 탐색

나는 P. 그리고 다른 누군가와 함께 캘리포니아에 있다. 우리는 아주 오랫동안 찾고 있다—뭘?—헛되이.

샌프란시스코 안에서 떠나기 위해서는 교통수단에 상관없이 내 돌 세금을 내야만 한다.

나는 비행기를 타려나? 기차를? 자동차를?

샌프란시스코 주변, 사막이다. 산불 조심. 사람들은, 오랫동안, 바다를 거쳐 정착했다(중국인).

도시 출구의 어떤 언덕 꼭대기에는, 광고 기둥의 일종인 콜론 모리스[1]가 있는데, 스위치가 달려 있고 상당히 거칠게 꼬아 만든 전깃줄이 하나 연결되어 있다. 근심거리: 아주 사소한 부주의로도 초목을 모두 불태워버릴 수 있다.

나는 기차를 탄다. 오래디오랜 사막 횡단 후, 나는 리옹에 도착해야만 한다, 그런 다음 다른 곳에도(보르도였나? 마르세유였나? 파리였나? 어쨌거나 리옹에서 그다지 멀지 않은 곳).

나는 침대칸에, 혼자 있다. 이제 막 떠나온 것 같은데, 기차는 리옹에 도착한다.

나는 옆의 객실에 있는 P.를 부른다. 그녀는 차량 밖 발판을 밟고 건너와 나와 합류한다. 내가 있는 객실에 우리 넷이 다시 모여 있다: P. 나, 그리고 그녀의 친구인 두 여인. 세 여자가 똑같은 동작으로 옷을 벗는다, 모두 블라우스를 머리 위로 벗어 올린다, 그리고 침대에서 시트 한 장을 함께 덮는다. 그녀들은 모두 팬티만 입고 있다. 나로 말하자면, 완전히 알몸이다, 나는 내 팬티와 양말을 공 모양으로 뭉쳐 침대 접힌 부분 아래쪽에 슬그머니 밀어넣는다.

나는 세 여인과 연달아 섹스를 한다.

그때 나는 깨닫는다, 내가 일종의 커다란 받침대 위에 있다는 것을, 그리고 객차 전체에서 우리를 볼 수 있다는 것을. 우리에게서 그다지 멀지 않은 곳에, 네 명의 남자가 한 테이블을 차지하고 앉아 있다; 그들은 약간 갱스터 같은 인상을 풍긴다.

기차가 천천히 쿠르송² 시내를 가로지른다. 나는 그 사실에 놀란다. 만약 우리가 리옹을 지나온 것이라면, 쿠르송일 수는 없다, 그런데도 쿠르송이다: P.는 이 도시를 아주 잘 알고 있다, 나는 딱 한 번밖에 가본 적이 없어서 그녀보다 더 잘 알지는 못한다. 잠시 후 불빛이 우리를 비춘다: 니에브르주州³의 쿠르송이다(그리고 나는 덧붙인다: "넌 몰라……")⁴, 욘주州의 쿠르송이 아니라.

우리는 어느 비탈진 거리에서 이런 안내판을 본다: 파리(혹은 마르세유) 4(그것은 십의 자리 숫자 중 하나다); 조금 더 멀리, 의혹 (40인가…… 아니면 49인가)이 제기된다: 41이다.

1 Le Colonne Morris. 광고 등의 용도로 쓰이는 독특한 스타일의 원통형
   기둥으로 실외 보도에 설치되어 있다. 1855년 처음으로 백 개가
   설치되었으며, 프랑스 전역은 물론 세계적으로 퍼져나갔다.
2 프랑스 중북부 부르고뉴프랑슈콩테 지방, 욘주의 도시.
3 부르고뉴프랑슈콩테 지방의 남서부에 위치한 주 이름. 욘주와 인접해
   있다.
4 마르그리트 뒤라스의 『히로시마 내 사랑 Hiroshima mon amour』의
   패러디다.
   "그: 그리고 파리에 오기 전에……? (Et avant d'être à Paris?…)
   그녀: 파리에 오기 전에……? 나는 느베르에 있었어. 느-베르.
         (Avant d'être à Paris?… J'étais à Nevers. Ne-vers.)
   그: 느베르? (Nevers?)
   그녀: 니에브르 지방에 있어, 넌 몰라.
         (C'est dans la Nièvre. Tu ne connais pas.)"
   Marguerite Duras, Œuvres complètes II, Gallimard, Bibliothèque de
   la Pléiade, 2011, p. 25.

화가들

어느 텅 빈 커다란 아파트 안, 물어볼 것도 없이 드니즈 B.의 아파트다. 지젤의 아파트는 훨씬 더 큰 어떤 아파트 맞은편에 자리하고 있었다(아송시옹가가 이렇지 않았었나?).

나는 하물며 맨바닥에서 잠을 자고 있다, 침대 밑판도 없이 달랑 매트리스 위에서. 옆방에서는 J.L. 혹은 R.K.[1]가 내 타자기를 치고 있다⋯⋯

우리가 화가 나 있나? 나는 자는 척하고 있다. 그들은 내게서 멀지 않은 데서 왔다갔다하다가 결국 떠난다.

아마도 S.B.가 조금 늦게 도착해서 이불 속 내 옆으로 슬며시 기어들고 있나?

순식간에, 사람들 무리가 아파트에 침입한다.

그리고 무엇보다도, 화가 넷이, 아파트가 아주 깨끗해 보이는데도(벽이 도색으로 아주 반짝인다), 다시 칠하기 시작한다.

그들에게는 "이것으로 뭔가를 해보려는" 의도가 있는 것이다.

1   Roger Kleman. 1950년대 말 잡지 『총전선』을 기획할 무렵에 만난
    페렉의 친구였다. 『잠자는 남자』에 관한 인터뷰를 실었다. 83번 꿈 주석
    3 참조. 데이비드 벨로스, 앞의 책, 224~227쪽 참조.

보수공사

나는 보수공사중인 건물의 안뜰로 슬그머니 들어간다(내 소유의 건물을 누군가가 수리하는 중인 것 같다).

모든 것이 새하얗고 먼지투성이다.

거기에는 외부 엘리베이터가 있었는데 누군가가 확장해서 옮겨놓았다.

거기에는 돌로 만들어진 분수가 하나 있었는데 누군가가 그 옆을 바꿔놓았다. 도관들은 아직 제자리에 있다, 그런데 누군가가 주춧돌과 수조의 돌무더기는 옮겨놓았다.

벽면 전체가 이젠 잔해에 지나지 않는다: 새로 설치한 금속 들보 하나가 그 벽을 가로지른다(마비용[1]에 있는 "타리드"[2]의 옛 건물처럼).

1 Mabillon. 파리 6구의 마비용가 구역.

2 Taride. 알퐁스 타리드(Alphonse Taride, 1850~1918)가 1852년
   설립한 출판사 이름. 초기의 도로지도, 관광지도 등을 만들었으며,
   1895년 최초의 자전거도로 흑백 지도를 제작한 이후 1970년대까지
   파리 가이드북, 프랑스의 도로지도, 파리 지하철 지도 등을 발간했다.

외판원

나는 내 아내를 살해했다, 그리고 아주 거칠게, 토막을 내서 성급하게 묶어 종이로 쌌다. 이 토막들은 모두 다루기가 아주 쉬운 두꺼운 종이 상자 안에 들어 있다.

내게 주어진 유일한 기회는 누군가 그것으로 와인이나 알코올을 만드는 것이다. 나는 증류 제조소에 간다. 노크하지 않고 나는 어떤 방에 들어간다, 거기에는 블라우스를 입은 젊은 여인 셋이 있다. 둘은 앉아 있고, 세번째 여인은 (미국 서부의 어느 바의 문처럼) 저절로 닫히는 허리 높이의 문 근처에 서 있다.

나는 그들에게, 마치 우리가 서로 알고 지내는 사이인 것처럼, 윙크를 보내거나, 그게 아니라면, 시원한 어투로, 이런 말을 뱉어낸다:

ㅡ저에게 맛있는 싸구려 고기 50킬로그램이 있습니다!

서 있던 젊은 여인이 나를 쪽방으로 들이더니 거기서 내 상품을 유심히 살펴보기 시작한다. 내 꾸러미에는 부러워할 만한 라벨들은 모두 붙어 있다, 그러나 젊은 여인은 내가 소개하는 회사는 그들 회사의 거래처가 아니라서 내가 거래를 성사시키기는 어려울 거라고 주장한다.

샘플로, 나는 내 꾸러미에서 작은 병으로 된 와인 세트를 꺼낸다. 이것은 형식적인 절차일 뿐일 텐데, 그러나 내가 정말 혼란스럽게도, 술병들이 점점 늘어난다: 레드 와인, 화이트 와인, 로제 와인, 온갖 종류의 술들, 심지어 아주 작으나, 물이 가득차 있고, 특히 마개

도 없는 물병 하나: 물병이 넘치지 않게 손가락을 주둥이에 대고 누를 수도 있는데 내게는 그것이 의심할 여지 없는 삼투현상 혹은 모세관현상의 실험적인 시연처럼 보인다.

이 모든 소개가 쓸모없는 것으로 밝혀진다: 한 남자가 바로 옆 사무실에서 나온다, 그는 나에게 말한다, 서류에서 내 이름을 찾아내지 못할 경우, 내 끝이 영 좋지 않을 거라고.

여행

옛날에 나는 특정 높이(예를 들어 현관 꼭대기 같은)에서 뛰어내리는 법을 배운 적이 있었다. 이번에는, 내가 에펠탑 2층과 거의 맞먹는 아주 높은 데 있는 것 같다. 나는 저 아래, 풀과 어느 정원의 모래 홈을 똑똑히 보고 있다, 그리고 나는 내가 뛰어내린다면 죽게 될 거라는 사실에 설득된 상태다. 그러나 결국, 알게 된다. 내가 이 높이에 뛰어내리지 않아도 된다는 것을, 그저 훨씬 더 낮은 현관 지붕에서, 그조차도 뛰어내릴 필요가 없고 단지 건너기만 하면 된다는 것을.

H.M.¹과 나는 뉴욕-파리를 오가는 어느 배에 타고 있다. 말할 것도 없이 비행기보다 훨씬 더 시간이 걸리지만, 훨씬 더 쾌적하다.

우리는 어떤 페스티벌에서 영화 한 편을 소개하기로 되어 있는데, 페스티벌의 1부는 뉴욕에서 열리고, 2부는 파리에서 진행될 것이다.

아래층의 어느 객실에서 화재가 발생한다. H.M.과 나, 우리는 서두른다, 그리고 승객들을 구출한다. 우리는 그날의 영웅이 된다, 그리고 승객들이 우리를 열렬히 환대한다.

나는 내 객실로 돌아온다. 거기에 남자 승무원 한 명이 있다. 그는 나에게 이 모든 것이 얼마나 쾌적한지를 주지시킨다. 그가 내 수건들을 바꿔준다, 땀을 조금 흘리는 내 모습을 보더니, 그는 수건(바꾸려고 주워 들고 있던 수건 중 하나)을 집어 내 얼굴을 닦아준다.

나는 H.M.의 객실로 간다. 나는 우리가 페스티벌의 심사위원
이 되었다는 사실을 알게 된다. 심사위원단은 "스크루 콤플렉스"라
불리고 네 명의 심사위원으로 구성된다: H.M.과 나, 그리고 그때 객
실로 들어오는 농부 두 사람; 이들은 빌라르드랑²에 사는 농부들이
며, H.M.이 잘 아는 이들이다; 두 사람 중 한 명은 "룰루"이며, 나 역
시 아는 사람이다(전쟁중에 내가 그와 함께 초등학교에 있었던 게
분명하다), 그런데 두번째 사람은 얼굴이 눈에 익어 보이지만 나는
모르는 사람이다.

여자 배우, I

1

나는 뉴욕의 어느 으리으리한 카페에 있다.

2

파리, 아주 거대한, 어느 카페의 테라스. 사람들이 북적인다, 특히 어렴풋이 협박하는 표정을 짓고 있는 알제리 사람들로.

3

나는 깜빡하고 테라스에 내 끈 달린 가방을 놓고 왔다; 그 가방에는 2,500프랑이 들어 있다. 나는 가방을 찾으러 간다. 물론, 아무것도 없다. 나는 절망한다, 정말로. 나에게 주어진 단 하나의 기회는 이게 꿈이어야 한다는 것이다(나는 잠에서 깨어나며, 안도한다).

4

나는 여자 친구의 집에 있다(우리 사이에는 아무것도 없다, 그저 친구 사이다). 여자 배우 M.D.가 도착한다. 키가 크고, 아름다우며 잘 웃는, 긴 금발의 여성이다; 그녀는 얇은 드레스 안에 아무것도 입고 있지 않았다.

나는 그녀를 만지기 시작한다, 나는 "아무 생각도 없이" 그녀를 애무하기 시작한다.

나는 그녀 위에 있다, 그녀의 드러난 젖가슴을 애무하면서.

나는 그녀와 섹스를 하고 있다.

연습

나의 차기 작품 연습이 시작되었다. 우리는 벌써 무대 위에 있다. 나는 연출가, 마르셀 퀴블리에[1]에게, 대사는 없으나, 나머지 다섯 명을 구속하는 운명에서 벗어난 것으로 보이는 여섯번째 등장인물의 중요성을 설명한다.[2]

나는 그르노블에 있는 군인이다. 나는 랑이나 빌라르에 가려고, 나 스스로 팔 일간의 휴가를 가지려는 참이다. 나는 내가 병이 났다고 설명하려고 전화를 한다: 피부의 반점들, 잔비늘증, 아니 오히려, 병을 키우려고, 마른버짐이라고 말한다. 내게 대답해주는 건 어떤 여자다, 친절하지만 중립적이다. 그녀는 휴가가 가능할 거라 여기지는 않는 모양이다, 그러나 어쨌든 "내 서류를 준비하는 일"은 수락한다.

어렵게 열거한 다음, 나는 내가 1941년에 작곡했었을 수도 있는 어떤 노래의 곡조와 가사를 다시 찾아보려 시도한다.

1 20번 꿈 주석 1 참조.
2 페렉의 희곡 『시골 파이 주머니La poche Parmentier』의 연출을
부탁하는 장면이다. 1970년 희곡 『임금 인상』이 마르셀 퀴블리에의
연출로 초연되었을 때, 페렉은 이 연극에 대해 "나는 퀴블리에가 한
작업을 굉장히 좋아한다. 그리고 나는 공연이 아주 잘 진행되었다고
생각한다"라고 헬름레에게 편지를 보낸다. 데이비드 벨로스, 앞의 책,
463~464쪽 참조.

어렴풋한 부티크

개를 데리고 있는 남자

1

나는 내 조카딸 하나와 그애의 남자친구를 찾아가 만난다. 나는 100점을 맞아야만 했을 시험에서 이들이 고작 평균 80점을 받았다는 소식을 듣고 걱정하고 있다. 내 조카딸이 갑자기 퉁퉁 부어오른 것 같고 거의 추해 보인다. 나는 이 아이가 제 남자친구와 함께 이끌어갈 삶이 아이에게 성공을 가져다주지는 않을 거라고 생각한다.

2

나는 집으로 돌아온다. 나는 내 조카딸과 같은 집, 하나뿐인 넓은 방에 살고 있다. 내 위층, 세번째 아파트에는, P.인가, F.인가, 암튼 알제리인 친구가 한 명 살고 있다. 나는 P.의 집으로 간다; 나는 거기서 다른 알제리 남자 한 명 그리고 앙리 C.와 동행한 F.를 발견한다. 내가 보기에 이 세 남자는 모두 서로 간에 우정을 느끼지 못할 뿐만 아니라, 심지어 적대시하는 것처럼 보이기까지 한다.

3

나도 모르는 피치 못할 사정으로, 나는 다음날(7월 30일 토요일일 것이다) 저녁으로 잡혀 있던 어떤 약속을 아침 열한시로 옮긴다.

4

그때 나는 내가 정신분석가, 베쥐 씨와, 7월 29일 다뤼가 34번지에서 약속이 잡혀 있다는 사실을 기억해내고, 일종의 공황 상태에 빠진다.[1] 나는 이 예약을 취소하려고 베쥐 씨에게 전화를 건다. 나는, 그의 비서와, 매우 까다로운 실랑이를 벌이는데, 그녀가 다른 약속 날짜를 주려 하지 않기 때문이다, 취소하길 바라는 예약 날짜에, 어쨌든, 평상시라면 뒤따랐어야만 할 다른 날짜를 나에게 예약해달라고 그녀에게 내가 줄기차게 요구하는데도 말이다. 숱한 망설임 끝에, 비서는 내 끈덕진 주장에 결국 굴복하고 내 예약을 7월 30일 오후 두시로 잡아준다. 이게 내가 보기엔 놀라운 것이, 우선은 30일이 일요일인 것 같기 때문이다. 그러나 사실 그날은 토요일이다.

나는 공중전화 부스에서 전화를 하고 있었다, 통화를 하는 동안 나는 몸을 공중전화 부스 밖으로 절반쯤 내놓고 있다. 수화기를 올려놓으려고 다시 부스 안으로 들어가다가, 나는 인자한 얼굴의 어떤 노인을 우연히 만나게 되는데, 그가 나에게 어떻게 하면 돈을 내지 않고 전화를 할 수 있었을지 알려준다: 전화선 피복을 벗긴 다음 이 선을 엄지와 검지 사이에 꽉 쥔 채 전화 단자에 가져다 대면 그것으로 충분하다는 것이다.

5

나는 다뤼가로 간다: 이곳은 철거중인 동네다. 사실, 이곳은 동네의 잔해란 잔해를 전부 전시해둔 거대한 광장이다. 새하얗다. 세세한 몇몇 부분은 니키 드 생팔[2]의 그림을 닮았다, 마치 셀룰로이드로 된 아기들 조각으로 만들어진 것처럼.[3]

나는 이 전시장을 돌아본다, 몇 미터 떨어진 곳에서, 앙리 C.가 개 한 마리를 품에 안고서 뒤따라온다. 앙리는 전시 자체보다 내가

205

하고 있는 행동에 더 관심이 있는 것처럼 보인다, 그러나 그는 내게 말을 걸지는 않는다. 출구로 이어지는 계단을 내려가면서, 나는 중요하다고는 할 수 없는 무언가(예를 들면, 계단 난간 끝에 장식된 구球 같은 것)를 훔친다: 어쩌면 앙리 C.에게 들킨 것 같아 나는 놀란다, 그가 미소 짓기 시작한다.

6

갑작스러운 배경의 변화. 나는 다시 내 집에 있다, 그리고 나는 눈에 보이지 않는다. 제리 루이스[4] 식의 개그 하나: 개로 변장한 남자(개가 아니라는 사실을 오로지 눈빛—붉다 할 만큼 빛나는—만으로 알아차릴 수 있는)가 제 목줄을 잡아당기며 밖으로 나가고, 그렇게 개를 데리고 가는 남자도 어쩔 수 없이 따라 달리게 된다. 진짜 개는, 소파에 앉아, 그가 나가는 것을 보고 있다, 그런 다음, 개는 뒷발로 일어서더니(마치 만화영화의 동물처럼), 권투 시합을 흉내내기 시작한다.

7

다른 영화의 다른 장면 하나; 이번에는 빈센트 미넬리[5]의 〈디자이닝 우먼〉[6]이다. 갱 단원 둘이 그들에게 4,000프랑을 빚진 어떤 남자(F.가 틀림없다)를 공포에 떨게 하고 있다—아니 오히려 협박하고 있다. 밖으로 나가면서, 갱 단원 중 한 명이 작은 원탁을 넘어뜨리려 시도하는데 거기에는 깨지기 쉬운 물건이 여러 개 놓여 있다. 결국 나는 문을 열고 그들을 쫓아내버린다(그들은 큰 소동 없이 밖으로 나간다).

8

나는 지금 호화롭고, 넓은 어느 아파트에 살고 있다. 나는 이 아파트의 방들을 둘러보고 있다, 자신의 골칫거리를 내게 시시콜콜 이 야기하는, F.가 뒤따른다. 나는 툭하면 난처한 상황을 일부러 자초하 는 그를 꾸짖는다.

나는 어느 방에 도착한다, 그곳은 사람들로 가득하다. 모든 사 람이 호의를 가지고 나를 바라본다. 내가 거의 알지 못하는 어떤 소 년의 가족이지만, 나는 그 소년이 나를 매우 사랑한다는 사실을 알 고 있다. 소년이 자기 아버지와 고모들에게 나를 소개한다. 그의 아 버지는 자신이 나를 위해 해줄 수 있는 게 뭐가 있는지를 묻는다. 나 는 그를, 어떤 에스컬레이터에 태워, 어느 방까지 데려가는데, 길쭉 하고 폭이 좁으며, 벽이 검은 벽돌로 된 그 방에서는 대회의가 진행 되는 중이다. 나는 이 방에 영사실을 설치하고 싶다고 설명하고, 내 가 어떻게 할 생각인지를 그에게 보여준다. 그의 아버지는 나에게 아주 좋은 아이디어라고 말한다. 우리는 아파트를 가로질러 되돌아 간다. 소년이 내게 손을 내민다. 소년은 자신이 1,000달러를 갖고 있 고 그 1,000달러를 나에게 주고 싶다고 말한다. 나는 소년에게 그 돈 을 받을 수 없다고, 그 돈이 기부금이 될 수는 없다고, 그러나 다만, 소년이 꼭 그러길 원한다면, 내가 만들 영화에 필요한 투자금의 일 부는 될 수 있다고 대답한다. 나는 그의 아버지가 그만큼을, 아니 심 지어 더 많은 액수를 내놓을 거라고 기대하지만, 그는 전혀 안중에 도 없는 것으로 보인다.

1 실제로 페렉은 이 꿈을 꾸기 약 두 달 전인 1971년 5월부터 정신과의사 퐁탈리스(Pontalis)에게 정신분석 치료를 받기 시작한다. '베쥐(Bézu)' 라는 이름은 가상의 인물이며, 다뤼(Daru)가는 실제로 파리 8구에 존재하나 34번지는 없으므로 가상의 장소로 분류된다. 에릭 라발라드, 앞의 글 참조.

2 Niki de Saint-Phalle(1930~2002). 프랑스 조각가. 거대하고 풍만한 여성 조각 〈나나nanas〉로 유명하다. 석고 위에 페인트를 쏘아 흘러내리게 한 그림으로 명성을 얻었다.

3 빌랭가로 보인다. 꿈속에서는 이름이 명시되지 않지만 빌랭가는 종종 폐허, 철거, 무너진 모습으로 등장한다. 페렉은 어린 시절 빌랭가 24번지에 살았으며 이사한 이후에도 자주 이곳을 찾았다(48, 65, 82번 꿈 참조). "우리는 파리 20구 빌랭가에 살았다. 쿠론 가에서 시작해서 트랑스발가, 올리비에메트라가로 이어지는 가파른 계단까지 어렴풋하게 S자를 그리며 거슬러 올라가는 조그만 거리였다.(그곳 사거리는 파리 전 지역을 내려다볼 수 있는 몇 안 되는 자리 중 하나였고 나는 1973년 베르나르 케이잔과 영화 「잠자는 남자」의 마지막 컷을 찍으러 그곳에 간 적이 있다.) 지금의 빌랭가는 4분의 3이 파괴되었다. 가옥의 반 이상이 허물어졌고 그 공터에 쓰레기, 낡은 주방 기구, 폐차들만 쌓여 있다. 제대로 서 있는 집들도 유리 창문 하나 없는 벽만 남아 있다. 일 년 전까지만 해도 부모님이 살았던 24번지와 파니 이모와 외할아버지가 살았던 1번지는 그대로 남아 있다. (중략) 내가 첫 번째로 빌랭가에 다시 가본 것은 1946년 고모와 함께였다. 고모는 우리 부모님의 이웃집 사람 중 한 여자와 이야기를 했던 것 같다. 아니면 빌라르 드 랑에서 올라온 뒤 하이파에 사는 아들 레옹 집으로 떠나기 전까지 얼마 동안 빌랭가에 사셨던 로즈 할머니를 보러 나와 함께 왔을 수도 있다. 나는 이 거리에서 놀았던 기억이 나는 것 같다. 그 뒤 십오 년이 흐르는 동안 나는 이곳에 돌아올 기회도 없었고 내키지도 않았다. (중략) 나는 1961년인가, 1962년인가 어느 여름날 저녁, 그 근처 에르미타주가에 사는 친구와 함께 빌랭가를 다시 찾았다. 그 거리는 막연한 친근감뿐, 어떤 확실한 기억도 불러일으키지 않았다." 조르주 페렉, 『W 또는 유년의 기억』, 63~64쪽.

4 Jerry Lewis(1926~2017). 미국 배우, 코미디언, 영화감독.

5 Vincente Minelli(1908~1986). 미국 영화감독, 연극연출가.

6 〈Designing Woman〉. 미국에서 제작된 빈센트 미넬리 감독의 1957년 영화. 제임스 스튜어트와 그레이스 켈리, 그레고리 펙이 주연으로 출연하였으며 아카데미 각본상을 받았다.

세 명의 M

1

나는 M.의 집 로비에 있다. 나는 M.이 몇 층에 사는지 물어보려고 관리 사무실 창구―검은색―의 창문을 두드린다. 창구가 아주 느리게 올라간다, 마치 자동으로 작동하듯이. 언뜻 보아, 뒤에는 아무도 없다. M.의 여자 친구 두 명이 도착한다. 그녀들 중 한 명이 나에게 M.이 부재중이라고 말하는데, 그 말에 나는 몹시 화가 난다. 나에게 잠깐 들르라고 말했던 건 그녀가 아니었던가! 그녀가 나에게 공수표를 날린 게 처음은 아니지만, 이번에는 정도가 너무 심해서 나는 그녀에게 결별의 짧은 쪽지를 남기기로 마음먹는다. 글을 쓰려고하는데 아주 커다란 종이 한 장밖에 찾을 수 없어, 나는 그 종이를 로비의 한쪽 벽면에 대고 수직으로 쓸 수밖에 없다. 내가 쓰는 짧은 글은 유달리 폭력적이다.

근데 문제는 우편함을 찾아야 하는 데서 발생한다. M.의 여자친구 중 한 명이 나에게 우편함은 로비의 어느 벽 속에, 그리고 가끔은 여러 종류의 수도관들 (사실, 가짜 관들이다) 안에 숨겨져 있다고 설명해준다; 이 수도관들은 모두 거대하고 진짜 수도관들을 가리고 있다; 그중 하나에는 초미니 연극 공연장이 하나 설치되어 있다.

우리가 계속해서 문제의 이 우편함을 찾아보려 하는 동안, 한무리의 군중이 로비로 난입한다, 그리고 상황이 바뀌기 시작한다.

209

2

나는 미셸 M.[1]과, 그의 집에서, 영화 시나리오 작업을 했다. 그러고 난 후 미셸은 자기 아파트에 나를 그냥 놔둔 채 휴가를 떠났다. 많은 사람들(진짜 친구들이라기보다는 오히려 막연한 사이의 지인들)이 살려고 이곳으로 왔다.

3

나는 제법 오랜 시간을 어느 커다란 카페(라 쿠폴[2]이었던가?)에서 보낸다.

4

나는 거리에 있다. 나에게는 우표가 필요한데 수중에 가진 돈이 없다. 내 삼촌이 지나간다, 자기 자동차를 몰면서. 그 차를 멈춰 세우고 나는 삼촌에게 돈을 달라고 요구한다. 나에게 돈을 주려다가 삼촌은 생각을 바꾸더니 내가 그 돈으로 무얼 할지 물어본다.

—우표를 사려고요.

—집에 있지 않니?

—네, 집에 있어요.

—그럼 그걸 찾으러 가거라.

그는 미소를 짓고는 다시 시동을 건다. (너무 삼촌다워서 그다지 놀랍지도 않다.)

5

그래서 나는 집으로, 다시 말해 미셸 M.의 집으로 되돌아온다. 내가 들어오자마자, 내가 알기로 미셸의 전 여자친구인, 젊은 백인 여자가 내게로 와서 설명을 요구한다. 그녀는 이제 막 자신의 약혼자와 함께 도착했고 집이 사람들로 가득하다는 사실을 발견한 참이다. 나는 그녀를 안심시켜 그녀의 방으로 보내고, 집을 차지하고 있는 다른 사람들을 보러 간다. 모두가 살 수 있는 타협안이 내 머릿속에 떠오를 수 있었던 것은 집이 엄청나게 컸기 때문이다. 다른 사람들은 잠자는 중이다, 훤한 대낮인데도. 특이하게도 거기에는 여자아이 하나가 있는데 아주 작은 단추에다 레이스가 달린 이상야릇하고도 아주 우스꽝스러운 잠옷을 입고 있다, 그 차림새 때문에 아이는 고급 인형이나 어린아이 초상화와 닮아 보인다.

모든 사람이 낮에 잠을 자고 저녁에 떠나는 데 동의한다. 나는 만족한다고 의사를 표한다, 그리고 약혼녀에게 알릴 참이다—아니다, 약혼녀가 아니라, 미셸의 전 여자친구다. 나는 거기에 도착하기 전에 여러 방과 복도를 지난다: 이 아파트는 정말이지 아주아주 거대하다.

나는 미셸의 전 여자친구, 그녀의 약혼자, 그리고 아주 예쁘고 웃음이 많은, 또다른 여자를 발견한다, 그녀는 옷을 벗는 중이다; 그녀의 가슴은, 아주 아름다운데, 벗은 상태다; 그녀는 내벽을 두른 어떤 작은 방("드레스룸")에서, 어쩌면 욕실일 수도 있을, 다른 작은 방으로, 계속 지나간다. 그녀는 내 시선을 피하려 애쓰지만, 그것은 수줍음에서 나온 진정한 제스처라기보다 오히려 교태를 부리는 (또한 추파를 던지는) 일종의 밀당이다. 나로서는 그게 무척 재미있어, 나는 그녀를 못 본 척한다, 그러는 동안 나는 미셸의 전 여자친구에게 모든 사람이 임시로 숙박할 수 있을 만큼 아파트가 충분히 크다고 설명한다.

6

나는 아파트의 다른 부분을 돌아보려고 애쓴다. 나는 복도를 헤매고 다니다가, 얼마 지나지 않아, 철거를 진행하고 있는 어떤 동네에 있는 나 자신을 발견한다.

내가 받은 인상은 (마비용에 있는 "타리드" 건물처럼) 오랫동안 어떤 목책에 가려져 있다가 가까스로 개조되었다고 알려진 (혹은 완전히 개조되었지만 가까스로 알아볼 수는 있는) 파사드 하나를 다시 발견할 때 갖게 되는 인상과 다소 흡사하다: 요컨대 이 집, 이 거리, 이 동네가 갖게 될 최후의 모습이 바로 이러할 거라는 것이다! 이런 모습을 기다려온 지 오래되었던 것이다! 나는 이 집이 이런 모습(제막식 때 베일을 벗겨내는 조각상 같은)을 닮게 되리라고 확신해왔다!

7

실제로 거기서는 제막식 행사가 열리고 있다, 첫 돌을 올려놓기 위한 행사라기보다, 마지막 삽(타불라라사⁵)을 뜨기 위한 행사. 내가 원한 것은 아니나 내가 행렬과 나란히 보조를 맞추고 있는데 행렬이 나를 천천히 추월한다, 내가 이 행렬을 다시 앞서려면 좀더 빨리 걷기 시작해야 할 정도로. 거기에는 우선 형사 몇 명, 그다음에는 단체복을 입은 남성 사절단(그러나 그들은 민간인이다) 한 팀 그리고 마지막으로 단체복(일종의 스포츠용 트레이닝복) 차림의 젊은 남성들로 이루어진 한 그룹이 있다, 나는 처음에는 이들이 장교 후보생인 줄 알지만, 이들은 사실 "   "이다.
그들 중 한 명이 앞으로 나와 자신들이 무엇을 하는 사람들인지 정확히 밝힌다: 그들은 서른 명씩 여러 특별한 집("여성형" 어미가 붙어 있는 이름은 이 집들을 가리킨다)에 거주하며, 그들은 삼십 일 동안 동정童貞을 맹세한다. 나는 이 신앙고백을 들으면서 하마터면 웃음을 터뜨릴 뻔한다, 그런데 젊은 남자 역시 재미있다는 미소를 지으며 나를 바라본다. 나는 길을 바꾸어 거리 건너편에 있는 친구들한테 합류하러 간다.

8

나는 어느 바에 있다. 이곳은 방 두 개로 구성되어 있다, 하나는 크고 하나는 작다, 방은 각각, 엄밀하게 말해 바(계산대)가 설치된 좁은 복도로 서로 연결되어 있다. 나는 바에 있다, 등받이 없는 의자에 걸터앉은 채. 내 친구들은 커다란 홀에 있다. 그들 중에는 누르 M. 그리고, 틀림없이, 미셸의 아파트에 이미 있었던 여자들 중 하나가 있다.

나는 먼저 보드카⁴ 몇 병을 마신다, 그다음에는 위스키 몇 병을. 나는 담배를 산다. 어느 순간, 내가 돈을 내는데 사소한 문제가 하나 발생하고, 재빨리 해결된다, 계좌에서, 무언가가 두 번 지불되었다, 아니면 무언가가 지불되지 않았다. 그 여자가 자리를 뜬다. 나는 그녀를 따라간다; 그녀가 나에게 자신의 주소를 알려준다. 나는 처음에는 이 주소가 린네가⁵ 5번지, 아니면 포도주 시장을 따라 길게 뻗어 있는 거리에 있다고 이해한 것 같다, 거기에는 루테스극장이 있었다, 그러나 나란히 뻗은, 다른 거리, 불랑제가가 아니라, 루테스 원형경기장⁶을 따라 길게 뻗어 있는 거리다.

나는 누르를 만나러 가서 그에게 저녁을 먹자고 제안한다. 그와 같은 테이블에 있던 두 사람은 "토털 쇼"(식사하고, 마시고, 춤추는 등의 풀코스)에 가고 싶어한다, 그러나 내게 의견을 물어본다면 나로서는 조용한 구석을 선호하리라. 우리는 덴페르⁷ 혹은 글라시에르⁸ 근처에 있는 내가 아는 레스토랑에 모두 함께 가기로 결정한다.

1   Michel Martens(1940~). 프랑스 탐정소설가, 시나리오작가.
    1950년대 후반에 페렉과 만나 친구가 되었다.

2   La Coupole. 파리의 몽파르나스에 있는 유명한 카페 겸 레스토랑.
    1927년 몽파르나스가 대규모 예술 및 문학 커뮤니티를 수용하면서
    오픈했다.

3   Tabula rasa. 라틴어로 '깨끗한 석판'을 의미한다. 개인인 인간은 어떠한
    정신적 기제도 미리 갖추지 않고 마음이 '빈' 백지와도 같은 상태로
    태어나며, 출생 이후 외부 세상의 감각적인 지각 활동과 경험에 의해
    서서히 마음이 형성되어 전체적인 지적 능력이 형성된다는 개념이다.

4   wodka. 보드카(vodka)의 폴란드식 발음.

5   파리 5구의 거리 이름이며, 파리 식물원 지대에 걸쳐 있다. 페렉과
    폴레트는 헤어진 후 친구로 지내면서 린네가의 같은 건물에 머물렀다.
    13번 꿈 주석 3 참조.

6   1세기에 지어진 로마시대 원형경기장으로, 파리 5구에 위치한다. 연극
    공연을 위한 무대와 검투사 전투 및 기타 원형극장을 위한 무대로
    구성되어 있다.

7   파리 14구의 남부에 위치한 덴페르로슈로광장 일대를 의미한다.

8   파리 13구에 위치한 지하철 6호선 정류장. 오귀스트블랑키 대로와
    글라시에르가 일대를 의미한다.

쿠퓌르[1]

1
휴가

    L.은 휴가중이다. 우리는 그의 집, 공동 침실에 묵고 있다, 그가 돌아오기를 기다리면서.

    어느 날 밤, 나는 잠에서 깨어난다, 그리고 옆에 있는 거실로 간다. 나는 테이블에 놓인 책이며 잡지들을 뒤적이고 있다. / /. 이 순간 오려낸 『렉스프레스』 기사를 우연히 보게 되는 게 가능하지 않은 건 아니다.

    누군가가 들어온다, 그리고 L.을 만났으면 한다. 그는 휴가중이에요, 내가 말한다. 그가 나를 물끄러미 쳐다본다, 그는 자신이 나를 아는 것 같다고 말하고는 혹시 나더러 Z.의 친구가 아니냐고 묻는다. 나는 그에게 ("슬프게" 미소를 지어 보이며) 한때 그랬었노라고 대답한다.

    불이 켜져 있다, L.의 사무실이다.

    나는 공동 거실로 돌아간다. 나는 테이블의 한 귀퉁이에 앉는다. 거기에는 마시다 만 병이 여러 개 있다, 나는 맥주 한 잔을 마신다. 맥주는 미지근하지 않다, 신선하다. 나는 완전히 의기소침해 있다. 누군가가, 어떤 젊은 여인(M.F.)이 내가 있는 구석을 살살 쓴다, 그녀는 부스러기로 가득한 테이블을 닦아낸다, 그게 내게는 다소간의 위안을 가져다준다.

어렴풋한 부티크

2
오이디푸스-엑스프레스

내 집이다. R.가 도착한다. 그가 입고 있던 웃옷—선원의 작업복이다—을 벗고는 자신이 완전히 빈털터리가 되었다면서, 내가 그를 살게 해주어야 한다면서 한탄한다. 나는 그에게 그의 집처럼 편안하게 있으라고 대답한다. 그는 B.를 유심히 바라본다, B는 완전히 벌거벗은 채, R.의 시선 따위에는 무관심하다는 듯이 아파트 여기저기를 돌아다니고 있다. 나는 내 방으로 간다, 누레딘 M.이 따라온다. / / 그에게 말을 건네는 와중에도, 나는 커다란—유별나게 커다란—5프랑짜리 동전들을 차곡차곡 쌓고 있다. 나는 거기서 수십 개를 솎아낸다. 나는 이 중에서 동전 열 개를 추려 50프랑짜리 화폐(지폐) 한 장으로 바꾼다(누구에게? 아마도 M.F.에게?) 다른 방에서, 나는 R.의 목소리를 듣는다, 그는 전화 통화 중이다. 그가 내게 다가와 웃으면서, 자신이 한창 비행중인 비행기에 전화를 걸고 있다고 말한다. 나는 우선 비행기에 타고 있는 사람은 D.이고, 그가 그녀와(두 사람은 몇 년 전에 헤어졌음에도 불구하고) 말하고 싶은 거라고 생각하지만, 그는 나에게 아니라고, 그것은 『렉스프레스』의 비행기라고 명확하게 말한다.

몇 달 전에, 나는 "실제로" 『렉스프레스』의 짤막한 기사 하나를 발견했는데, 오이디푸스에—아니, 보다 상세히 밝히자면, 오이디푸스라는 개념에—할애되어 있었고, 이 잘린 조각 기사를 출발점으로 삼아 나는 기사를 하나 써보기로 결심했다. 한편으로 나는 정신분석을 다룬 진짜 기사가 아니라, "어떤 현대 작가의 입장 표명"과 더 밀접하게 관련된다고 이 작가 개인의 이름을 대면서 즉각 설명했다. 다른 한편으로, 나는 재미있는 제목을 여러 개 찾아냈다, 대개는 내가 퍽 미묘하다고 생각한 바 있고 아무도 만들어낸 적이 없다는 사실에 놀란 적이 있었던 말놀이였다.

『렉스프레스』나, 심지어 다른 데서도 기사를 발행하는 게 무척 복잡해 보인다. 이에 관해 나는 프랑수아 마스페로[2]를 아는 어떤 친구에게 말한다, 그가 조금 지난 후, 내게 말을 하거나, 아니면 내가 말하게 하기를, 프랑수아 마스페로가 흥미로워지지만, 그는 내가 이 기사를 어느 전문가에게 위임하기를 원한다고 한다(이 말에, 볼 것도 없이, 나는 박장대소를 한다). 게다가, 고위 인사(모로코 왕)의 측근에 아주 잘 합류한 것으로 보이는 마르셀 B.도 자신의 지지를 나에게 약속한다: 그는 정말로 빠른 시일 내에 왕과 약속이 잡혀 있다.

모든 "상황 형성"이 이 기사를 둘러싸고 이루어진다. 이것은 한 무리의 친구들과, 우리가 창간하려 했던 잡지, 『총전선』[3]의 옛 시절과 비슷하다. 이렇게 해서, 영화관에 늘어선 줄에서, 나는 『총전선』의 과거 참여자 중 한 사람이 어떠어떠한 필명을 쓰는 비평가가 되었으며, 그 사람도, 나를 위해 지지를 표명할 수 있다는 사실을 항상 마르셀 B.를 통해 알게 된다. 우리는 가명을 선택한다는 것이 동성애의 징후라고 지적하고 그 예로 즉각 네 명을 찾아내는데, 이들은 파리의 문화 예술계에서 나름대로 유명하다 할 두 커플을 이룬다.

영화관 안에서 나는 L.을 알아보았는데, 그는 어떤 친구와 동행하고 있다. 우리는 조심스레 인사를 나누었다. 그가 아이스바를 먹고 있는 것처럼 보였는데, 나는 그가 해시시 잼을 먹는 중이었다는 걸 즉각 깨달았다.

마침내, 나는 『렉스프레스』에 입사했다. 사장은 다름 아닌 장 뒤비뇨이고 그의 비서는 모니크 A.다.

아주 빨리, 이러저러한 회사들에서 수시로 터져나오는 자잘한 시빗거리들이 도착한다.

뒤비뇨의 사무실 창문으로, 나는 거리에 있는, 한 무리의 남자들을 발견한다; 그들은 정차해 있는 차들 중간 어디쯤에 몸을 숨기고 있다. 나는 석연치 않은 무언가를 직감적으로 알아차리고서, 살펴보려고 거기로 내려간다. 아무개 하나 혹은 둘 외에도, 그 무리는 영국인 세 사람으로 구성되어 있는데 나를 보고 매우 불편해한다. 나는 그들이 감추고 있는 것을 눈으로 확인했으면 한다. 두 사람은 자기들 손목시계 상자 안에 사진 여러 장을 감추고 있다. 그러나 이 사진들은—제목이 뭔가 흥미로웠다—고작해야 둘로 접히고 둥글게 자른 얇은 가죽일 뿐이고 기껏해야 흐릿한 회색 줄무늬만 보일 뿐이다. 세번째 사람은 손에 무언가를 쥐고 있다: 지도 혹은 수수께끼가 적힌 종이다, 그러나 그가 내게 보여주겠다고 주장하는 이것에 호기심이 아주 많이 일었음에도, 나는 흥미로운 것이라곤 아무것도 보지 못한다. 그럼에도 불구하고 나는 이 모든 사건이 촉발된 것은 바로 이 영국인 세 사람의 출현 때문이라고 확신한다.

나는 모니크 A.와 약속이 있는데 단지 이야기를 나누기 위해서다. 만남은 지붕 덮인 어떤 파사주(의심할 여지 없이 슈와죌 파사주)에 있는 황량한 스낵바에서 이루어질 게 틀림없다. 옆에는, 알제리 카페가 하나 있다, 그리고 카페 앞에는, 알제리 여인 세 명이 서로 허리에 팔을 두르고 있다. 그녀들 옆에서는, 큰오빠인 사장이, 조상에 빗대어가며 그녀들의 처신을 꾸짖고 있다. 내가 기억하기로, 이전 버전 같은 무언가에서, 모니크 A.는 쫓겨난 적이 없으며 사건 전

218

체가 재앙으로 끝난다. 이번에, 그녀가 사표를 제출한 것은 이러한 사건들이 재발하는 것을 피하기 위해서다, 그리고 우리는 이것을 이야기하기 위해 서로 만나야만 한다.

모니크 A.가 도착한다. 그녀는 바 뒤에 그리고 바로 내 앞에 서 있다. 그녀는 정말로 당황한 상태다. 우리는 의아해한다, 왜 그녀가 떠나야 하는지. 그녀는 쫓겨나는 건 아니지만, 강제로 떠나야만 한다. 어째서 모든 것은 항상 이 거지같은 회사에서처럼 돌아가는가? 하고많은 날 갈등과 시빗거리, 떠나가는 사람들, 남겨진 나머지 사람들 등등.

이것은 신문에서 떠드는 이야기뿐만 아니라, 삶에, 훨씬 더 일반적인 방식으로 연관되는 것처럼 보인다.

거대한 뱀 한 마리가 느릿느릿 계산대 아래에서 기어나와 내 머리 위에서 몸통을 좌우로 흔들기 시작한다. 우선, 나는 이것에 주의를 기울이지 말아야 한다고 생각한다, 그러나 뱀은 위협적으로 변하고 순식간에, 나는 완전히 꼼짝 못하게 되고 만다, 공포로 얼어붙은 채. 뱀은 점점 가까이 다가오면서 그리고 쉭쉭 소리를 내면서 몸을 흔든다. 나는 뱀의 눈이 영사기 같다는 사실을 깨닫는다. 내가 완전히 글렀다고 느끼는 바로 그 순간, 어딘지 모르겠고 누가 그랬는지도 모를 곳에서 발사된, 총알 하나가 터져나와 나를 깨운다.

1 Coupure. 칼이나 종이 등에 '베인 상처', 검열 등으로 인한 '삭제',
   오이디푸스콤플렉스의 '거세', 신문 기사 따위의 자르거나 오려낸
   '조각', 화폐 중에서 '지폐'나 '어음'을 의미한다.
2 François Maspero(1932~2015). 프랑스 작가이자 번역가. '마스페로'
   출판사의 편집장이자 같은 이름의 서점을 운영했으며, 여러 잡지의
   발행인이었다. 페렉은 1961년 그가 창간한 잡지 『파르티장Partisan』에
   여러 편의 글을 발표했다.
3 『La Ligne générale』. 1959년 페렉이 몇몇 동료와 함께 창간하려
   시도했던 잡지. 마르크스주의에 입각한 이 잡지는 비록 출간되지는
   못했지만 이후 페렉의 문학적 사상과 실천에 깊은 영향을 미친다.
   데이비드 벨로스, 「총전선(1959~1960)La Ligne
   générale(1959~1960)」, 앞의 책, 233~242쪽 참조.

증언 거부

나는 내 아파트에서 큰 방 하나를 찾아내리라 기대하고 있었는데, 사실 그 방은 내 것이 아니다, 심지어, 길거리다.

수많은 사람들이 도착한다, 그리고 내 방에 난입한다. 그들은 F.한테 골칫거리가 생겼다고 내게 말한다: 그가 공공 기념물 앞에서 오줌을 쌌다는 것이다; 나는 내가 그 현장에 있었다고 그리고 나는 그를 보지 못했다고, 그리고 심지어 더 정확히 말해서, 그가 그런 짓을 하지 않은 것을 내가 직접 보았다고 증언해야 한다.

F.가 양쪽에 경찰 둘을 달고 온다. 나는 내가 이 증언을 할 수 없는 이유를 설명한다, 혹은 설명하려 시도한다.

나는 어떤 연극에서 연기를 하고 있다, 그러나 이와 더불어 나는 유력 인사들에게 배우도 소개해야만 한다. 그런데 시장은 노망이 들었다. 나는 말을 해야 하는 것은 시장과 같은 테이블에 앉아 있는 동반자라고 신호로 알려준다: 진짜 시장은 입을 다물고 있는 반면, 가짜는 감쪽같이 흉내내며 연설을 늘어놓는다.

나중에, 나는 Z.에게 이런 것은 실제로 중요하지 않다고, 사실은 다른 이가 옛 시장이라고, 그리고, 동시에, 진짜의 가장 친한 친구이자 가장 고약한 적이라고 설명해준다.

어렴풋한 부티크

우리는 이미 본 적이 있는 곳에 도착한다: 높은 울타리였던가?

나는 Z.와 섹스를 한다. 오로지 그녀 안에서뿐이다, 결국, 내가 좋다고 느끼는 것은.

여러 공과 여러 마스크

길을 지나가다가, 나는 테니스 경기에 참여해 행인들과 구별되는 점이 전혀 없는 선수들 틈으로 끼어든다. 우리는 서브를 가까스로 받아내고 있다 그리고 나는 꽤 어려운 공을 따라잡아, 이걸로 선수들 중 한 사람(마르셀 C.가 아닌 다른 사람)에게 칭찬을 받는다. 이게 오해를 불러일으킨다: 그는 내가 경기를 할 줄 안다고 생각한 것이다, 나는 그 사실을 감히 부인하지 못한다, 그리고 그는 나에게 서브권을 준다.

공은 어마어마하게 크고 반면 내 라켓은 터무니없이 조그마한데도, 처음에는, 그다지 나쁘게 진행되지는 않는다. 거기에는 네트가 따로 없다: 따라서 공을 공원 안, 철책 위로 넘겨야만 한다. 내가 처음의 공 두 개를 반대편으로 너무 멀리 보내버리는 바람에 상대방이 공들을 따라잡을 수 없게 되었고(그는 그러려는 시도조차 하지 않는다) 이것으로 우리는 30 대 0의 스코어를 거두게 된다. 그런데 공이 점점 커지더니, 약간 부드러운 가죽 펀치볼과 조금씩 비슷해진다, 그리고 나는 더이상 이 공을 철책 저 반대편으로 밀어낼 수 없게 된다. 나는 내가 고작 한 점만 잃었다고 생각하지만, 나의 파트너(베르나르 L.¹)는 우리가 50 대 40으로 리드를 내주었다고, 내가 동점을 만들지 않으면, 서브권을 빼앗기게 된다고 (그저 서브만 넘겨주는 것이며, 아주 심각한 것은 아니다: 그래봐야 게임은 동점이 될 것이다) 내게 심각한 투로 경고한다. 내가 그에게 이렇게 작은 라켓으로는 이렇게 커다란 공을 받아넘길 수 없다고 설명하자 그는 자기 라켓 중 하나를 빌려주겠노라고 제안한다. 그는 실제로 그가 사용하지 않았고 심지어 줄의 압력을 (나비꼴 나사 네 개로 조인 뾰족한 마름모꼴 나무틀로²) 다시 조절한 라켓 두 개를 품에 안고 있었다. 이 라켓들은 이상야릇하다: 이것들은 (바이올린과 닮은 비올라, 바순과 닮은 크롬호른처럼) "옛 라켓들"과 유사하다; 둘 중 하나는 엄청나게 커다란 나무틀로 짜여 있는데 그 라켓은 엄밀히 말하자면 (라켓의 줄이 있어야 할 부분에) 줄이라고는 전혀 없는 미세한 원형(타원이 아니라) 구멍으로 구성되어 있다. 베르나르 L.이 나에게 건네주는 게 바로 이것이다; 이 라켓은 줄이 없어서 나는 그것으로는 경기를 치를 수 없다고 그에게 말한다. 그는 자신의 두번째 라켓의 압력을 느슨하게 풀기 시작한다, 그런 다음 그는 생각을 바꾸어 화가 나다시피 한 상태로, 내게 첫번째 라켓을 내민다, 이 라켓의 줄은 완벽하게 조율되어 있다고 내게 확인시켜주면서. 실제로, 아주 가까이서 라켓을 살펴보니, 구멍이 거미줄 같은 아주 가는 망으로 가득차 있다는 걸 나는 알게 된다.

나는 우선 직접 공을 던져 서브를 넣으려고 시도한다. 그러나 공과 라켓이 너무 무겁다. 내 파트너들이 공을 던져 올리는 동안, 나는 두 손으로 내 라켓의 손잡이를 부여잡는다. 나는 가까스로 공을 치지만, 충분히 세게 쳤다고 할 수는 없다: 공은 다시 철책 바로 아래 떨어지니 잘못 친 것이다……

한번은 내가 내기 경기를 해서 어마어마한 돈(신권으로 수천 프랑)을 벌었다. 돈을 잃은 사람들은 표정이 썩 만족스럽지 않지만, 내게 돈을 지불하는 데 딱히 까다롭게 굴지는 않는다. 그럼에도 불구하고, 경기장을 떠나기 바로 직전, 우리는 경기를 다시 시작한다, 그리고 나는, 극히 적은 금액, 예컨대 100프랑을 잃는다. 이것은 이런 의미인 것으로 보인다: 우리는 당신이 돈을 따게 할 수도 있고 우리가 원할 때면 언제든 당신이 돈을 잃게 만들 수도 있으니 당신은 그걸 잊어선 안 된다.

나는 내 셔츠의 속주머니에 지폐 다발을 집어넣는다, 일부가 넘쳐 약간 삐져나온다.

나는 호텔의 별관에 살고 있다. 이 별관은 또한 감옥으로도 사용되고 있다. 한 무리의 죄수들이 그곳으로 끌려가고 있다(그런데 내가 이 죄수들의 체포에 관여한 것으로 보인다). 공범자들은 옷이나 가면처럼 몸에 딱 맞는 아주 반짝거리는 금속 족쇄 비슷한 것에 완전히 포박된 거나 마찬가지다. 이렇게 해서 목에 가죽과 강철로 된 "경추 교정기"가 채워진 한 남자가 보이는데, 사실 그것은 고문 도구다. 이 남자 외에도, 공범들은 늑대-개 한 마리(역시 철갑을 두른)와 여자 한 명이다. 패거리의 우두머리는 사제 가운 같은 것을 걸치고 있다.

간수의 딸이 죄수 중 한 명을 가둔다, 내 방 바로 옆방, 그러나 약간 아래쪽에다가. 나는 그녀가 문을 이중으로 잠그고 난 다음 다시 올라오는 순간에 그녀와 마주친다. 우리의 시선이 서로 교차되고 우리는 서로에게 미소를 지어 보인다. 나는 그녀에게 술 한잔하러 가자고 제안한다, 그리고 그녀는 아주 기꺼이 받아들인다.

우리는 아주 넓은 어느 에스플라나드에 있다. 우리는 선술집을 찾는 중이다. 하나가 있는데, 매우 비좁고, 아주 높은 곳에 있다(광장 끝에서 두번째 집이다), 우리는 그곳이 아주 초라하다고 (혹은 형편없다고) 생각한다.

225

F.가 지나간다. 우리 둘은 악수를 나눈다. 나는 그에게 나중에 그가 방문해주기를 기대하고 있다고 말한다. 그는 우리가 함께 저녁을 먹어야 한다고 상기시키고는 나를 떠난다.

간수의 딸이 내 가슴께의 주머니에서 넘쳐나는 이 모든 돈에 놀란다. 나는 그녀에게 설명한다, 내기 경기를 했고, 몇천 프랑을 땄고, 적잖은 기간 줄곧 사로잡혀 있던 돈 걱정에서 이제 내가 놓여나게 되었다고.

우리는 꽤 많은 거리들을 헤맨다. 우리는 불랭빌리에가[3] 꼭대기에 선술집이 하나 있다는 사실을 기억해낸다. 나는, "속으로", 생각한다, 데비뉴가[4]에도 영화관 "르 라늘라그"[5]가 있던 자리에 선술집 하나가 분명히 있다고.

우리는 레누아르가[6]를 내려간다. 우리는 차에 타고 있다, 그리고 내가 운전대를 잡고 있다. 내가 실제로 운전을 하는 것은 아니다: 나는 엔진을 껐다, 그리고 차가 경사에서 미끄러진다, 더구나 경사가 점점 더 가팔라진다. 우리 앞의 아주 먼 곳에는, 홀로 경사로를 질주하는 자전거 한 대가 있다, 그보다 더 먼 곳에는, 자동차가 한 대 있다, 우리는 그 차가 해리 M.[7] 소유의 차인 걸 알아본다(그러나 마찬가지로 차에는 아무도 없다).

내리막은 현기증이 일 정도로 점점 더 아찔해지고, 일대 장관을 이루어 황홀할 지경이다. 거기에는 엄청난 커브 길들이 있다, 우리는 다른 순간순간에 거의 일직선으로 떨어진다. 우리는 경이로울 정도로 흥분한다. 우리는 활강하면서 다른 차량들을 모두 추월한다.

틀림없이 저 아래는, 말로 표현할 수 없을 정도의 교통체증이 빚어지고 있다: 수백 대씩, 차량이 강에 빠진다, 그리고 선원들이 빠진 차들을 건져내려고 애쓴다. 사람들이 수송선의 차량들 위를 걸어

다닌다. 우리는 우리 차가 물 밖으로 빠져나오는 모습을 보고 있다, 물이 뚝뚝 떨어지는 쇳덩어리가 나타난다(사실은, 그렇지 않다: 그렇게 큰 덩어리는 아니다; 우리는 차의 형태를 아주 잘 알아보는데, 그것은 텅 빈 형태, 차체의 골격일 뿐이다).

우리는 해리 M.의 차를 찾아보지만 찾아내지 못한다. 결정적으로, 나와 함께 있을 때마다, 해리는 자기 차들과 운이 그다지 좋지 않다: 이런 일이 그에게 일어난 게 두번째다.

우리는 선원들에게 보험에 필요한 양식을 요청한다. 그들은 그런 건 필요하지 않다고 우리에게 대답한다: 우리 차와 해리 M.의 차, 어떤 어려움도 없이, 우리는 전부 보상받을 것이다, 우리가 나머지를 되찾지 못한다 하더라도.

이러한 보상의 편리함에 대한 아주 간단한 설명이 있다. 선원들은 우리에게 이 설명을 제공해주지는 않는다, 그러나 이렇게 말하면서 교묘하게 우리가 알아차릴 수 있도록 해준다: "그르노블과 로망⁸에서는, 사람들이 송어 한 마리 값으로 X 프랑을 내게 되어 지나치게 행복하다."

이 말은 다음을 의미한다:
a) 교통사고는 항상 강에서 일어난다;
b) 강 한복판에 커다란 바위들이 없었더라면 교통사고는 일어나지 않을 수도 있었을 것이다;
c) 그러나 누군가 강 한복판에 이 커다란 바위들을 일부러 놔둔다, 송어가 (그리고 송어잡이 낚시꾼들이) 떼로 몰려오게 하려고……

1 Bernard Lamblin. 페렉의 사촌이었던 비앙카 랑블랭(Bianca Lamblin)의 남편.

2 요즘은 사용되지 않으나 1960년대까지 테니스 라켓 줄의 압력을 고르게 하기 위해 마름모꼴의 틀을 사용했으며, 이 틀의 각각 모퉁이를 나비꼴 나사로 조였다.

3 파리 16구의 거리 이름.

4 파리 16구의 거리 이름.

5 cinéma Le Ranelagh. 파리 16구의 데비뉴가 5번지(블랭빌리에가 바로 옆)에 위치한 극장이다. 1894년에 지어진 이곳은 개인 음악실이었다가 1931년 영화관이 되었으며, 1985년에 다시 극장으로 개조되었다.

6 파리 16구의 거리 이름.

7 Harry Mathews. 78번 꿈 참조.

8 프랑스 남동쪽 오베른론알프스 지방에 위치한 코뮌으로. 그르노블 근처다. 48번 꿈 주석 2 참조.

228

명예를 한몸에

　나는 저작권을 주제로 (아일랜드 혹은 네덜란드에서) 열릴 국제학술대회에 참석하도록 지명되었다. 우리는 프랑스 대표단을 이끌고 있는 C.B.[1]와 함께, 문제 전반을 검토하고 있다, 그리고 구성원 대다수가 나의 가족이나 친구들인 위원회의 다른 구성원들에 관해서 이야기를 나눈다. 이어서 우리가 돌아오는 즉시, 이 학술대회의 결과를 공화국 대통령에게 보고하는 것이 문제로 부각된다. 우리는 이제부터 우리가 대통령의 측근이 되는 걸 거부할 거라는 사실을 웃으면서 서로에게 상기시킨다. 나는 C.B.에게 대통령의 별명이 아직도 "룰루"인지 물어본다. C.B.는 자기는 그에 관해서는 아무것도 아는 게 없지만, "룰루"는 거의 명예훼손이나 다름없다고 내게 대답한다.

　(누구인지 좀처럼 확인되지 않는) 어떤 여자와 J.L. 그리고 (조금 지나) 나의 고모와 함께, 우리는 L.의 집에 초대되었다—혹은 즉흥적으로 방문했다. 내 고모와 J.L.은 무사히 들어갔다, 그러나 여자와 나, 우리는 작은 평지 위에 있게 되었는데 그곳은 물이 가득찬 구덩이로 둘러싸여 있는 걸로 판명된다. 수련이나 연꽃으로 뒤덮여 있어서, 처음에는 물이 없는 줄 알았다, 그러나 거기에는 물이 있다, 심지어 많다. 이 구덩이를 어떻게 건널까? 건너뛰는 건 어렵다: 심지어 물위로 뛰어오르려 하기도 전에 물에 빠질 가능성이 농후하다.

그런데 널빤지로 된 다리가 하나 있다. 여자는 쉽게 그 다리를 건넌다, 그리고 L.[2]의 품에 안착한다, L.은 "저녁식사를 하고 가시지요"라고 말하며 그녀를 맞이한다, 마치 우리의 즉흥적인 방문이 그를 방해한 건 아니었고 심지어 우리가 머물 거라고 예견이라도 했다는 듯이. 그때 내가 다리를 건너는 걸 도와주려고 그가 내게 손을 내민다; 더구나 그가 잘하고 있는 것이, 다리는 썩어 있었고 내가 그 위를 밟는 순간 부서지기 때문이다, 그러나 그의 도움 덕분에, 나는 물에 빠지지 않는다.

—오! 아름다운 상징이여! 나는 큰 소리로 외친다.

/ /

나는 기획된 학술대회에 관해 논의한다, J.L.과 잠시, 그다음에는 너무 지쳤다고 느껴져서, 가지 않겠노라고 내게 말하는 고모와 함께; 정작 고모는 같은 날 자기 작은딸과 산책을 했고 녹초가 되어 돌아왔다.

L.은 예전의 모습이 아니다. 그는 턱수염이 나 있다. 그는 베르나르 P.[3]와 상당히 닮아 보일 것이다, 만약 턱수염이 자라게 놔둔다면 말이다. 그의 아내는, 아주 조금, 베르나르 P.의 아내를 닮았다.

캠핑 테이블 위에는 종이 몇 장, 안경 하나 그리고 우리가 도착했을 때 L.이 읽고 있던 책이 놓여 있다. 그것은 플레이아드派[4]의 책이다, "동Don B.", 혹은 "마담 B."라는 제목의 단편소설 위에 펼쳐져 있다. 그걸 보니 스탕달의 단편소설 하나가 생각난다.

1   Claude Burgelin. 7번 꿈 주석 1 참조.
2   약칭 L.의 뒤에는 페렉이 1971년부터 1975년까지 정신분석 상담을
    받았던 정신과의사 장베르트랑 퐁탈리스(Jean-Bernard Pontalis)가
    감추어져 있다. '다리(pont)'는 퐁탈리스를, '널빤지(planche)'는
    『정신분석 어휘집』을 집필한 장 라플랑슈(Jean Laplanche)를
    암시한다. 마리 보노, 앞의 글, 128~129쪽 참조.
3   Bernard Pingaud(1923~2020). 프랑스 작가. 1967년 『잠자는 남자』가
    출간되자 『라 캥젠 리테레르 La Quinzaine littéraire』(27호, 5월)에
    기사 「무관심, 알려지지 않은 열정 L'indifférence, passion méconnu」
    을, 1979년에는 『활 Arc』지에 『인생사용법』에 관한 기사를 썼다.
    데이비드 벨로스, 앞의 책, 412, 610쪽 참조.
4   La Pléiade.16세기 프랑스 르네상스 시인들을 지칭하는 명칭으로,
    중세의 시 형식에서 벗어나 프랑스어를 사용한 낭만적 시를 주창했다.

어렴풋한 부티크

여덟 장면, 아마도 어떤 오페라의

내가 니컬러스 레이[1]의 영화 〈자니 기타〉를 보러 간 모양이다.

나는 일 년 치 집세로 360프랑을 내고 빌린 집에 살고 있다. 집이 파손되기 시작한다. 난방장치가 고장난다.

나는 (말할 것도 없이 집주인에게) 유감의 편지를 보낸다, 그 편지에는 집이 이등급으로 강등된 것에 대한 책임을 지기는 거부한다는 내용을 담는다, 나 자신은 예비역 대위인데 말이다.

사무실 여자 동료 M.이 나를 방문한다. 다른 여자 동료 G.가 갑자기 등장한다; 그녀가 우리를 방해하는 건지도 모르겠다: 어쨌든 우리 셋이 함께 있는 장면은 내 집에서 엄청난 불쾌감을 유발한다.

우리는 여러 차례 약속을 한다; 우리는 수가 많아져서 다시 만난다. 행진을 위한 출발: 아주 성대한 파티 예정. 의상 문제.

(내가 관람하는) 오페라는 진행되어야 하는 내용과 비슷하지 않다. 무대가 끔찍이도 멀리 있다.

무대, 이번에는 아주 가깝다: 키 큰 대머리 남자 한 명, 더할 나위 없는 다정함을 보여주는 얼굴, 그가 철퇴를 휘둘러 왕, 왕비 그리

232

고 교황의 두개골을 박살낸다. 셀 수 없을 정도로 많은 남녀 엑스트라들 한가운데 B.가 있다.

　나는 Z.에게 전화를 건다.

Nicholas Ray(1911~1979). 미국 영화감독. 1947년과 1963년 사이에
만든 〈이유 없는 반항〉〈실물보다 큰〉〈자니 기타〉〈고독한 영혼〉 등의
작품으로 유명하며, 1970년대에는 실험영화 〈우리는 집에 돌아갈 수
없어라〉를 제작했으나, 폐암으로 사망해 완성하지 못했다. 색채
활용이나 시네마스코프 화면비의 구도 설정으로 높이 평가받았으며,
장뤼크 고다르와 같은 프랑스 누벨바그 감독들에게 큰 영향을 주었다.

물의 도시

필리프 D.¹의 차 안. 그는 후진하고 있다; 그는, 더구나, 뒷좌석에 앉아 있다.

그의 부모님의 교통사고.
(광이 나지 않는 은촛대를 들고 있는 늙은 하녀)

그는 갔다가 이제 막 돌아왔다, 그의 머리카락이 하얗게 셌다.

어떤 (물의) 도시에서 일어나는 일이다, 나는 거기서 배우 장폴 벨몽도²와 함께 영화를 준비하고 있다. 누군가로부터 그에게 전화가 온다. 나는 그에게 세 개의 낱말로 된 메시지를 보내어 누가 그를 부르는지 그가 이해할 수 있게 알려주려고 한다. 다른 메시지일 가능성이 있다.
실은 배우의 정부情婦가 건 전화다, 진한 갈색 머리에 엉덩이가 아름다운 여인, P.L.(남자)이라는 사실을 알고서 내가 놀라 자빠질 뻔한.

어렴풋한 부티크

1 Philippe Drogoz. 영화 〈잠자는 남자〉에서 음악을 맡았다. 페렉의 오랜
   친구. 122번 꿈 참조.
2 Jean-Pàul Belmondo(1933~2021). 프랑스 영화배우, 영화감독,
   연극연출가. 누벨바그의 상징적인 영화 〈네 멋대로 해라*A bout de
   souffle*〉(1960, 장뤼크 고다르 감독)에 출연했다.

십자말풀이

나는 어떤 친구와 함께 "정치-주간지" 재발행 계획에 관해 이야기를 나눈다. 우리는 예전에 이 주간지에서 일한 적이 있고 다시 돌아갈 준비를 하고 있는 여자 둘(혹은 셋)을 우연히 만난다. 원칙적으로 보면, 내가 그녀들을 상대로 십자말풀이를 하리라는 것은 더이상 의심의 여지가 없다. 나는, 그럼에도 불구하고, "속으로" 이렇게 생각한다; 나는 완전히 준비를 끝낸 빈칸 몇 개를 확보한 상태다, 그리고 새로운 칸들을 어떻게 구성할지에 대한 아이디어도 부족하지 않다. 해결해야 할 유일한 사안은 사례금이다. 나는 "그랜트"의 아주 탁월한 정의를 찾아냈다고 생각한다: 가장 유명한 그의 자식들은 그의 이름을 갖고 있지 않다. 무슨 말씀을, 내가 바보다, 이건 "그랜트"가 아니라, 뭐로 보아도, "베른"에 대한 것이다. 나는 찾아낸다, "그랜트"가 아니라, 다음과 같은 "베른"의 다른 정의를: 그런 적이 없었던 어떤 쥘.[1]

1　페렉은 여기서 쥘 베른(Jules Verne)의 작품 『그랜트 선장의 아이들
　　 Les Enfants du capitaine Grant』을 패러디해 말놀이를 만들어낸다.
　　 이 작품에는 그랜트 선장이 자식들에게 자신의 이름을 사용하지 못하게
　　 하는 대목이 등장한다. 십자말풀이에서 페렉은 우선 '그랜트'의 정의를
　　 이것으로 결정한다. 그런데 정의해야 하는 단어를 잘못 보았다. 풀어야
　　 하는 단어는 '그랜트'가 아니라 '베른'이다. 여기서 페렉은 그란트 대위
　　 이야기의 작가가 쥘 베른이라는 사실에 착안해, 쥘 베른인 '그랜트
　　 선장이 자식들에게 자신의 이름을 사용하게 한 적이 없었다'는 사실을
　　 환기하고, 이를 '베른'의 또다른 정의로 사용한다. "그런 적이 없었던
　　 어떤 쥘"에서 '쥘'이 '베른'의 이름이기 때문에 이러한 정의가
　　 가능해진다.

238

내 키

나는 나의 사장과 관련된 짧은 기사(후스 후[1] 유의 인물 소개 글)를 하나 작성해야만 한다.

내 임무를 쉽게 해주려고, 장 뒤비뇨는 내게 "창문 노트"를 한 권 내민다, 딱딱한 표지가 안쪽으로 잘려 있는 노트(여권과 조금 비슷하다).

"창문 노트"는 내 사장이 아니라, L.과 관련되어 있다. 나는 이렇게 해서 그의 이름 중 하나가 베르트랑이라는 사실을 알게 된다. 노트를 뒤적거리다가, 나는 그 안에 든 정보가 전혀 최신 것이 아니라는 걸 깨닫는다.

그것은 창문 노트지만, 최신 노트는 아니다.

나는 S.B.의 집에 있다. 좁고 구불구불한 어떤 복도에서, 그녀는 내 키가 1.65미터 반※이라고 언급하면서 나를 자기 어머니에게 소개한다. 나는 바로잡는다. 나는 처음에는 1.70미터라고 했다가, 그 다음에는 1.68미터라고 말한다. 나는 내가 구제할 수 없을 정도로 작다고 느낀다.

S.B.의 거실들 여기저기에는 이제 사람들이 북적이고 있다. 누군가 청중의 감탄을 끌어내면서 공중 부양에 성공한 어떤 젊은이에 관한 이야기를 들려주고 있다—어쩌면 우리는 이야기를 보고 있

다. 그러나 그는 결국 땅 위로 다시 떨어지고 만다(공중을 걸어 다녔던 그의 재능이 무엇이었든 간에) 그리고 그는 어느 기차 아래로 돌진한다.

이전에, 나는 기나긴 대화를 나누었던 적이 있었다, 그의 아버지와, 그리고 어쩌면 그의 삼촌과도. 두 사람 모두 끔찍할 정도로 술에 취해 있었다.

1 '마르키스 후스 후(Marquis Who's Who)'. 미국 뉴저지주 소재의 민간
   출판사. 여러 직업의 사람들의 이력을 담은 인명록과 데이터베이스를
   제작한다. 지역, 전문 분야별로 나누어서 십여 권의 책을 정기
   발행하며, 주로 도서관이나 대학에서 참고 문서로 사용된다.

몽둥이 스물다섯 대

1

나는 몽둥이로 스물다섯 대를 때리고 있다. 그것은 일종의 공연인데 Z.가 아무것도 이해하지 못한 채로 관람한다.

나 자신이 이해하는 것, 그것은 A에서 출발해 Z에 이르는 것과 동일한 무엇이라는 사실, Z는 여기서 채찍 자국, 칼에 베인 상처, 흉터라는 사실.[1]

2

나는 이스라엘에 있다. 나라는 이제 막 독립을 쟁취했다. 우리는 어떤 격납고에서 오랜 시간 기다리고 있다. 트럭이 무더기로 지나간다.

내 안에는 두 사람이 있다. 하나는 이스라엘에 우호적이고, 다른 하나는 적대적이다.

적대적인 나는 이스라엘에서 모든 것이 최악은 아니라는 사실을 깨닫는다.

1   "몽둥이로" 때린 "스물다섯 대"는 알파벳 스물다섯 개에 대한 비유이며
     "나 자신이 이해하는 것, 그것은 A에서 출발해 Z에 이르는 것과 동일한
     무엇"은 A에서 시작해 알파벳 순서로 나아가는 도중에 만나게 되는
     (e를 제거하는 것과 같은) 작업이며, "Z는 여기서 채찍 자국, 칼에 베인
     상처, 흉터라는 사실"은 알파벳 Z의 모양에 대한 환유이지만, 이러한
     사실을 아무것도 이해하지 못하는 사람에 대한 비유로, 전반적으로
     소설 『실종』의 글쓰기 방식을 효과적으로 요약한다. 에릭 라발라드,
     앞의 글 참조.

여자 배우, 2

여자 배우 하나가 춤을 추기 시작한다, 그리고 조금씩 조금씩 옷을 벗고 있다. 그녀는 가슴이 거의 없다.

나는 내 어머니를 생각한다.

제설차

나는 Z.와 카페 되마고[1]에서 약속이 있다.

눈이 내리고 있다.

눈이 얼음으로 변한다.

사람들이 제설차를 한 대 몰고 온다. 잠수함의 잠망경이 바다에서 솟아오르듯 제설차가 눈에서 솟구쳐오른다.

제설차의 기능에 대한 세부 사항.

또다른 제설차(또다른 것이 맞나?) 한 대가 뒤집힌다.

Z.는 우리가 먹은 아침식사 값으로 7프랑 50상팀을 지불한다.

1 Les Deux-Magot. 파리 6구의 생제르맹데프레광장에 위치한 문학
   카페이자 레스토랑.

여인숙

나는 방금 이사를 마쳤다, 그리고 지금은 파리로 진입하는 어느 관문¹ 가까이, 어떤 지하철역 바로 앞에 살고 있는 J.L.을 방문한다. 첫눈에, 그 집은 그저 아주 평범한 건물처럼 보인다; 집은 어떤 여인숙에 붙어 있다, 고딕체로 적힌 여인숙 간판이 보인다:

"방브 여인숙"

아파트는 사실, 3층짜리(삼복三復층) 진정한 저택이다. 3층은 매우 놀랍다. 3층은 거실인데, 거기 그랜드피아노가 한 대 있다; 우리는 이 거실이 아주 넓은 방, 정말로 아주 넓은 방이라는 사실을 차츰 깨닫는다: 방이 무한히 펼쳐진다, 거실 바닥은 평야와 숲의 지평선 저 위로 시원하게 펼쳐진 잔디밭이다.

경이롭다는 인상을 받는다. 우리는 황홀경에 빠진다:

—이런 걸 찾아내다니 당신은 정말로 운이 좋으시군요!
—안타깝게도 그들이 결국 여기를 알게 될 테고 이 위에다 대규모 주택단지를 지을 겁니다!

외부에서 보면, 집은 높은 벽으로 둘러싸인 개인 소유의 저택처럼 생겼다, 높은 벽의 전망은 그 안에 무한한 공간을 품고 있으리라고는 그 누구도 상상할 수 없을 정도로 커다란 궤적을 그리고 있었다.

어렴풋한 부티크

247

나는 정해지지 않은 기간 동안, 이 집에 정착하기로 한다, 더구나 이 집에는 꽤 많은 사람들이 함께 살고 있는 것처럼 보인다.

어느 날, 나는 거리에서 한 소녀를 만난다. 그녀는 내게 얼마간 그녀를 살게 해줄 수 있느냐고 묻는다. 나는 수락한다, 내 방 이외에는 다른 공간이 없다는 사실을 명확히 밝히지 않고서(그게 내게는 당연해 보인다).

집은 당피에르와 비슷하다.
매일 아침, 그곳에서는 "색깔 깃발 들기"를 하기 위한 모임 같은, 모임이 열린다.

내 창문으로 나는 S.B.가 차로 도착하는 것을 본다. 그녀는 두 눈을 들어 나를 보고는 미소를 짓는다(그러나 그녀의 미소에는 아마도 무언가 위험한 것이 있는 것만 같다).

조금 후: 나는 P.의 집에서 나와 에콜가²를 경유해서 내 집으로 돌아온다. 내가 여자친구 한 명을 만나 그녀와 함께 밤을 보내리라는 사실이 내게는 자명해 보인다.

나는 마주친다, 실제로, 내가 알고 있는 수많은 사람과, 그러나 그들은 나를 보지 못한다, 아니면 너무 늦게 보거나……

1 파리를 큰 원으로 둘러싸는 외곽 대로에는 곳곳에 파리로 진입하는
   서른두 개의 문이 있다.
2 파리 5구에 위치한 길. 센강과 평행으로 이어지며 생미셸대로가
   시작되는 지점에서 끝난다. 소르본대학교(파리4대학교), 그리고 파리6
   대학교와 파리7대학교의 주시외 캠퍼스를 연결하는 긴 길로, 대학가인
   라탱 지구와 연결되어 있어 학생들로 붐빈다.

시상하부

그것은 대수롭지 않은 지적에서 시작된다, 그러나 얼마 가지 않아 확실히 받아들여야만 한다: 『실종』에 "E"가 많이 있다는 사실을.

이 작품에서는 "E"가 먼저 하나, 그다음에 두 개, 그다음에 스무 개, 그다음에 천 개가 보인다!

나는 내 눈을 믿을 수가 없다.

나는 이에 관해 클로드와 이야기를 나누고 있다.

내가 꿈을 꾸는 거라고 생각할 수 있다.

다시 한번 쳐다본다: "E"가 더 많다.

그래도!

그런데 다시 또, 있다, 여기에 "E" 하나, 또 하나, 그리고 또 둘, 그리고 다시 또, 한가득이다!

이런 사실을 아무도 알아차리지 못하다니 도대체 어떻게 된 일인가?[1]

쌍안경으로 이웃 관찰하기? 우리한테 그럴 권리는 있을 테지만, 특별한 규칙을 존중한다는, 시간적이고 공간적인 순서에 따라 자신의 관찰을 제한한다는 조건에서만 그렇다(카드점을 칠 때처럼).

나는 이 꿈을 "시상하부"라고 부르기로 결심한다(나는 계속 꿈

250

을 꾸는 중이다), 왜냐하면 "바로 이렇게 해서 내 욕망이 구조화되었기" 때문이다. 나는 (이 경우에) "심근계"와 같은 낱말처럼, 좀더 나은 선택을 할 수도 있다: 이것은 정서적 행동과 관련된 모든 것에 좀더 적합한 용어다.[2]

1 꿈을 기록할 당시 최근에 출간한 책이 『실종』(1969)이었다. 알파벳 e를
   모두 제거한 이 리포그람 소설에서, 페렉은 자신의 기획이 실패로
   돌아가거나 작가로서 인정받지 못할 것을 동시에 염려한다. 에릭
   라발라드, 앞의 글 참조.
2 "시상하부" "심근계" 등 전문용어의 등장에 관해서는 30번 꿈 주석 2,
   53번 꿈, 55번 꿈 참조.

창문

/ /

항해자들

계단

판타지아[1]

사진들

─네가 원하면 언제든지 너는 날 볼 수 있어, 그러나 나에겐 네가 필요하지 않다는 사실을 알아둬, Z.가 내게 말한다.

우리는 네 명이다. 우리는 보트를 타고 센강에서 돌아오고 있다. 머지않아 나는 보트에 혼자 남겨진다.

강은 다른 항해자들로 혼잡하다.

1   La fantasia. 북아프리카에서 행해지는 기병들의 전통적인 승마 공연.

로프

　미국 코미디영화의 마지막 대목이다. 주디 갈런드¹는 자신을 유혹한 남자를 헷갈린다. 그녀는 트로카데로 기차역(그곳의 동물원 덕분에 기차역을 알아본다) 너머로 펼쳐진 커다란 에스플라나드를 뛰어서 가로지른다. 때는 1900년이다. 에펠탑이 드넓은 풀밭 위에 세워져 있다. 그래도 엘리베이터는 있다. "껍데기-포탄"²으로 만들어졌다; 엘리베이터 기계장치가 살짝 망가진 상태다, 그래서 경미한 소리가 거기서 반복적으로 난다. 나는 그 안에 올라타고 싶지 않다. 다행스럽게도, 거기에는 다른 엘리베이터가 하나 더 있다; 엘리베이터 타는 곳이다, 그러나 나는 첫번째를 놓쳤다.

　나는 두번째에 올라탄다. 마치 케이블카 같다. 내 손에 친근한 압력이 느껴진다.

　꼭대기다. 힘이 넘치는 어느 노부인이 조종하는 로프. 실제로, 그것은 우리를 묶고 있는 끈이 아니다, 오히려 그것은 아주 기다란 널빤지다.
　우리는 빙하 위를 달린다.
　축구하는 사람들이, 아래쪽에서, 우리가 지나갈 때 우리를 환호해준다(그들은 마을의 농부들이다).
　A.가 내 품으로 떨어진다.

나는 J.를 다시 만난다. 그녀는 자신이 한 옛 친구 D.의 작품의 영어 번역에 얼마나 만족하는지, 이 친구의 작품 중 하나를 독일어로도 번역하기 시작했다, 두꺼운 『작스-빌라트 프랑스어-독일어 사전』[3]의 도움을 받아가며. 나는 그녀가 이 일을 할 수 있어서 기뻐한다. 내가 그녀에게 말한다, 모르긴 해도 라디오에서 2,000마르크는 벌게 될 텐데, 그녀는 이 돈에서 D.에게 얼마를 나누어줄 것인가? 300마르크씩 두 번만, 그녀가 나에게 대답한다.

1   Judy Garland(1922~1969). 미국 배우, 가수, 댄서.
2   coquille-obus. 페렉의 신조어. 마리 보노, 앞의 글, 124쪽 참조.
3   Césaire Villatte(1816~1895)는 교수이자 프랑스어 사전학자, Karl
    Sachs(1829~1909)는 로망어 학자, 독일어 사전학자이다.

레지스탕스

내가 차지할 뻔했던 어떤 아파트는 Z.가 가졌을 수도 있었을 아파트와 비슷하다. 아파트는 아주 큰 거실 하나와 복층 침실 둘로 구성되어 있다.

그러나 내 아파트는 정사각형이다. 나는 거기에 있다, C.와 리즈, 그리고 많은 사람들과 함께.

우리는 거리를, 전원을 확보한다, 우리는 달린다.
나치 점령기다. 도처에, 독일인들. 항독 무장단체가 차지한 어느 농장에서 하얗게 지새운 밤. 레지스탕스 투쟁 장면들.
조금 지나, 그것은 이 기억들의 환기일 뿐이다. 인터뷰에 응하는 사람이 하나 있다, 누군가 "슬픔과 부역"이라고 부르는 〈슬픔과 동정〉[1]에서처럼, 그 이유는 잘 모르겠지만, 이런 말장난을 내게 환기시켜준다:

—대체 무슨 일이니, 승리야, 응? 넌 완전히 패배했잖아!

/ /

어렴풋한 부티크

1 〈Le Chagrin et la Pitié〉. 프랑스-독일-스위스가 공동 제작한 마르셀
　오퓔스(Marcel Ophuls) 감독의 2부작 다큐멘터리영화. 2차대전 당시
　클레르몽페랑과 오베르뉴 지역 인물들의 증언을 포함해 비시 정권의
　선전하에 제작된 인터뷰와 이미지들로 구성되어 있다.

핀란드

나는 파리 근교, 말라코프[1]의 커다란 성채에서 군복무를 마쳤다. 거대한 도로망으로 둘러싸인 드넓은 요새였다.

휴가를 마치고 돌아오는 길에, 나는, 자동차로 그 주위를 돌아본 적이 있다. 고속도로에서, 보였다, 수많은 콘크리트 계단으로 이어진, 요새의 거대한 탑들이 여기저기 솟아 있는 모습이.

배속된 부대가 변경되어 나는 의무대를 찾아 성채를 가로지르게 되었다. 이 탑들 중 하나, 13층으로 가야 한다. 나는 한참이 걸려서야 탑을 제대로 찾는다. 나는 어느 엘리베이터 안에 자리를 차지하고 앉는다: 수평으로 된 승강장이다, 위험할 정도로 미끌거리는 네 개의 벽을 따라, 아주 빠른 속도로, 미끄러진다. 몸이 이 벽들과 접촉하지 않도록 하는 게 관건이다(살짝 불안한 느낌).

13층에는, 의무대라고는 찾아볼 수 없고, 대신 거대한 드러그스토어가 있는데, 그곳의 매대가 진짜 길거리를 이루고 있다. 그래서인지 나는 일종의 교착 상태에 빠진다. 저 안쪽 깊숙한 곳에 의무대(병원, 아니면 양호실, 아니면 심지어 은행이다)가 있다(아마도). 오른쪽에는, 작은 호텔이 있다, "핀란드"호텔이다, 이 호텔의 정면 위에 삼각형으로 눌려 찍힌 네온사인 간판이 그 이름을 확인시켜준다.

어렴풋한 부티크

261

나는 이 "핀란드"호텔 안으로 침투한다, 그리고 바 쪽으로 발걸음을 옮긴다. 나는 크리스마스트리가 거기에 없다는 것을 즉시 알아차린다. 감정이 몹시 격해지고, 거의 울음을 터뜨릴 지경이 되어, 나는 올해에는, 크리스마스 파티가 없을 거라고 설명한다.

/ /

1 파리 남부 앙토니주의 코뮌. 1883년 부동산 개발업자 알렉상드르 쇼벨로가 (1855년 크림전쟁중의) 말라코프 전투에서 거둔 승리를 기념하기 위해 건축한 말라코프 탑에서 유래한 이름이다.

무질서

갑자기 나는 내 거실의 카펫에 축축한 얼룩이 있었다는 사실을 깨달았다. 아마도 고양이일 것이다.

나는 만져본다, 나는 냄새를 맡는다: 얼룩에선 아무런 냄새도 나지 않는다. 그런데 얼룩이 정말 많다, 사방이 얼룩 천지다.

나는 부엌으로 들어가는 중이었다: 부엌은 말로 표현할 수 없을 정도로 무질서했다.

나는 커다란 (파란색) 벽면이 떨어져나온 것 같다는 인상을 받는다, 그러나 그것은 단지 싱크대 위 구석에 있는 쓰레기들을 담는 용도인 비닐 재질의 봉지일 뿐이다.

나는 정리하기로, 그리고 우선 나 자신부터 바꾸기로 결심했다.

나는 갈색 코르덴 바지를 입어보려고 애쓰지만 헛일이다, 볼 것도 없이 나한테는 너무나 작을 것이다: 바지는 분명 .의 것이고 나는 그녀가 떠날 때 그걸 가져가지 않았다는 사실에 놀란다.

탑들

1

라로셸 근처, 잘 알지 못하는 어떤 여자와 내가 며칠을 함께 보낸 적이 있었던 곳. 여자는 운전중이다. 그녀는 도시 꼭대기에 우뚝 솟은 커다란 탑에 갈 수 있길 바라며 종종 잘못된 길로 접어든다.

2

우리는 저멀리 정면에 있는 지평선 위의 저 탑을 바라본다. 우리는 그 방향으로 향한다. 곧게 뻗은 도로. 우리는 여러 개의 조각상과 기념탑을 만난다: 자유의 여신상, 아파트가 가가호호 밀집해 있어 벌집 구멍 같아 보이는 커다란 건물들. 나는 마침내, 실제로, 발견한다. 책을 통해서만 알고 있던 현대건축이 실현한 업적들을! 그것은 가까스로 완성했고 이미 낡아버린 임대아파트들일 뿐이다……

3

우리는 기차역에 아주 늦게 도착한다.

우리는 계산도 하지 않고 창구 앞을 지나쳐버린다.

우리는 열차에 오른다. (짐은 어디 있지? 차는 어떻게 한 거지?)

앉을 자리 없음.

붐비는 기차.

내가 보기엔, 지하철, 혹은 환상環狀 철도와 직접 연결되는 것처

어렴풋한 부티크

럼 보이는 경로의 일종이다. 내가 보기엔, 사람들이 이 환승역들의 존재를 무시하는 것 같다, 그걸 더 자주 이용해야만 할 것 같다……

                              4

교차로? 터널?

                              5

파리에서, 우리는 택시를 찾고 있다. 파시스트 조직 "신질서" 가 자동차 장애물 경주 대회를 열었던 커다란 에스플라나드를 건너가야만 한다.

뱅센 숲이 멀지 않은 곳에 우리가 있다는 생각이 내게 찾아든다……

무덤

시간: 크리스마스 무렵
장소: 파리 근방

1
눈에 띄는 굵은 자갈(역암)들이 튀어나온 몇 킬로미터의 석조물 위로 여러 번 미끄러짐

2
공구 상자(수리용): 그 안에는 "커터" 하나, 절단기 하나, 망치 하나, 나사 빠진 가방 손잡이 하나가 들어 있다……

3
말장난: 내가 태연한 척하기 위해서다, 반쯤이라도 태연하게: 한 잔이요!¹

4
저멀리, 전날 꿈에 나타난 탑들

5
우리는 어떤 도시에 도착한다: 베르사유.

6

그로테스크한, 기병대가 행진한다.

7

우리는, 본의 아니게, 행렬에 휩쓸린다; 어떤 고적대장, 늙고 힘없는 벨기에 광대(뼈 없는 발랑탱²)가 이 행렬을 이끈다.

8

우리는 마침내 묘지에 도착한다. 소란스러움.

나는 어느 무덤 앞에 서 있는 나를 발견한다, 우리(다양한 신분의 우리는, 총 세 명이다) 중 한 명과 막연하게 친분을 나누었던 사람들의 무덤이다.

나는 무덤 위로 몸을 숙인다.

거기에는 초상화 몇 점이 돌에 새겨져 있다; 그중 하나는 어느 유라시아 여성을 그린 것이다; 나는 비달-나케Vidal-Naquet 부인을 알아본다, 자신이 살았던 시대에 명성을 떨쳤던 정신과의사.

내 두 눈에 눈물이 차오르는 걸 느낀다, 그리고 곧이어 나는 눈물을 펑펑 쏟는다.

1 　‘반쯤(demi)’은 맥주 ‘반잔’을 뜻하는 말과 같다. 마리 보노는 이 대목을
　　들어 말놀이와 꿈의 결합이라고 말한다. 103번 꿈 「무덤」이 꿈 자체에
　　대한 사유를 부여한 말놀이 이야기 안에 몽환적 코미디를 삽입했다면,
　　99번 꿈 「레지스탕스」(“대체 무슨 일이니, 승리야, 응? 넌 완전히
　　패배했잖아!”)는 반테제적 코미디를 집어넣는다, 마리 보노, 앞의 글,
　　122쪽.
2 　Edme-Étienne-Jules Renaudin(1843~1907). “뼈 없는 발랑탱
　　(Valentin le Désossé)”이라 불린 프랑스 무용수이자 콩토르시오니스트
　　(몸을 마음대로 비트는 곡예사).

P.의 꿈 하나:
제3의 인물

나는 어느 호텔(바닷가에 있었나? 센 강변이었나? 도로변이었나?)의 테라스에 서 있다. 한 커플이 올라오고 있다. 여자가 전화번호부를 달라고 한다; 그녀는 이 책자가 하얀색이라고 명확히 말한다—어쩌면 마지막으로 출판된 것일지도 모른다—또 자신이 이 책자를 알고 있어서, 찾고 있는 것을 쉽사리 알아볼 거라고. 내 옆에 서 있던 한 여인(호텔 지배인인가?)이 책자를 그 여자에게 건넨다: 실제로는, 제본이 되지 않은, 낱권으로 된 소책자 몇 부다; 이 소책자들은 하얀색이 아니다.

조금 뒤, 이 같은 테라스의 후미진 구석을 저녁식사 손님들이 차지하고 있다. 나는 여러 사람과 함께 테이블에 앉아 있다. 옆 테이블에는, 방금 전의 그 여자가 남편과 함께 앉아 있다(호텔 지배인이 아니었다, 다른 사람들처럼 손님이었다): 크뤼엘[1] 씨 부부다. 크뤼엘 부인은 늘 전화번호부를 들고 있다. 나는 이 책에서 뭔가를 확인하려 한다; 나는 어떤 이름의 철자에 해당되는 소책자를 요청한다, 그녀가 거절하는 것 같다; 나는 그녀에게 내가 무얼 원하는지 설명한다, 그녀가 마침내 소책자를 건네주고 나는 잘 알고 있는 듯한 얼굴로 받아든다.

내가 "전화번호부"를 뒤적거리는 중이다, 이 책자가 크뤼엘 일가에 헌정된 일종의 앨범-책이라는 사실이 밝혀진다. 책 중간 어느

270

챕터의 첫머리에 들어간 삽화에는, 크뤼엘 가문의 아들 사진 한 장이 있다. 그는 세 명으로 이루어진 무리 가운데 있다: 왼쪽에는, 그의 아버지가 있다, 그와 똑 닮았고, 잔인한 표정의 사미 프레이[2] 부류의, 진한 갈색 머리에, 서른 살 먹은, 검은 눈동자. 아이, 그 아이로 말하자면, 열두 살 정도 되었을 수 있다; 조금 더 부드러운 표정에, 조금 더 금발이며, 두 눈은 더 파랗다. 갑자기 나는 이 사진이 살아 움직이고 있다는 사실을 알아차린다: 두 눈이 움직인다, 아버지의 시선은 극도로 사납고 분노로 가득하다, 아이의 두 눈도 마찬가지로 움직인다.

나는 이 기술에 감탄한다. 나는 페이지를 넘기다가 움직이는 다른 사진 하나를 우연히 펼쳐 든다: 방의 구석진 곳에 침대 모퉁이와 인물들로 배경을 장식한 커다란 수반水盤의 원호圓弧가 보인다, 나는 크뤼엘 집안에서 소유한 로마시대의 욕조라고 생각한다. 아이ㅡ여덟 살이다ㅡ가 이 공간을 가로질러서 어둠 속에 절반쯤 열려 있고 내가 욕실이라고 알고 있는 왼편의 문 쪽으로 향한다(내가 보기에 정확히 아이들을 위해 사용할 수 있도록 잘 개조해놓은 듯한 이 로마식 욕조를 크뤼엘 집안 사람들이 전혀 사용하지 않는다는 사실에 나는 놀란다).

조금 뒤, 다른 꿈.

잠에서 깰 때, 전화번호부 꿈은 기억이 나는데, 첫번째 사진의 제3의 인물이 누구인지 내가 모른다는 걸 깨닫는다ㅡ내 생각에 어머니는 아니다.

271

1 Cruel. '잔인한'을 뜻하는 프랑스어 형용사.

2 Sami Frey(1937~). 본명은 사뮈엘 프레이(Samuel Frei)이며, 프랑스의
   연극배우, 영화배우다.

유죄 선고

나는 장 뒤비뇨를 위해, "우편물 발송 리스트"를 만들고 있다, 다시 말해 그가 자기 간행물의 별쇄본을 보내고자 하는 사람들의 명단을.

P.와 나, 우리는, 주말만 보내기 위해, 아마도 리츠[1]일 고급 호텔에 투숙한다. 우리는 아주 커다란 객실 두 개(아니면 스위트룸 둘)를 잡아두었다. 우리가 짐을 너무 많이 가져와서(트렁크 몇 개와 종이 상자들) 그 짐을 나르려면 호텔 종업원들이 엘리베이터로 두 번을 왕복해야만 한다.

엘리베이터 안. 여느 객실처럼 커다란, 엄청나게 커다란 엘리베이터다. 우리는 벌써부터 행복에 젖어 있다, 이 호사스러운 주말로, 거의 허영심에 빠질 지경으로.

P.의 방안. 일부를 바가 차지하고 있는 거대한 객실이다. 사교 모임이 거기서 무르익고 있다. 어린아이가 있는데 커다란 숟가락으로 칠리 콘 카르네[2]를 떠서 몇 번이고 제 입에 밀어넣는다.

나는 레스토랑으로 내려간다. P.는 다른 테이블에 앉아 있다, 그녀는 정말 아름답다. J.L.은 나와 멀지 않은 곳에 앉아 있다. 어느 순간, 그가 홀 한구석으로 나를 끌고 가더니 일촉즉발의 쿠바 상륙 사건[3]에 대해 이야기하기 시작한다. 나는 그의 말을 자른다. 그는 말을 너무 많이 한다, 홀에는 스파이들이 득실거린다.

　　그때 늙은 여인, 마녀 하나가, 자리에서 일어나더니, 나를 손가락으로 가리키며, 이렇게 울부짖는다:
ㅡ우리는 구원받으리, 그러나 그는 죽어야 하리라!
나는 우선 겁을 먹는다, 마치 이 협박이 즉각 실현되기라도 할 것처럼, 그런 다음 나는 안심한다, 그것이 추상적인 위협, 시간 속에서 정의되지 않은 형이상학적인 확신에 불과하다는 걸 확신하고서. 그런데, 내가 단상 비슷한 것에 끌어올려지고 사람들이 나를 숭배하기 시작했다, 다시 말해 내 발을 핥기 시작했다. 이 의식에 겨우 익숙해지기 시작했을 때 나는 내가 올라가 있는 단상에서 나를 떨어뜨려 암살하려고 누군가가 부단히 애쓰는 중이라는 사실을 비로소 깨닫는다. 나는 결국 떨어지고 말지만, (위험할 만큼 미끈거리는) 벽의 우둘투둘 튀어나온 부분에 매달렸다가 무사히 바닥에 착지한다. 저 위에서, 사람들이 커다란 돌덩이들을 집어서 나에게 포탄처럼 퍼붓지만, 그 어떤 돌덩이도 내게 닿지는 않는다.

　　나는 키가 큰 풀숲으로 도망쳤다; 나는 어떤 패거리에 합류했다, 그리고 우리는 떠돌아다녔다, 몇 년을, 몇 세기를, 동물들의 흔적을 따라가며(혹시 내가 책에서 동물을 다룬 구절을 찾아낼 줄 알고 있었던가?).

　　오랜 세월의 방랑을 마치고서, 우리는 우리가 도망쳤던 지역으로 되돌아온다. 대초원에는, 이제 막 도시 하나가 세워졌다. 그 도시는 텍사스라고 불린다. 처음으로, 우리는 총기를 본다……

274

텍사스는 나무 집들로 만들어진, 새로운 도시다. 그곳에는 특히 서부식 술집들이 있다. 시청이다, 급박하게 회의가 열리고 있는 게 분명하다, 시청은 서부식 술집 두 곳이 공동으로 사용하는 뒤쪽의 이중 홀에 위치한다. 이와 같은 배치가, 처음 볼 때는 조금 놀라웠지만 아주 재치 있는 배치라는 것을 우리는 곧 깨닫게 된다.

1   파리 1구의 방돔광장에 위치한 최고급 호텔.

2   소고기를 갈아 강낭콩과 칠리 가루를 넣고 끓인 매운 스튜.

3   피델 카스트로의 쿠바 정부를 전복시키기 위해 미국이 훈련시킨 천여 명의 쿠바 망명자가 1961년 4월 미군의 도움을 받아 쿠바 남부를 공격하다 실패한 사건으로, '피그스만 침공'이라 불린다.

276

국립도서관

　　나는 국립도서관의 대열람실에서 공부하는 중이다. 알랭 G.¹가
옆 테이블에 앉으러 온다.

278

쿤츠 레스토랑¹에서

나는 쿤츠 레스토랑에 있다. 나는 백발의 노인(일종의 호텔 지배인) 하나와 청년 하나를 부른다, 청년은—옆 테이블에 주문을 받으러 가면서 아무것도 엎지르지 않는 기적을 행해야 하는, 그보다 나이든, 다른 웨이터의 길을 가로막으면서—나에게 가져다준다, "목초 제조소"²의 패스티시(정확히 패스티시도, 표절도 아닌, 그보다는 오히려 "목초 제조소"가 원천-텍스트³가 될 어떤 텍스트)라고 내가 결국 판별하게 될 어떤 텍스트를.

우리 옆에는, "애프터 에이트"⁴ 초콜릿 한 상자가 있다.

1 Restaurant Kuntz. 파리 북역 근처에 있는 호텔 레스토랑.

2 La Fabrique du pré. 프랑시스 퐁주(Francis Ponge, 1899~1988)가 1971년 발표한 시집 제목.

3 texte-souche. 창작이나 번역에서 최초로 참조한 글을 말한다.

4 After Eight. 얇은 초콜릿 잎에 민트와 크림을 얹은 초콜릿 과자. 원래 영국의 과자점 이름이었다.

연극 공연

……공연이 이미 시작되었을 수도 있겠다, 그리고 시간이 조금 흐른 다음에, 내가 알아차린(아니면 기억해내는) 것일 수도 있겠다, 공연을 보러 내가 교외로 왔고, 이 작품의 배우들과 연출가를 내가 개인적으로 알고 있으며, 또한 공연을 올리기 위해, 빌려야 할 돈―아마도 20,000프랑 정도―을 제작자들이 당피에르에서 구했다는 게 불가능한 일이 아니라는 사실을.

중심인물은 바이런이라는 자인데 그는 말라테스타¹ 같은 자, 다시 말해 용맹을 구실로, 자신의 부하들을 무참히 짓밟았던, 군사 지도자이리라.

작품의 어느 막에서는, 내가 배우다: 나는 어느 커다란 집의 불이란 불은 모두 꺼야 하는데, 불빛이 하나라도 꺼지면, 그 즉시 무언가 끔찍한 일이 일어날 거라는 걸 나는 알고 있다. 이 기다림이 내 안에 가벼운 불안을 일으킨다. 그러나 아무 일도 일어나지 않는다.

조금 뒤, 나는 어떤 여자와 침대에 누워 있다, 결국 나는 이 여자가 C.라는 걸 알게 된다(마치 오래전부터 내가 이 불가능한 만남을 바라고 있기라도 했던 것처럼 나는 충격을 받고 몹시 놀란다). 우리는 둘 다 말로 표현할 수 없는 쾌락("황홀경"이라는 낱말조차 막연하고 색바랜 이미지만을 줄 뿐인)에 완전히 빠져버렸다. 나는 등

어렴풋한 부터크

281

을 대고 누워 있다. C.가 삽입하러 내 위로 올라온다, 그러나 그녀가 갑작스레 움직이는 바람에 그녀 안에 있던 내가 빠져나온다. 그녀는 속삭이다시피 신음하기 시작해서, 나를 순식간에 흥분 상태로 몰아넣는다. 그녀는 무릎을 꿇는다, 뒤에서 그녀를 붙잡고, 나는 다시 한 번 그녀 안으로 들어간다. 이런 식으로 섹스를 하면서, 우리는 카펫 위를 기어다니기 시작한다.

옆방에는 두 남자가 있다(그중 한 명은 F.다). 그들이 우리를 보고 있지만, 그게 우리에게 방해가 되지는 않는다. 그것은 공연중인 연극의 일부다.

다음 막은 시골에서 펼쳐진다. 여자 주인공이 늙고 못생긴 여자로 변했다. 그녀가 기르는 황소 한 마리가 도랑 같은 데서 나오는 게 보인다. 진짜 황소처럼 보이지는 않는다. 작품의 등장인물 중 한 명이 황소를 죽이기 위해서는 조금 사나운 고양이 한 마리면 충분할 거라고 지적한다.

나는 내 옆자리의 남자와 길게 토론을 하다가 결국 짜증이 나고 만다. 그는 공연이 훌륭하다고 평가하는데 영주가 개자식이라는 점을 연극이 확연하게 보여주며, 또한 영주가 더이상 등장하지 않을 때까지 연극이 그 점을 확실히 보여준다는 게 그 이유라고 한다. 나는 그에게 뭐라고 대답해야 할지 알지 못한다. 내가 생각하기엔 연극이 최악이지만, 그래도 옆자리의 남자가 옳다는 게 확실하기도 해서 그 때문에 나는 점점 불편해진다.

막간마다, 등장인물들이 무대로 들어온다, 우스꽝스러운 모자를 쓴 사람들이. 나는 P.에게, 모자들이 클수록, 배우가 이 모자를 쓰고 더 오래 어슬렁거린다고, 이는 선동적인 연출의 전형적인 예라고 일러준다.

마지막 막: 축제가 벌어진다. 모든 관객들이 권유를 받고 몰려나와 다양한 놀거리(특히 탁구 게임)가 둘러선 트랙 같은 걸 따라 돈다. 출구에서, 그들은 뷔페 앞을 지나가며 설탕도 넣지 않은 진한 블랙커피를 한 잔씩 대접받는다.

공연이 끝난 후, 나는 연출가와 (여자 배우 중 한 명이었던) 그의 아내를 보러 갔다. 나는 그 연극이 내 마음에 들지 않았다는 사실을 이해시키려고 애썼다. 연출가는 자료 뭉치를 가지고 돌아왔다; 그가 내게 말하기를, 바이런과 말라테스타를 뒤섞는 것이 적법하다는 걸 바로 이 글들에서 발견했다고 한다.

나는 자료들을 넘겨본다. 자료들 사이에서, 가죽 전화 받침대 세 개를 광고하는 "트루아 스위스"² 전단지를 발견한다. 나는 마침 이런 작은 가구들을 찾고 있었다; 이 가구들은 내가 생각하던 것보다 훨씬 더 싼 것처럼 보인다; 게다가, 연출가, 그의 아내 그리고 세번째 등장인물이 마침 이런 가구들 안에 (신발을 벗고서) 앉아 있다.

나는 깨어난다. 아니면 내가 깨어나는 꿈을 꾸고 있다.

한참 후, 내 생각에―다른 날이다―, 나는 교외에 있다, 최근 알게 된 친구들 집에, P.와 내 친구 중 한 명과 함께, 어쩌면 R.겠다.

나는 그들에게 내 꿈 이야기를 들려주기 시작한다. 모든 것이 완벽하게 명료하다. 나는 주머니에서 종이들을 꺼내면서 그때그때 낱장에다 꿈을 적고 있다.

나는 내 꿈 이야기를 거꾸로 시작한다, 전화 받침대 에피소드 부터.

우리는 떠난다.

헛되이 택시를 찾고 있다, 파리로 들어가는 어떤 문 근처 어딘 가에서……

P., 녹초가 되어, 누르스름한 진흙으로 질척거리는 평지 비슷 한 곳에 넘어졌다, 그녀는 거기 바닥에 얼굴을 대고, 죽은 듯이, 쓰 러져 있다.

절반은 웃으면서, 절반은 불안해하며, 나는 그녀의 이름을 소 리쳐 부른다:
—리즈! 리즈!

나는 내가 착각했다는 것을 깨닫는다, 그리고 나는 그녀의 이름 을 올바르게 고쳐서 다시 한번 부른다.

몹시 화를 내며, P.가 일어나 나에게 말한다:

—내가 네게 먹을 것을 주길 바란다면, 네 어머니에게 네가 주었던 이
름을 나에게 말해봐, 그녀가 네게 먹을 걸 줬으니!

284

나는 우리가 배가 고프다는 것을 알아차린다. 나는 내 주머니를 뒤져서 꺼낸다—오, 기뻐라!—얇은 체스터 치즈 몇 조각이다: 나는 종이처럼 얇은 그 위에다가 꿈을 적어놓은 줄 알았던 거다.

1 시지스몬도 판돌포 말라테스타(Sigismondo Pandolfo Malatesta,
   1417~1468). 1432년부터 리미니, 파노, 체세나의 군주였다.
   이탈리아에서 매우 위험한 군사 지도자 중 한 명으로 손꼽혔으며,
   시인이자 예술 후원자이기도 했다.
2 3 Suisses. 가정에 우편으로 생활용품 카탈로그를 보내고 전화로 주로
   주문을 받는 프랑스 기업. 1932년 설립 당시에는 모직이나 니트 같은
   직물을 다루는 방적 공장이었다.

도박장

내 작품 중 두 편이 "재앙"의 지경으로 공연된다.

옛 작품으로 말하자면, 아주 형편없이 진행된 것은 아니다; 그런데 신작은! 배우들이 너 나 할 것 없이 전부 대사를 까먹었다. 중단해야 한다. 거북함.

아주 나이든 사람들이 그림자처럼 불쑥 나타나 박수를 치기 시작한다. 작품이 끝난 줄 알고 그러는 건가, 아니면 그들이 막 도착했기 때문인가?

우리는 이 신작을 다시 공연한다, 그런데 이번에는 음악으로. 어떤 연주자가 "혼합기"의 도움을 받아 공연을 지휘하는데 아주 잘해내고 있다.

이 모든 것이 당피에르에서 벌어지고 있는 일일 수도 있다.

어느 잔디밭에 앉아 나누는 토론. 참가자 중 한 명은 위장 전투복 바지를 입고 있다. 우리는 어떤 공통된 기억을 (우리에게 그리고 낙하산 점프를 했던 모든 사람들에게) 환기시킨다: 허리띠에 도끼를 차고 점프하는 일의 어려움을. 여러 사고 사례를.

게임은 계속되고 또 계속된다

나와 함께 있던 누군가가 떠나간다

나는 더이상 내가 어디 있는지, 어떤 상황에 놓여 있는지 알지 못한다

화가 나서, 나는 호텔 사무실로 가서 내 방을 보여달라고―프랑스어로―요청한다. 담당 여직원은 프랑스어를 알아듣고 프랑스어로 말한다: 그녀가 내게 길을 알려줄 것이다.

나는 아주 작은 계단으로 된 어느 미로에서 길을 잃는다.

나는, 실제로, 사창가에 있다. 엄청나게 뚱뚱하고 생글거리는 여자 셋이 내 방을 찾지 못해 내가 헤매고 있는 어떤 방에서 나를 괴롭힌다. 나는 도망친다. 다른 여자가 나를 쫓아온다(사실은, 그게 전혀 불쾌하지는 않다).

내 신발

내가 신발을 잃어버렸던가? 나는 어쩌다가 신발을 잃어버린 걸까?

떠들썩한 장터 축제에서였다: 포환에, 공에, 아니면 풍선 다발에 매달아놓은 밧줄 끝에 묶인 채로 우리는 공중을 한 바퀴 다 돌 수 있었다―풍선 장수가 자기 풍선들에 끌려가는 전형적인 개그.

여행은 높디높은 승강대 위에서 마무리되었다. 지상으로 돌아가기 위해―장터 축제에서 가장 인기 있는 행사 중 하나였다―우리는 거대한 섬유 관管 안으로 (주름투성이일 커다란 옷소매 같은, 엄청나게 긴 창자 같은) 미끄러져 들어갈 수도 있었다: 대단히 놀라운 인상을 주지만 절대로 위험하지는 않다며 사람들이 나를 안심시켰다.

그것은 매우 즐겁고, 사실상(매 순간이 속도를 줄인 자유낙하다), 그리고, 실제로도, 전적으로 무해하다.

이 기구에서 빠져나오면서, 아주 만족하며, 나는 벤치에 가서 앉았다. 그때 내가 신발을 잃어버렸다는 것을 깨달았다.

나는 저 아래 담당 직원을 불러서 내 신발이 기구 안쪽에 있는

지 가서 봐달라고 부탁한다. 그는 나에게 그건 불가능하다고 대답한다. 나는 간청한다, 끈 달린 부츠이며, (누군가 내게 사준 지 얼마 되지 않은) 거의 새것이나 마찬가지라 쉽게 알아볼 수 있다고. 그러나 직원은 그런 일은 절대 일어나지 않으며, 일어날 수도 없다고 계속해서 단언한다. 내가 한참을 간청하고 나서야 그는 보러 가겠다고 결정한다.

몇 번이나, 그가 돌아온다, 어디를 보아도 내 것이 아닌 신발 두 짝을 한 손에 들고서. 그는 마침내 신발 한 짝을 찾는다, 그런 다음 나머지도.

나는 알아차린다, 내가 아직 알아채지 못했던 사항을, 내 신발 밑창 끝부분에 작은 금속 하켄 두 개가 달려 있어 즉석에서 스케이트 날로 사용할 수 있다는 사실을.

선택의 재구성

(제목 자체가 모든 것이 어느 정도로 지워졌는지를 보여준다. 이것
은 일련의 모든 양자택일과도 관련된다: 잠을 청하기 위해 어느 쪽
으로 돌아눕는가, 어떤 베개를 선택하는가, 램프 중 어떤 것을 켜는
가? 같은)

혼란스러운 시간을 보낸 끝에, 이것은 이렇게 된다:

아버지의 길인가 아니면 어머니의 길인가?

1 6번 꿈 주석 1 참조.

책들

내 연구소의 탈의실에는, 중고 서점의 뒷방이 내려다보이는 작은 창 하나가 있다. 그 창문으로 몸을 내밀고 보니, 책 한 묶음이 통째로 보이는 것이 꼭 등에 커다란 검은색 얼룩이 있는 하드커버로 장정된 한 권짜리 책처럼 보인다. 한 무더기를 이루고 있어 내게는 동일한 책들이라는 인상을 준다. 책의 중심 주제는 중세의 이름—기쁜 지식Gay Sçavoir이라든가 신성한 지혜Saincte Sapience 따위—이 붙은 동시대 어느 학파일 테고 그 이름이 검은색 연필로 매우 정성껏 쓰여 있다. 뒤죽박죽 섞여 있는 데리다¹의 저 두꺼운 작품더미 안에, (어쩌면 클로드 루아²의) 예술서 한 권과 얇은 소책자들이 보인다. 나는 이 무더기가 J.P.의 한 친구의 수집품에서 나왔다는 사실을 알고 있다, 그리고 아주 오래전부터 내가 찾고 있던 바로 그 책들인 것처럼 느껴진다. 서점 주인이 요구한 가격은, 그 저작들의 가치와 희소성을 고려하면, 정말 보잘것없다, 그러나 나는 이 가격을 읽을 수가 없다(29프랑? 37프랑?). 나는 기꺼이 서점 주인을 찾아가 그와 거래를 할 것이다, 그러나 당연하게도 서점은 닫혀 있다.

내가 피우고 있던 담배가 서점 안으로 떨어져 나는 몹시 난처해하고 있다(담배꽁초의 불이 책꾸러미에 옮겨붙을까봐 겁을 먹은 게 아니라, 내 부주의의 증거를 남겨놓는 것에 대한 불편한 감정이다), 담배꽁초가 마룻바닥에 놓여 있는 대리석 판 위로 떨어졌으며

293

거기에 이미 꽁초 하나가, 아니 심지어 여러 개가 있다는 사실을 내가 알게 될 때까지.

조금 후. 아침이다. 나는 J.P.에게서 걸려온 전화를 받고 있다. 내가 책 묶음에 관심이 있는지 묻는데 그는 이 묶음을 원하지 않는다, 하드커버의 커다란 검은색 얼룩이 서재의 미관을 해치기 때문이다. 나는 책들을 보았고 내가 구매할 생각이라고 그에게 대답한다. 그러자 그가 말을 취소하고 나에게 알린다, 얼룩에도 불구하고, 그가 이 책들을 간직하겠다고. 나는 극도로 화를 낸다. 이렇게 금세 마음을 바꿀 거라면 그는 왜 내게 그런 제안을 한 것일까?

1   Jacques Derrida(1930~2004). 알제리 태생의 프랑스 포스트모더니즘
    철학자. 현대철학에 해체의 개념을 도입했으며 철학뿐 아니라 문학,
    회화, 정신분석학 등 문화 전반에 관한 많은 저서를 남겼다.
2   Claude Roy(1915~1997). 프랑스 시인, 저널리스트, 작가.

보고서

아주 급히 끝내야 할 일이 하나 생긴다, 그래서 그 일을 하려고, 나는 P.의 집에 자리를 잡았다. 나는 그녀의 집 식당 커다란 테이블 위에다 다음날 아침까지 내가 제출해야 하는 두꺼운 보고서를 작성하는 데 필요한 모든 자료들을 펼쳐놓았다.

실제로, 나는 일을 하지는 않는다. 게다가 P.의 집에는 많은 사람들이 자리잡고 있어서 일을 하기는 힘들 것 같다.

어느 한순간, 오랫동안 보지 못했던 C.F.와 내가 산책을 하고 있다. 나는 그녀의 귀 뒤에 키스를 한다. 그녀는 나의 이 제스처를 우리가 "다시 만난다"는 의미로 해석해야 하느냐고 묻는다. 나는 즉각 이 가정을 부인한다, 그리고 나의 인생에 불시에 찾아온 변화들을 그녀에게 설명한다.

우리는 어느 중세의 궁전을 지나간다. 한 대성당 아래 고딕양식의 건축물이 세워져 있는데, 반아치형 버팀목과 첨두형 창문으로 그걸 알아볼 수 있다. 나는 그녀에게 창문 하나를 가리켜 보인다, 그리고 내가 사는 곳이 바로 저기라고 그녀에게 말한다. 그녀가 이렇게 대답한다:
─적어도 5층은 되겠는걸!
─아니야, 나는 말한다, 1층이야.

그러나, 이 말을 내뱉으면서, 나는 매우 불편한 느낌을 받는데, 그

296

건, 실제로, 밖에서 볼 때는, 이론의 여지 없이 1층보다 훨씬 높기 때문이다.

　나는 P.의 집으로 돌아와 잠자리에 들지만, 그동안 많은 사람들이 아파트 안에서 왔다갔다하고 있다. 나는, 한밤중에 일어나, 다음날까지 보고서를 끝낼 시간이 있을 거라고 나 자신을 설득한다. 어쨌든 이런 일이 내게 일어난 것이 처음은 아니다, 오히려, 나는 이런 일에 매우 익숙하다.

　나는 내가 써야 할 모든 것을 떠올린다. 이 보고서는 어떤 제품("페르스피렉스Perspirex" 혹은 "레스피렉스Respirex"라 불리는 무언가는, 내가 보기엔, 실제로 존재하는 어떤 제품의 이름에 한 글자를 갖다붙인 것 같다)에 관한 것인데 학술조사 항해중에 테스트를 했을 수도 있겠다. 나는 내가 언급해야 할 모든 것의 목록을 만들었다. 어떤 순간에는, 내가 거의 끝낸 것처럼, 내게 아무 문제도 없을 것처럼 보인다; 또다른 순간에는, 나는, 절망하면서, 알아차린다, 내가 목록의 두번째 논점조차 끝마치지 않았다는 사실을(또한 목록에는 거의 백여 개의 논점이 있다는 사실을⋯⋯).

　이 일을 나한테 맡겼던 사람은 파트리스다. 또다른 순간, 나는 그에게 전화를 걸려고 내려간다, 그리고 다음날 저녁 아홉시에 보고서를 내기로 약속했다. 처음 정해졌던 시간에 비해 상당히 지체되었다. 파트리스는 받아들였다(이런 종류의 작업은 하나같이 막판에야 일이 끝나게끔 되어 있고 이에 따라 일의 계획도 짜이는 법이다), 그러나 내가 제때에 해낼 수 있을지 점점 더 의심스러워진다⋯⋯

퍼즐

1
퍼즐

정체가 불분명한 어떤 사람을 데리고(어쩌면 내 고모일 수도 있다) 나는 식민지 상관商館 같은 곳을 방문한다. 홀이 여러 개 있다, 그중 하나의 안쪽 깊숙이 들어가, 우리는 살짝 기울어진 어느 긴 테이블에 놓여 있는 어마어마하게 커다란 퍼즐 앞에 도착한다. 멀리서 보면, 우선, 중앙에, 거의 완성된 것이나 다름없는 퍼즐─아주 반짝거리고 아주 번들거리는 색채로 르네상스 시대의 그림을 재현하고 있다─이 있고, 사방 둘레에 다른 물건들이 있다는 느낌이 든다. 가까이 다가가면, 실제로는, 모든 것이 퍼즐이라는 사실을 알게 된다: 퍼즐 그 자체(그림)는 고작해야 좀더 크고, 완성될 수 없기에 완성되지 않는 한 조각의 퍼즐일 뿐이다; 왜냐하면 퍼즐의 특성이 모든 면이 자유자재로 결합될 수 있는 입체로(대충 말하면, 큐브들로; 더 정확히 말하면, 불규칙한 다면체로) 이루어졌기 때문이다: 그러니까 아이들의 (큐브) 놀이처럼 2 대 2로 결합할 뿐만 아니라, 큐브 A의 모든 면이 큐브 B의 모든 면과 결합될 수 있는 것이다. 거기에는, 따라서 무한은 아니더라도, 최소한 엄청나게 많은 숫자들의 가능한 조합이 있다. 그림은 이 여러 조합 중의 단 하나일 뿐이며, 그림을 둘러싼 조각들은 초안, 밑그림, 다른 퍼즐들의 제안이다.

거의 무한한 이 교체 가능성에 대한 말하자면, 그 증거로서, 나는, 조각들 중 하나의 가장자리(내가 깜빡하고 말을 안 했는데, 그림과 마찬가지로 이 조각들은, 대부분의 퍼즐처럼 정사각형이거나 반듯한 게 아니라, 말하자면 "테두리가 없다", 직선으로 된 가장자리가 없다)에서 조각 하나를 떼어내고, 그 조각을 잠시 만지작거리다가 다른 조각의 가장자리에 다시 놓으니, 그 자리에 바로 들어맞는다.

우리는 또다른 홀로 간다, 거기서 내 조카 실비아를 다시 만난다. 그때 아주 폭력적인 사건이 일어나고 있는 듯하다(혹시 우리가 무언가를 깨부수고 있나?)

2
펠리체에게 보내는 편지

(내가 보기에) 내 수중에 카프카의 『펠리체에게 보내는 편지』[1] 초판본의 가격표가 있다. 056프랑짜리(0은 인쇄 오류가 분명하다)의 최고급 판본부터, 가장 흔하지만, 그래도 번호가 매겨진 12프랑짜리 판본까지, 다양한 판본이 존재한다. 내가 주문하려고 마음먹은 것은 이 후자들 가운데 하나다. 그렇게 하는 게 쉬울 것 같지는 않지만, 적어도, 내 생각엔, 이 책을 받게 되면, 행복에 가까운 기분일 것이다. 그 책에 카드가 한 장 들어 있을 텐데, 그 카드로 이후에 합법적으로 다른 모든 원본을 주문할 수 있을 게 분명하다: 그 카드 덕분에 최신작들에 대한 정보도 알게 될 테고.

3
고양이 세 마리

긴 여행을 마친 후, 아마도, 나는 블레비(아니면 당피에르인가?)로 돌아온 것이리라. 내 가족 모두가 거기 있다. 내 고양이는 방 한구석에서 잠을 자고 있다. 나는 방의 다른 구석에 있는 두번째 고양이(훨씬 더 작고 호랑이 무늬를 한)를 보고 몹시 놀란다. 나는 앉으러 가고 있다, 그리고 세번째 고양이를 밟고 지나간다; 이놈은 훨씬 뚱뚱하다. 나는 이 세번째 고양이의 존재를 믿지 않는다―정말이지, 봐라, 있을 수 없는 일이다!―그런데 이 고양이가 내 얼굴로 뛰어올라 나를 할퀸다.

1 『Les lettres à Félicé』. 카프카의 편지 모음집. 1912년 8월 13일 펠리체 바우어를 만난 후, 카프카는 그해 9월 20일부터 1917년 10월 16일까지 편지를 썼다.

운송 수단의 통사通史에 관한 단상

1

우리는 별다른 어려움 없이 각별히 흥미로운 주차 시스템을 하나 상상할 수 있다: 주차장은 지하 깊숙한 곳까지 이어지는 거대한 나선 통로로 이루어져 있고 기울기가 매우 잘 계산되어서 내려갈 때보다 올라갈 때 더 많은 노력을 기울일 필요가 없으며, 두 경우 모두, 일률적인 속도를 유지하면 된다.

한 가지 조건은 한 번에 한 대 이상의 차량이 나선 통로에 있을 수 없다는 것이다: 한 대는 올라가고, 다른 한 대는 내려가는, 두 대의 차량이 있으면, 그 안에서 서로 부딪칠 수밖에 없고, 그것은 대형 사고다. 한 사람은 아래서, 다른 한 사람은 위에서, 차량들의 출입을 통제하는 일을 맡은 직원들은, 따라서 책임이 무겁다, 그런데, 만약 그들이 한패가 되면, 쉽사리 사고를 일으킬 수 있다: 이것이야말로 완전범죄를 꾸미는 것과 크게 다르지 않다.

나선 통로는 콘크리트가 아니라, 아주 단단한 강철로 만들어진다; 나선 통로의 끝부분은 나사 모양으로 되어 있다: 차량들이 나선 통로를 따라가며 생성하는 에너지가 나선 통로를 회전시키고 나선 통로는 이렇게 해서 바닥(바닥은 정말로 단단한 바위이기에 달리 뚫을 방도가 없다)으로 점진적으로(지극히 느린 속도로, 그러나 실제로는 비용이 전혀 들지 않는다) 접어든다: 이렇게 해서 어느 거대한 빌딩의 초반礎盤이 깊게 파인다, 나사가 여러 개 있다는, 다시 말해 주차장이 여러 개라는 전제하에.

2

우리는 앞엣것에서 운송 수단의, 조금 더 특별하게는 자동차의 통사 프로젝트로 아주 쉽게 옮겨간다. 이 프로젝트의 진행자는 알랭 트뤼타[1]다, 그리고 내가 그에게 무엇보다 잘못 알려진 사안 가운데 하나—그러나 이 역사에서 특히 중요한 지점 중 하나—에 관해 발표하겠다고 제안했을 때 그는 몹시 열성적인 모습을 보였다: 카트린 드메디시스의 권력 장악에서 비롯된 가스코뉴의 스페인화[2](아니면 보다 정확히 말해 카스티야인人화, 카스티야화, 카스티야주의主義화[3])가 그것이다: 가스코뉴의 사고방식, 풍속, 관습은, 오늘날에도 여전히, 온전히 이해할 수 없다, 수십 년 동안 가스코뉴가 오롯이 그리고 단순히 식민지, 하나의 속국, 카스티야의 부속물이었다는 사실을 우리가 망각한다면 말이다.

흔한 강의실 안, 듬성듬성 앉아 있는 참석자들 앞에서, 나는 발표를 시작한다. 나는 두말할 것도 없이 내가 발표를 충분히 준비하지 못했다는 사실을 금세 깨닫는다, 그리고 이보다 더 심각한 것은, 자동차의 역사와 스페인의 역사 사이에 존재하는, 한편으로 자명한 관계를 내가 청중에게 더이상 이해시키지 못하고 있다는 점이다.

창자 속을 돌아다니다 물을 실컷 마신 심정이다. 완벽한 실패. 나는 횡설수설하고 있다. 알랭 트뤼타가 강의실을 떠난다. 분위기를 전환해서 구원이라도 해줄 모양으로, 누군가 음악을 연주하자고 제안한다. 오케스트라는 다양한 악기로 구성되어 있다.

303

나는 한 바퀴 돌려고 밖으로 나간다. 혹시 트뤼타를 찾았으면 하고 바라는 걸까? 나는 눈 덮인, 프랑스식의 대공원을 거닌다.

나는 다시 강의실로 돌아온다. 두번째 오케스트라가 R.K.의 지휘 아래 구성되었는데 오로지 그만이 모인 사람들 중에서 유일하게 유능한 음악가로 보인다, 더구나 그는 상당한 권위에다 효율성까지 겸비해 일을 직접 처리했다. 나는 플루트를 연주하고 싶어한다, 그러나 나는 플루트를 잡으면서 내가 그것의 끝부분을 부러뜨렸다는 사실을 깨닫는다: 나는 한 손에는 플루트를, 다른 손에는, 길쭉한 올리브색 돌 세 알, 어쩌면 나무일 수도 있는, 하얀색으로 된, 묵주 비슷한 것을 쥐고 있고, 플루트의 취구 부분은 분명 묵주로 되어 있다.

조금 더 있으면, 누군가 나에게 클라리넷을 건넬지도 모른다.

3

/ /

1 Alain Trutat(1922~2006). 프랑스 영화감독, 라디오 진행자. 프랑스의
   대표적인 라디오방송 '프랑스 퀼튀르(France Culture)'의 공동 창립자.
2 hispanisation. 형용사 'hispanique(스페인의)'를 변형해 페렉이
   실사(實詞)인 것처럼 만든 단어. 마리 보노, 앞의 글, 124쪽.
3 castillation, castilification, castillanisation. 스페인의 도시 카스티야
   사람을 가리키는 형용사 'castillan'을 변형해 페렉이 실사인 것처럼
   만든 일련의 단어. 마리 보노, 앞의 글, 124쪽.

원숭이

알 수 없는 우여곡절 끝에, 나는 낯선 남자와 아파트를 공유하는 처지에 놓였다. 이 아파트의 특징 중 하나는 입구가 아주 넓다는 것, 사실상, 다른 공간이나 방들보다 훨씬 더 넓다는 것이다. 아마도 이 입구를 나누어 쓰는 일에서 첫번째 문제가 제기될지도 모른다.

더구나, 내가 악보를 하나 썼더니 자칭 음악가라는 이 낯선 남자가 악보를 해석해보겠다고 나섰다. 하지만 나는 그가 사실은 이 악보를 자기 것으로 만들려는 속셈이라는 걸 간파한다.

아마도 그가 내게 아돌프 히틀러를 소개한 것은 이 정직하지 못한 일을 나에게 용서받기 위해서인 것 같다.

아돌프 히틀러는 아주 창백한 낯빛에 머리가 긴, 우스꽝스러운 광대 같다: 그는 과장과 허풍으로 장난을 치고 무엇보다 자신의 부관을 조롱한다, 하르트만 장군, 술에 전 게 분명한, 붉은 낯짝에 아주 뚱뚱한 게르만인을: 그는 취해서 자기 열쇠 꾸러미에서 맞는 열쇠를 찾아내지 못하고, 총통 앞에서 자신을 소개하면서, 필사적으로 복장을 정돈하려고 애쓴다―삐져나온 셔츠와 멜빵, 귀에 걸린 샤코¹를.

히틀러가 상냥하게, 자신이 마리아니²에 대해 생각하는 온갖 장점을 말하기 시작한다. 그러나 연설이 조금씩 진행될수록, 점점 더 믿을 수 없는 장광설이 돼버리고 끝내 추잡한 욕설이 폭주하면서 끝을 맺는다.

아돌프 히틀러의 배후 조종자는 원숭이다; 이 원숭이는 그 끝에 손(검은 장갑을 끼고 있었던가?)이 달린 아주 긴 꼬리를 갖고 있고, 자기 주인을 따라다니며 주인의 연설을 똑똑 끊어 읽는 짓(정확히 『스피루와 팡타지오』[3]의 마수필라미[4]처럼)을 멈추지 않는다.

그러나 나는 어느 한순간, 그가 제 장갑을, 혹은 손을 통째로 잃어버렸다고 생각한다.

갑작스러운 장면 전환. 죽음으로 인한 침묵. 드넓은 광장에서, 검은 제복 차림의 군인 무리가 사람들을 떠밀고 있다, 그러는 동안, 끔찍하고 우스꽝스러운 원숭이가 커다란 광장 한복판으로 나아간다. 원숭이는 작은 카트(대포의 포신) 비슷한 것 위에 앉아 있다, 꼬리를 전차의 포처럼 자기 앞을 향해 겨누면서.
어린아이 하나가 뛰어간다. 아이가 자기 앞을 지날 때 군인 중 한 명이 갑자기 아이에게로 몸을 돌리더니 개머리판으로 아이를 때려 바닥에 쓰러뜨린다.

나는 어떤 시위대에 있다. 우리는 〈청년 근위대〉[5]를 부르고 있다. 노래가 조금씩 잦아든다. 숨막히는 침묵. 나는 경찰이 우리 바로 앞에 있으며 그들이 곧 공격하리라는 것을 느낀다.
나는 잘 알고 있다, 영화 〈옛날 옛적 혁명이 있었다〉[6]의 한 장면일 뿐이라는 사실을, 젠장, 그런데도, 왜 나는 항상 이런 상황에 말려들게 되는 걸까?
나는 공사중인 어느 건물로 피신할 수 있었다. 나는 문이 없는

(천장을 통해서 거기로 들어가야만 했다) 어느 작은 네모진 방에 숨어들었다. 이 방은 앞으로 화장실이 되리라: 도관들은 설치돼 있지 않았지만, 시멘트에는 벌써 발자국이 여러 개 나 있다.

1 헝겊으로 된 원뿔 모양의 군용 모자. 깃털이나 끈으로 상부를 장식했다.

2 Mariani. 1863년 프랑스의 화학자 앙젤로 마리아니(Angelo Mariani, 1838~1914)가 만든 포도주. 보르도의 코카나무 잎에서 추출한 성분이 들어 있었으며 코카콜라의 전신으로 여겨진다. 1차대전 이전에 매년 1천만 병 이상이 소비되었다.

3 『Spirou et Fantasio』. 프랑스-벨기에의 유명한 만화. 1938년 신문 〈스피루Spirou〉에 처음 연재된 이후 『아스테릭스와 오벨릭스』『땡땡』과 더불어 프랑스에서 가장 대중적인 인기 만화로 자리잡았다.

4 Marsupilami. 『스피루와 팡타지오』 4권에서 처음 등장한 동물. 이후 TV 시리즈로 독립해 나올 정도로 인기 캐릭터가 되었다. 노란 털에 검은 반점, 길고 튼튼하며 유연한 꼬리가 특징이다. 동물이라서 말은 하지 못하고 "우바"라는 소리만 낸다. 원숭이와 비슷하지만 얼굴만 봐서는 고양잇과 동물처럼 보인다.

5 〈La Jeune Garde〉. 1912년 사회주의노동자인터내셔널 프랑스 지부에서 탄생한 젊은 사회주의자들을 위해 생질(Saint-Gilles)이 작곡하고 몽테위스(Montéhus)가 작사한 혁명가.

6 〈Il était une fois la révolution〉. 세르조 레오네 감독의 1971년 이탈리아 영화. 우리나라에는 〈석양의 갱들〉로 소개되었다.

고무 패킹

1

르 주앙 프랑세 사斟[1]를 향한 대규모 시위. 시위대와 공화국보안기동대 사이의 충돌 위협. 나는 체포되어, 경찰서에 끌려가 구타당할 거라는 생각에 거의 공황 상태에 가까운 두려움을 느낀다.

그런 일은 일어나지 않는다.

2
（잊어버림）

3
（잊어버림）

1   Le Joint Francais. 고무 부품 다국적기업 '허친슨(Hutchinson)'의
     계열사로 고무 패킹, 유리 이음새, 접합 제품 등을 생산한다.

이중 파티

나는 매우 정기적으로 들르는 바의 바텐더와 함께 어떤 집을 방문한다. 그 집에는 흔들리는 유리벽이 있다. 바텐더가 그 이유를 나에게 설명해준다: 셔터의 금속 받침과 유리벽이 서로 부딪치기 때문이라는 것이다. 거기에는 막힌 개수대가 있다. 이 막힌 개수대를 뚫으려면, 다른 개수대를 먼저 채우기 시작해야 한다: 일종의 U자 관 시스템 덕분에, 정상적인 개수대의 배수가 막힌 개수대를 배수할 수 있게 해주리라.

내 부모님의 집에서 성대한 파티가 열리고 있다. 나는 소파에 P. 그리고 내가 유혹하고 있는 젊은 여자 사이에 앉아 있다. P.가 몹시 화가 나서, 자리에서 일어선다; 나는 그 이유를 모른다. 나는 젊은 여자와 밤 11시 30분에 만날 약속을 잡는다.

나는 기차에 오른다. 나는 어떤 도시를 가로지르고 있다. 어딘가에 이르자, 높낮이가 있는 도로가 무빙워크로 바뀌어 있다.

나는 성대한 파티가 열리고 있는 당피에르에 도착한다. 부모님 집의 파티에 참석했던 대부분의 사람들이 거기에 있다.

나는 Z.와 함께 있는 내 고모를 우연히 만난다; Z.는 내 고모들 중 한 명과 닮았고 그녀의 목소리는 고모(불쾌감을 주는 목소리)와 똑같다; 그녀가 내게 말한다:

312

—정원에서 콘서트가 열리고 있어.

식탁이다. 내 맞은편에 P.가 있다; 그녀는 엄청나게 술을 마셨다.

나는 젊은 여자에게 우리가 만날 장소를 정확히 얘기해주지 않았다.

나는 저택을 가로지른다. 많은 것들이 바뀌었다. 나는 궁륭형의 커다란 홀로 바뀐 옛 지하 저장고들을 거의 알아보지 못한다; 나는 옛날에 내가 보았던 사람들을 같은 장소에서, 특히 나의 애인이 될 수도 있었던 한 여자를 우연히 만난다: 그녀가 나에게 수수께끼 같은 미소를 지어 보이는데 내게는 그것이 이 관계가 끝났다는 것을 의미하는 것처럼 보인다.

나는 Z.의 목소리가 이제는 내게 엄청나게 불쾌하게 들린다는 데 계속해서 놀란다.

저택의 입구가 내려다보이는 드넓은 광장에서 푸짐한 점심식사가 제공된다. 사람들이, 저 아래, 도착하는 모습이, 개미처럼 보인다; 가끔은 실제로 개미가 되기도 한다: 그들이 계속해서 들어올 수 있도록(없도록) 누가 길을 쓸고 있다.

젊은 여자가 나와 합류한다; 그녀가 모자를 썼는데 극도로 작은 우산 위에 얹힌 일종의 터번이다; 나와 다시 합류해야 했던 곳이 바로 거기라는 걸 그녀가 알고 있었다는 사실에서 나는 행복을 느낀다.

아송시옹가

나는 아송시옹가 10번지 혹은 12번지의 아파트를 하나 빌렸다,
조 A.의 집 아래층에, 3층에 그가 살고 있다.

나는 이 아파트를 다시 칠하려고 준비하고 있다.

나는 장을 보러 간다, 라퐁텐가¹로, 하지만 좋은 치즈를 찾지
못한다. 나는 충분히 숙성된 염소 치즈를 조금이라도 찾았으면 하
고 바란다.
나는 되돌아온다. J.가 페인트칠을 도와주러 왔다. 그러나 그녀
도 P.도 치즈를 찾으러 다시 내려가길 원하지 않는다.

나는 다시 내려간다, 화가 난 채로, 그러나 내 분노는 거리로 나
가자마자 사라진다.

나는 집 앞을 지나는 중이다, 열 살에서 스무 살 사이 내가 살았
던 집 앞을, 그리고 몰리에르고등학교 앞을.
—이 거리를 그려야 하는 게 이번 달이 아니라니, 이것참 유감이로
군! 나는 중얼거린다.

거리는 엄청나게 변했다: 52번지의 정육점을 지나자마자, 영화
관이 하나 있는데, 내가 알고 있었다고 기억하는 그 영화관이 아니

다; 그러나 아주 최근에 지어진, 두번째 영화관, 심지어, 세번째 영화관, 거기서 영화 한 편이 상영중이다, 자동차경주를 다룬, 막시밀리안 셀[2](커다랗게 적힌 이름)과 트랭티냥(하지만 장 루이[3]는 없이, 아주 작게 이름만)이 주연으로 출연하는 영화.

나는 모차르트대로[4]의 치즈 가게에 들어간다. 가게의 치즈들은 커다랗게 잘린 뇌와 비슷하다. 몇 차례의 선회. 염소 치즈는 없다. 구입하기까지 엄청난 시간이 걸린다.

나는 (다소 작은) 치즈 한 조각만 산다. 8프랑 70상팀이다. 터무니없이 비싸다! 게다가, 값을 치르는 데도 한참이 걸린다: 가게 주인이 계산대로 치즈를 가져가는 점원에게 아주 빠르게 일련의 신호를 보낸다. 계산원은 나에게 8프랑 65상팀을 내라고 말한다.

나는 내 꾸러미를 찾으러 돌아온다. 가게 주인은 우선 내게 아주 아름답고, 부피가 꽤 나가며, 잘 포장된 꾸러미 하나를 준다, 그러더니 그가 마음을 바꾸는데, 이 꾸러미가 내 것이 아니라는 것이다; 그런데 내 것을, 다시 찾아주지도 않는다. 그는 나에게 줄 요량으로 다른 치즈 조각을 찾지만, 고작해야 썩은 조각들만 있을 뿐이다. 그러는 동안, 그는, 확연히 느린 속도로, 튀니지 간식 만들기에 돌입한다: 전통에 따라 이 간식을 만들어내는 작업은 정말 예술이다, 코르니숑[5]은 지극히 얇은 조각들로 비스듬히 자르고, "이형異形의 조각들"은 정확한 순서에 따라 배치한다.

튀니지에 관한 토론이 손님들 사이에서 시작된다. 사람들이 나에게 그곳의 기후가 축농증 환자들에게 괜찮은지 물어본다. 아니라고, 너무 습하다고, 나는 말한다. (그러나) 마르셀 C.는 튀니지에서 자신의 류머티즘을 치료하고 있다. 그는 제르바섬[6]으로 간다. 거기에는 친구들이 있다, 그 사실이, 섬에 널리 퍼져 있다고들 말하는, 달 아오른 관광 열병에서 그를 벗어나게 해준다.

아송시옹가로 되돌아가려고, 나는 거리들 사이에 형성된 직사 각형 둘레 길의 나머지 절반을 그려 보일 것이다.


```
              아     송     시     옹     가

        다                                  모
                                            차
        비                                  르
                                            트
        우                                  대
                                            로
        가
          라     늘     라     그     가
```

316

1   파리 16구에 위치한 거리 이름.

2   Maximilian Schell(1930~2014). 오스트리아 출신의 영화배우, 영화
     제작자, 영화감독, 시나리오작가.

3   Jean-Louis Trintignant(1930~2022). 프랑스 영화배우이자 영화감독,
     자동차경주 선수.

4   파리 16구에 위치한 대로로, 아송시옹가와 만난다. 12번 꿈 주석 2
     참조.

5   오이 품종 중 하나로, 주로 피클을 만들어 먹는다.

6   튀니지 동부 가베스만에 있는 섬으로, 북아프리카에서 가장 크다.

가정들

　……고속도로로 이어질 게 분명했던 도로에서, 후진하며, 엄청 빠른 속도로 내가 차를 몰았던가? 아주 넓은 도로였다, 여러모로 보아 전속력으로 돌진하는 차량들이, 사방을 누비고 다니는, 광장인가 싶은 생각을 불러일으키는……

　우리 넷은 렌터카에 타고 있었다. P., J., 그리고 우리가 알지 못하는, 키가 크고 힘이 센, 영국인 하나, 그리고 나. 운전을 한 것은 영국인이었다. 전선戰線에 다시 합류하는 것, 싸우러 가는 것이 중요했다……

　—그런데 아니다, 그것은 프랑수아 트뤼포[1]의 어느 영화였다……

　옥세르[2] 부근에서, 우리는 고속도로에 합류한다. 우리 앞, 커다란 관문 저 너머로 고속도로가 보인다: 넓고 곧게 뻗은 길이다, 부릉거리는 차량들의 끊이지 않는 물결이 오른쪽에서 왼쪽으로 그 길을 통과하고 있다.

　잠시, 우리는 드러그스토어 비슷한 곳에 있다; 먹기 위해 차를 멈출 시간이 우리에게는 없다. 고작해야, 나는 각설탕 몇 개를 훔쳐낼 뿐이다.

1 François Truffaut(1932~1984). 프랑스 영화감독, 각본가, 배우,
 평론가. 누벨바그를 이끌었던 영화인 중 한 명이다.
2 욘주의 부르고뉴프랑슈콩테 지방의 코뮌.

월세

1분기 집세를 지불하는 순간, 나는 1,000프랑 다발의 마지막 지폐 세 장이 예전에 내가 그 위에 무언가를 적었던 레스토랑 테이블보에서 나온, 종잇조각들로 바뀌었다는 사실을 깨닫는다.

나는 거대한 레스토랑에 다시 있는 나를 발견한다, 얼마나 큰지 화장실에 사우나 하나쯤 설치할 정도였다.

결혼식

1

블레비에서. 베르나르¹가 날 찾으러 온다. 우리는 〈잠자는 남자〉의 일 분 분량을 촬영해야 한다. 우선 고양이에게 먹이를 주어야 하고 고양이 분변 통도 갈아야 한다(톱밥 주머니가 아주 크다).

베르나르가 아이들 1, 2, 3, 4, 5, 6과 함께 있다.

촬영중이다(오를리²에서).

다시 촬영을 한다. 나는 그다지 만족스럽지 않다: 우리는 힘겹게, 골동품 상인들 사이를 지나간다: 맨땅바닥에 자리를 잡고 앉아서, 그들은 아주 거칠게 투조透彫 세공을 한 나무판을 팔고 있다.

2

나는 S.B.를 만난다. 돈이 부족하다는 이유로, 그녀는 휴가를 떠나지 않았다; 그녀는 당피에르에 갈 생각이다. 나는 그녀에게 함께 떠나자고 제안한다: 빌라르의 집(우리 가족의 오래된 집), 혹은 드뤼의 집, 아니면 또다른 집을 사람들이 나에게 기꺼이 빌려줄 것이다.

우리는 가는 중이다, 분명 한 시간만 보내기 위해(함께 자려는 막연한 의도를 가지고) L.가의 앙리 C.의 아파트로. 지금 파리에 없는 앙리 C.는 같은 건물―현대적인 건물과는 거리가 멀며, 반대로 낡은 빌딩―에 아파트 두 채를 갖고 있다: 1층에 스튜디오 하나(내가 얼마간 살았던) 그리고 꼭대기에, 커다란 작업실 하나.

관리인은 나를 알아보지 못한다, 그러나 아주 친절해 보인다. 열쇠는 우편함에 있고 우편함은 열려 있다. 열쇠는 가늘고 휘었다; 자물쇠를 여는 열쇠와는 조금도 닮지 않았다, 오히려 빗장을 푸는 열쇠와 닮았다.

아파트 안. 커다란 나뭇잎들이, 분필로 그어놓은 표시와 함께, 바닥에 널려 있다. 이어서 1, 2, 3, 4, 5, 6, 젊은이들이 한가득 들어온다: 이들은 미국인이고, 댄서들이다. 나는 즉각 깨닫는다, 그들에게 열쇠를 준 사람이 내 조카딸이라는 걸, 그들이 나에게 그 사실을 확인시켜준다. 그들은 먹는다, 그리고 우리에게 아보카도, 토마토, 그리고 ?를 각각 구분해서 담은 접시들을 내민다. 그 전주에 그곳에 (혹은 빌라르에) 있었던 사람들은 그들이 아니다, 그러나 그들은 같은 대학 출신이다. 우리는 다양한 일들에 관해, 그러다 금세, 당피에르에 관해 이야기를 나눈다, 그들이 잘 아는 곳이다.

발레가 시작된다, 결혼식 팬터마임이다. 개그. 신랑의 의상: 노란색 양말, 정강이 중간께에 오는 흰색 바지, 팔을 완전히 가리는 녹색 셔츠. 신랑은 꼭 팔이 없는 사람이라기보다, 오히려 흉상처럼 보인다.

결혼식 행렬 전체가 우리 앞을 지나간다, 그런데, 결혼식에 등장하는 인물 가운데 이따금, 한 사람을 복제한 듯한 인물이 갑자기

튀어나온다: 아주 재미있다, 사람들이 점점 더 불어난다, 결국에는, 처음과 똑같은 행렬이다, 그러나 처음의 그 댄서들은 단 한 사람도 거기에 없다: 모든 사람들이 바뀌었던 것이다.

혁혁한 공을 세운 스포츠 선수에게 보내는 것과 비슷한 박수 갈채.

세 명의 주인공(남편, 아내, 사제)이 가짜로, 참수형을 당한다, 마치
"오르가ㅅ즘의 신비"³에서처럼.

3

테레즈⁴와 마르셀 C.가 도착한다; 테레즈는 급식 담당자처럼 옷을 입고 있다; 그녀가 문으로 들어와 노래를 부르기 시작한다. 마르셀은 복도 끝에 있다. 그는 기타를 잡고서는 마찬가지로 노래를 부른다. 나는 기억한다, 실제로 그들이 이 집에 살았다는 것을. 그러나 마르셀의 집에서 앙리 C.의 집으로 가게 해주는 비밀 통로가 있었다는 사실은 몰랐다.

우리가 있던 큰 방 옆에는, 유리로 된 긴 복도가 하나 있고, 좁은 방으로 통한다, 아마도 화가의 작업실이거나 건물 도색 장비 보관실일 것이다.

오래전, 어느 날, 마르셀은 자기 아파트의 알려지지 않은 어떤 방을 헤매다가 앙리 C.의 집에 와 있게 되었다.

1   Bernard Queysanne(1944~). 프랑스 영화감독. 첫 장편영화는 조르주
페렉의 세번째 소설 『잠자는 남자』를 각색한 작품이었으며, 1974년
개봉한 이 작품으로 장 비고 상(Prix Jean Vigo)을 수상했다.

2   프랑스 남부 교외의 발드마른 지방에 위치한 코뮌.

3   Mystètres de l'Organisme. 두샨 마카베예프(Dusan Makavejev)
감독의 대표작 〈W.R, 오르가니즘의 신비 W.R, Mystères de
l'Organisme〉(1971)를 변형시킨 패러디다. 이 작품은 프로이트의
제자이자 정신분석학자인 빌헬름 라이히의 업적에서 시작해
유고슬라비아 여성의 자유로운 성 담론을 다룬 픽션으로 진행되다가,
미국의 성 문화와 스탈린의 소련을 담아낸 다큐멘터리로 차츰
옮겨간다. 기록영화와 픽션을 넘나드는 실험성이 짙은 작품으로, 개봉
당시 소련의 압력으로 제작국 유고에서는 상영 금지, 미국에서는
X등급을 받았다. 마리 보노, 앞의 글, 125쪽 참조.

4   Thérèse Quentin(1929~2015). 프랑스 배우. 마르셀 퀴블리에
("마르셀 C.")의 아내(80번 꿈 참조)로, 페렉의 친구였다. 1968년 물랭
당데에서 페렉과 알게 되었다. 데이비드 벨로스, 앞의 책, 426~427쪽
참조.

작업실

내 연구소에 중요한 변화들이 일어난다. 회의 도중, 내 상사가 나에게 요구한다, 원고 작성에 완전히 전념하고, 기록 자료 파일의 관리는 방금 고용된 젊은 여자에게 맡기라고.

이 젊은 여자는 그다지 예쁘지도 않고, 특별히 친절하지도 않다, 그러나 그녀가 놀라울 정도로 유능하다는 사실이 드러난다; 특히, 그녀는 연구소의 모든 구성원이 1) B1 또는 B2 사무실에서 자신이 선택한 고해 사제와 정기적으로 면담을 하게 해주고 2) 화가의 작업실을 방문할 수 있게 해주는 공식 문서를 귀신같이 찾아낸다.

사실, (의과대학이건 예술대학이건) 모든 단과대학처럼, 우리 대학에도 "실습실"이 있다, 그리고 이 젊은 여자가 나를 거기로 데리고 간다. 맞다, 이 문이다, 나는 이 문이 어디로 통하는지 궁금해 하던 참이었다.

나는 들어간다, 화가란 고작해야 비열한 서기 나부랭이에 지나지 않는다는 사실에 설득된 채.
ㅡ내가 잘 알고 있다니까! 나는 외쳤다.
그곳은, 사실, 다름 아닌 화가 비제의 작업실일 뿐이다, 그리고 우리는 곧바로 격자무늬로 뒤덮인 그의 대형 화포를 확인한다. 작업실은, 천장이 매우 높은, 거대한 방이다; 화가는 키가 아주 큰 노인

어렴풋한 부티크

이다; 그는 친절하게 자기 작업실을 구경시켜준다, 그러나 그가 눈에 띄게 그 일을 귀찮아하는 게 느껴진다(그러나 그는 자신의 작업실 방문을 허용한다는 조건에서만 이 작업실을 쓸 수 있다). 그는 주로 태피스트리 작품을 만들지만, 종종 격자무늬 종이에 그린 그림들도 내게 보여준다.

이번에는, 연구소의 여성 연구원 중 하나인 T.가, 작업실을 방문하러 뛰어오고 있다. 화가는 나보다는 그녀에게 훨씬 더 관심이 있는 것 같다, 유난히 진부한 방식으로 그녀가 그의 그림에 대해 이야기하기 시작하는데도 말이다, 가령 "오! 이 작품은 어쩌면 이다지도 실물과 닮지 않을 수가 있지요!" 이런 말을 하는데도, 게다가 이 말에도 화가는 기분이 상하지 않은 것 같다(반면 나는 이 말에 충격을 받았다).

화가는 T.의 허리를 잡고 있다, 그리고 다른 팔은 내 어깨에 기대고 있다: 나는 사실 이 두 사람보다 훨씬 키가 작다.

다른 사람들이 작업실에 들어온다. 바닥에는 지폐 두 장이 있는데, 엄청난 액수임이 드러난다.

밀고

1941년.

직물 상인은 내 아버지에게 빚이 있었다, 그리고 그는 아버지를 나치친위대에 밀고하기로 결심했다, 그리고, 아버지와 마찬가지로, 불법으로 신문 배달을 한다는 사실이 발각된 아버지의 친아들(아니면 단순히 어느 직원이었을 수도 있다)도 함께.

이다음은 이것보다 훨씬 더 헷갈린다. 그러나 이렇다.

나치친위대가 우리를 체포하러 온다. 그들은 검은색 군복을 입고 있고, 가면처럼 착 달라붙는, 둥근 형태의 헬멧을 쓰고 있다. 그들은 사장도 체포할 태세다, 사장이 내 머리를 치켜올리고, 내 턱 아래 있는 작은 흉터[1]를 가리키며 나를 지목한다.

우리는 도시를 가로지른다.

그저 커피 한잔을 마시러 갈 수 있다면. 너무나도 간단해 보이지만, 불가능하다. 나는 이미 포기했다. 더구나, 카지노는, 폐쇄되었거나, 아니면 유대인에게는 금지되어 있다. 그러나 안쪽에서는 빛이 비친다.

우리는 왔던 길을 되돌아간다. 우리는 직물 상인의 가게 앞을 다시 지나간다. 두 길모퉁이에 있는 어느 부티크다; 신고딕 건축양

327

식(망루, 돌출 회랑). 부티크는 매력적인 분위기를 풍긴다. 우리는 까닭을 모를 리 없는 쓰라린 고통을 느끼며 그 부티크를 바라본다.

우리는 역에 도착한다.

무질서.

나는 알고 있다, 무엇이 우리를 기다리고 있는지. 나에게는 희망이 없다. 최대한 빨리 끝내라. 그게 아니라면, 어떤 기적이…… 어느 날, 살아남는 법을 배우게 될까?

아버지는 대야의 얼음물에다 장화 신은 왼발을 담근다. 아버지는 그렇게 하면 아주 오래된 상처를 되살아나게 할 수 있으며, 어쩌면 부적격자로 퇴짜를 맞을 수도 있을 거라고 생각하는 것이다. 그러나 사람들 모두가 그러고 있는 아버지를 무관심하게 바라본다.

사람들이 우리를 괴물들에게 마련된 어느 방에다가 집어넣는다. 무릎 위로 다리가 잘린, 어린아이 둘, 남자아이와 여자아이가, 발가벗은 채, 벌레처럼 몸을 말고 있다. 나도 마찬가지로 어린 뱀(아니면 물고기였던가?)이 되고 만 것일까?

우리가 수용소에 도착하게 되는 것은 배로 긴 여행을 한 후다.

우리 간수들, 퇴화한 주둥아리의 고문관들, 핼쑥한 자들, 붉은 낯짝의 사내들, 잔인무도한 자들, 멍청이들, 우스꽝스러운 이름의 역할을 행하는 자들: "?(구더기?) 소독 담당자들" "?의 보존(통조림으로 만들기?) 담당관들"처럼.

머지않아 그들의 주둥아리는 액자에 끼워지리라, 글무늬[2]로, 이미지를 강조하는 윤곽선[3]으로, 여백을 수놓은 꽃무늬[4]로 장식되리라; 그것은 내가 한 장씩 넘겨 보는 앨범이 되리라, 기념 앨범, 연극 프로그램처럼 예쁜, 마지막에 광고가 실린……

나는 이 도시로 귀환한다. 도시에선 대규모 추모식이 열리고 있다. 나는 거기에 참석한다, 구역질하며, 분노하며, 마침내 감격하며.

　　나는 군중 한가운데 도착한다. 거기서 파티가 열리고 있다. 레코드판들이 한가득 널린 데서, 사람들이 작은 전축에 올려놓을 만한 걸 찾고 있다. 나는 오열을 터뜨린다. J.L.이 그런 나를 나무란다.

　　나는 어린아이다. 갓길에서, 나는 자동차 운전자를 멈춰 세운다, 그리고 나는 그에게, 나를 위해 커다란 과수원의 원예사에게 가서 벽 너머로 넘어간 공을 달라고 할 수 있는지 물어본다(그리고, 여기까지 메모한 다음, 실제 기억으로 되돌아온다: 1947년 아송시옹가, 나는 우리 건물 맞은편에 있는 수도원 벽에 대고 공놀이를 하고 있었다[5]).

1 페렉은 오른쪽 윗입술에 흉터가 있다. 페렉은 루브르미술관에서 초상화
〈용병대장〉(1475)을 보았는데, 이 초상화의 제목은 2012년 페렉 사후
출간된 젊은 시절 미발표 소설의 제목이 된다. 『W 또는 유년의 기억』
(128쪽)에서 페렉은 "루브르미술관에 모아놓은 모든 그림, 그중에서
이른바 '7미터' 방이란 곳에 있는 것 중에서 안토넬로 다메시나의
〈한 남자의 초상화, 혹은 용병대장〉이란 그림을 내가 가장 좋아하게 된
것도 바로 이 흉터 때문이고, 이 인물은 내가 그럭저럭 마무리한 나의
첫 소설의 중심인물이 되었다. (중략) 용병대장과 그 흉터는 나의 소설
『잠자는 남자』(예컨대 105페이지를 보자. "엄청나게 정력적인
르네상스 시대의 한 남자를 그린 초상화가 있는데, 그 남자의 윗입술
왼쪽, 그러니까 그에게는 왼쪽이고 당신에게는 오른쪽에 아주 작은
흉터가 있다.")와 1973년 그 소설로 내가 베르나르 케잔과 함께 만든
영화에서까지 중요한 역할을 한다"고 말한다.

2 fioriture. 특정한 문자에 추가된 세부 장식을 의미한다.

3 filet. 텍스트를 구성하는 요소들, 혹은 이미지나 그림을 강조하고
구별하기 위해 동반되는 굵기와 크기가 다양한 윤곽선을 의미한다.

4 cul-de-lampe. 타이포그래피에서 문단의 끝 여백을 꾸미는 장식을
의미한다.

5 1969년 2월 페렉은 빌랭가를 실제로 방문해 그곳 수도원 벽에 대고
공놀이를 했고 아송시옹가의 추억에 대한 글을 처음으로 썼다.
데이비드 벨로스, 앞의 책, 443쪽.

조르주 페렉 연보

1936 3월 7일 저녁 9시경 파리 19구 라틀라스가街에 있는
     산부인과에서 폴란드 출신 유대인 이섹 유드코 페렉Icek
     Judko Perec과 시를라 페렉Cyrla Perec 사이에서 태어남.

1940 6월 16일 프랑스 국적이 없어 군사 징집이 되지 않았던
     아버지 이섹 페렉이 자발적으로 참전한 노장쉬르센
     외인부대 전장에서 사망.

1941 유대인 박해를 피해 일가 전체가 이제르 지방의
     비야르드랑스로 떠남. 페렉은 잠시 레지스탕스 종교인들이
     운영하는 비야르드랑스의 가톨릭 기숙사에 머물다 나중에
     가족과 합류함. 이후 어머니는 적십자 단체를 통해 페렉을
     자유 구역인 그르노블까지 보냄.

1942~43 파리를 떠나지 못했던 어머니 시를라가 12월 말경
     나치군에게 체포돼 43년 1월경 드랭시에 수감되며,
     2월 11일 아우슈비츠로 압송된 후 소식 끊김. 이듬해
     아우슈비츠 수용소에서 사망했을 것으로 추정.

1945 베르코르에서 가족들과 망명해 당시 그르노블에 정착해
     있던 고모 에스테르 비넨펠트Esther Bienenfeld가 페렉의 양육을
     맡음. 고모 부부와 함께 파리로 돌아와 부유층 동네인 16구

331

아송시옹가에서 학창생활 시작. 샹젤리제 등을 배회하며
유년기와 청소년기를 보냄.

1946~54 파리의 클로드베르나르고등학교와 에탕프의 조프루아
생틸레르 고등학교(49년 10월~52년 6월)에서 수학.
53년과 54년 에탕프의 고등학교에서 그에게 문학, 연극,
미술에 대한 열정을 일깨워준 철학 선생 장 뒤비뇨Jean
Duvignaud를 만나 친분을 쌓았고, 동급생인 자크 르데레Jacques
Lederer와 누레딘 메크리Noureddine Mechri를 만남.

1949 전 생애에 걸쳐 세 차례의 정신과 치료를 받는데, 처음으로
프랑수아즈 돌토Françoise Dolto에게 치료받음. 이때의 경험은
영화 〈배회의 장소들Les lieux d'une fugue〉에 상세히 기록됨.

1954 파리의 앙리4세 고등학교의 고등사범학교 수험준비반
1년차 수료.

1955 소르본에서 역사학 공부를 시작하다가 장 뒤비뇨와
작가이자 53년 『레 레트르 누벨Les lettres nouvelles』을 창간한
모리스 나도Maurice Nadeau의 추천으로 잡지 『N.R.F.』지와
『레 레트르 누벨』지에 독서 노트를 실으면서 문학적
첫발을 내디딤. 분실된 원고인 첫번째 소설 『유랑하는
자들Les Errants』을 집필함.

1956 정신과의사 미셸 드 뮈잔Michel de M'Uzan과 상담 시작. 아버지
무덤에 찾아감. 문서계 기록원으로 첫 직업생활을 시작함.

1957 아르스날 도서관에서 아르바이트를 함. 문서화 작업과 항목
분류작업 체계는 그의 작품 주제에 대한 영감을 제공함.
결정적으로 이해에 학업을 포기함. 미출간 소설이자
분실되었다가 다시 되찾은 원고인 『사라예보의 음모L'Attentat
de Sarajevo』를 써서 모리스 나도에게 보여주어 호평을 받음.
57년부터 60년 사이, 에드가 모랭이 56년 창간한 잡지

『아르귀망*Arguments*』을 위주로 형성된 몇몇 그룹 회의에
참석함.

1958~59 58년 1월에서부터 59년 12월까지 프랑스 남부 도시 포에서
낙하산병으로 복무함. 전몰병사의 아들이라는 사유로
알제리 전투에 징집되지 않음. 59년 『가스파르*Gaspard*』를
집필하나 갈리마르 출판사로부터 출간을 거절당함. 이후
『용병대장*Le Condottière*』으로 출간됨.

1959~63 몇몇 동료와 함께 잡지 『총전선*La Ligne générale*』을 기획.
마르크스주의에 입각한 이 잡지는 비록 출간되지는
못했지만 이후 페렉의 문학적 사상과 실천에 깊은 영향을
미침. 이 과정에서 준비한 원고들을 이후 프랑수아
마스페로*François Maspero*가 61년에 창간한 정치문화 잡지인
『파르티장*Partisans*』에 연재함.

1960~61 60년 9월 폴레트 페트라*Paulette Pétras*와 결혼해 튀니지
스팍스에 머물다, 61년 파리로 돌아와 카르티에라탱
지구의 카트르파주가에 정착함.

1961 자서전적 글인 『나는 마스크를 쓴 채 전진한다*J'avance
masqué*』를 집필했으나 갈리마르 출판사로부터 출간을
거절당함. 이 원고는 이후 『그라두스 아드 파르나숨*Gradus
ad Parnassum*』으로 다시 재구성되나 분실됨.

1962 61년부터 국립과학연구센터CNRS에서 신경생리학
자료조사원으로 일하기 시작. 또 파리 생탕투안
병원의 문헌조사원으로도 일함. 78년 아셰트 출판사의
집필지원금을 받기 전까지 생계유지를 위해 이 두 가지
일을 계속함.

1962~63 『파르티장』에 여러 글을 발표함.

1963~65 스물아홉의 나이에 『사물들*Les Choses*』을 출간하며 문단의
커다란 주목을 받음. 그해 르노도상 수상.

조르주 페렉 연보

1966 중편소설 『마당 구석의 어떤 크롬 도금 자전거를 말하는 거니? *Quel petit vélo à guidon chrome au fond de la cour?*』 출간. 『사물들』의 시나리오 작업을 위해 장 맬랑, 레몽 벨루와 함께 스팍스에 체류.

1967 3월 수학자, 과학자, 문학인 등의 실험문학 모임 '울리포OuLiPo'에 정식 가입. '잠재문학작업실'이라는 뜻을 지닌 울리포 그룹은 작가 레몽 크노Raymond Queneau와 수학자 프랑수아 르 리오네François le Lionnais가 결성. 9월, 장편소설 『잠자는 남자 *Un homme qui dort*』 출간.

1968 파리를 떠나 노르망디 지방의 물랭 당데에 체류. 자크 루보Jacques Roubaud를 비롯한 울리포 그룹 일원들과 친분을 돈독히 함. 5월 68혁명이 일어나자 물랭 당데에 계속 머물며 알파벳 'e'를 뺀 리포그람 장편소설 『실종 *La Disparition*』을 집필함.

1969 비평계와 독자들을 모두 당황하게 한 『실종』 출간. 피에르 뤼송, 자크 루보와 함께 바둑 소개서인 『오묘한 바둑기술 발견을 위한 소고 *Petit traité invitant à la découverte de l'art subtil du go*』 출간. 68혁명의 실패를 목도하고 이데올로기의 실천에 절망하며 이후 약 삼 년간 형식적 실험과 언어 탐구에만 몰두함. 『W 또는 유년의 기억 *W ou le souvenir d'enfance*』을 『라 캥젠 리테레르 *La Quinzaine littéraire*』지에 이듬해까지 연재함.

1970 희곡 『임금 인상 *L'Augmentation*』이 연출가 마르셀 퀴블리에의 연출로 파리의 게테몽파르나스 극장에서 초연됨. 울리포 그룹에 가입한 첫 미국 작가 해리 매슈스Harry Mathews와 친분을 맺음.

1971~75 정신과의사 장베르트랑 퐁탈리스Jean-Bertrand Pontalis와 정기적으로 상담함.

1972 『실종』과 대조를 이루는 장편소설 『돌아온 사람들Les Reve-
      nentes』 출간. 이 소설에서는 모음으로 알파벳 'e'만 사용함.
      장 뒤비뇨와 함께 잡지 『코즈 코뮌Cause Commune』의 창간에
      참여함.

1973 꿈의 세계를 기록한 에세이 『어렴풋한 부티크La Boutique
      obscure』 출간. 울리포 그룹의 공동 저서 『잠재문학. 창조,
      재창조, 오락La littérature potentielle. Création, Re-créations, Récréations』
      이 출간됨. 페렉은 이 책에 「리포그람의 역사Histoire du
      lipogramme」를 비롯한 짧은 글들을 게재. 『일상 하위의
      것L'infra-ordinaire』을 집필함.

1973~74 영화감독 베르나르 케이잔과 흑백영화 〈잠자는 남자〉 공동
      연출. 이 영화로 매년 최고의 신진 영화인에게 수여하는 장
      비고 상을 수상함.

1974 공간에 대한 명상을 담은 에세이 『공간의 종류들Espèces
      d'espaces』 출간. 희곡 『시골파이 자루La Poche Parmentier』가 니스
      극장에서 초연되고 베르나르 케이잔이 영화로도 만듦.
      해리 매슈스의 소설 『아프가니스탄의 녹색 겨자 밭Les
      Verts Champs de moutarde de l'Afganistan』 번역, 출간. 플로베르의
      작업을 다룬 케이잔 감독의 영화 〈귀스타브 플로베르Gustave
      Flaubert〉의 텍스트를 씀. 파리의 린네가에 정착, 본격적으로
      『인생사용법La Vie mode d'emploi』 집필에 몰두함.

1975 픽션과 논픽션을 결합한 자서전 『W 또는 유년의 기억』
      출간. 잡지 『코즈 코뮌』에 「파리의 어느 장소에 대한
      완벽한 묘사 시도Tentative d'épuisement d'un lieu parisien」 게재, 이후
      이 글은 소책자로 82년 출간됨. 6월부터 여성 시네아스트
      카트린 비네Catherine Binet와 교제 시작. 이후 비네는 페렉과
      동거하며 그의 임종까지 함께함.

1976 화가 다도Dado가 흑백 삽화를 그린 시집 『알파벳Alphabets』
　　　출간. 크리스틴 리핀스카Christine Lipinska의 17개의 사진과
　　　더불어 17개의 시가 실린 『종결La Clôture』을 비매품 100부
　　　한정판으로 제작함. 레몽 크노의 『혹독한 겨울Un rude
　　　hiver』에 소개글을 실음. 파리 16구에서 보냈던 유년기와
　　　청소년기의 방황을 추적하는 단편 기록영화 〈배회의
　　　장소들〉 촬영. 주간지 『르 푸앵Le Point』에 『십자말풀이Les
　　　Mots Croisés』 연재 시작. 페렉이 시나리오를 쓴 케이잔 감독의
　　　영화 〈타자의 시선L'œil de l'autre〉이 소개됨.

1977 「계략의 장소들Les lieux d'une ruse」(이후 『생각하기/
　　　분류하기』에 포함됨)을 집필함.

1978 에세이 『나는 기억한다Je me souviens』 출간. 9월 레몽 크노에게
　　　헌정한 장편소설 『인생사용법』 출간. 이 작품으로 프랑스
　　　대표 문학상 중 하나인 메디치상을 수상하고 아셰트
　　　출판사의 집필지원금을 받아 전업작가가 됨.

1979 아셰트에서 발간된 비매품 소책자 『세종Saisons』에 처음으로
　　　「겨울 여행Le Voyage d'hiver」 발표. 이후 1993년 단행본으로
　　　쇠유에서 출간. 『어느 미술애호가의 방Un Cabinet d'amateur』
　　　출간. 크로스워드 퍼즐 문제를 엮은 『십자말풀이』가
　　　출간되고, 이 1권에는 어휘 배열의 기술과 방법에 대한
　　　저자의 의견이 선행되어 실려 있음. 86년 2권 출간. 로베르
　　　보베르와 함께 미국을 여행하면서, 20세기 초 미국에
　　　건너온 유대인 이민자들의 삶을 다룬 기록영화 〈엘리스
　　　아일랜드 이야기. 방랑과 희망의 역사Récits d'Ellis Island. Histoires
　　　d'errance et d'espoir〉 제작. 이 영화 1부의 대본과 내레이션, 2부의
　　　이민자들 인터뷰를 페렉이 맡음. 알랭 코르노 감독의 〈세리
　　　누아르Série noire〉(원작은 짐 톰슨Jim Thompson의 소설 『여자의
　　　지옥A Hell of a Woman』)를 각색함.

1980　영화의 1부에 해당하는 에세이 『엘리스 아일랜드 이야기. 방랑과 희망의 역사』 출간. 시집 『종결, 그리고 다른 시들 *La Clôture et autres poèmes*』 출간.

1981　시집 『영원 *L'Éternité*』과 희곡집 『연극 I *Théâtre I*』 출간. 해리 매슈스의 소설 『오드라데크 경기장의 붕괴 *Le Naufrage du stade Odradek*』 번역, 출간. 로베르 보베르의 영화 〈개막식 *Inauguration*〉의 대본을 씀. 카트린 비네의 영화 〈돌랭장 드 그라츠 백작부인의 장난 *Les Jeux de la comtesse Dolingen de Gratz*〉 공동 제작. 이 영화는 81년 베니스 영화제에 초청되며, 같은 해 플로리다 영화비평가협회 FFCC 상을 수상. 화가 쿠치 화이트 Cuchi White가 그림을 그리고 페렉이 글을 쓴 『눈먼 시선 *L'Œiloébloui*』 출간. 호주 퀸스대학교의 초청으로 호주를 방문해 약 두 달간 체류. 그해 12월 기관지암 발병.

1982　잡지 『르 장르 위맹 *Le Genre humain*』 2호에 생전에 발표한 마지막 원고 「생각하기/분류하기」가 실림. 이 책은 사후 3년 뒤인 85년 출간. 3월 3일 파리 근교 이브리 병원에서 마흔여섯번째 생일을 나흘 앞두고 기관지암으로 사망. 유언에 따라 파리의 페르라셰즈 묘지에서 화장함. 미완성 소설 『53일 *Cinquante-trois Jours*』을 남김. 카트린 비네의 영화 〈눈속임 *Trompe l'œil*〉에서 쿠치의 사진과 미셸 뷔토르의 시 「멍한 시선」과 더불어 페렉의 산문 「눈부신 시선」과 시 「눈속임」이 대본으로 쓰임.

  ＊　1982년 발견된 2817번 소행성에 '조르주 페렉'이라는 이름이 붙었으며 94년 파리 20구에 '조르주 페렉 가'가 조성되었다.

337

주요 저술 목록

저서(초판)

『사물들』
Les Choses
Paris: Julliard, collection "Les Lettres Nouvelles," 1965, 96p.

『마당 구석의 어떤 크롬 도금 자전거를 말하는 거니?』
Quel petit vélo à guidon chromé au fond de la cour?
Paris: Denoël, collection "Les Lettres Nouvelles," 1966, 104p.

『잠자는 남자』
Un homme qui dort
Paris: Denoël, collection "Les Lettres Nouvelles," 1967, 163p.

『임금 인상을 요청하기 위해 과장에게 접근하는 기술과 방법』
L'art et la manière d'aborder son chef de service pour lui demander une augmentation
L'Enseignement programmé, décembre, 1968, n° 4, p.45~66

『실종』
La Disparition
Paris: Denoël, collection "Les Lettres Nouvelles," 1969, 319p.

『돌아온 사람들』
Les Revenentes
Paris: Julliard, collection "Idée fixe," 1972, 127p.

338

『어렴풋한 부티크』
La Boutique obscure
Paris: Denoël-Gonthier, collection "Cause commune," 1973, non
paginé, postface de Roger Bastide.

『공간의 종류들』
Espèces d'espaces
Paris: Galilée, collection "L'Espace critique," 1974, 128p.

『파리의 어느 장소에 대한 완벽한 묘사 시도』
Tentative d'épuisement d'un lieu parisien
Le Pourrissement des sociétés, Cause commune, 1975/1, Paris: 10/18
(n° 936), 1975, p.59~108. Réédition en plaquette, Christian
Bourgois Éditeur, 1982, 60p.

『W 또는 유년의 기억』
W ou le souvenir d'enfance
Paris: Denoël, collection "Les Lettres Nouvelles," 1975, 220p.

『알파벳』
Alphabets
Paris: Galilée, 1976, illustrations de Dado en noir et blanc, 188p.

『나는 기억한다: 공동의 사물들 I』
Je me souviens. Les choses communes I
Paris: Hachette, collection "P.O.L.," 1978, 152p.

『십자말풀이』
Les Mots croisés
Paris: Mazarine, 1979, avant-propos 15p., le reste non paginé.

『인생사용법』
La Vie mode d'emploi
Paris: Hachette, collection "P.O.L.," 1978, 700p.

『어느 미술애호가의 방』
Un Cabinet d'amateur, histoire d'un tableau
Paris: Balland, collection "L'instant romanesque," 1979, 90p.

『종결, 그리고 다른 시들』
La Clôture et autres poèmes
Paris: Hachette, collection "P.O.L.," 1980, 93p.

『영원』
　　L'Éternité
　　Paris: Orange Export LTD, 1981.

『연극 I』
　　Théâtre I, La Poche Parmentier précédé de L'Augmentation
　　Paris: Hachette, collection "P.O.L.," 1981, 133p.

『생각하기 / 분류하기』
　　Penser/Classer
　　Paris: Hachette, collection "Textes du 20 siècle," 1985, 185p.

『십자말풀이 II』
　　Les Mots croisés II
　　Paris: P.O.L. et Mazarine, 1986. avant-propos 23p., le reste non
　　paginé.

『53일』
　　Cinquante-trois Jours
　　Texte édité par Harry Mathews et Jacques Roubaud, Paris: P.O.L.,
　　1989, 335p.

『일상 하위의 것』
　　L'infra-ordinaire
　　Paris: Seuil, collection "La librairie du 20 siècle," 1989, 128p.

『기원』
　　Vœux
　　Paris: Seuil, collection "La librairie du 20 siècle," 1989, 191p.

『나는 태어났다』
　　Je suis né
　　Paris: Seuil, collection "La librairie du 20 siècle," 1990, 120p.

『L 소프라노 성악가, 그리고 다른 과학적 글들』
　　Cantatrix sopranica L. et autres écrits scientifiques
　　Paris: Seuil, collection "La librairie du 20 siècle," 1991, 123p.

『총전선. 60년대의 모험』
　　L. G. Une aventure des années soixante
　　Recueil de textes avec une préface de Claude Burgelin, Paris: Seuil,
　　collection "La librairie du 20 siècle," 1992, 180p.

『인생사용법 작업 노트』
> *Cahier des charges de La vie mode d'emploi*
> Edition en facsimiél, transcription et présentation de Hans Hartke,
> Bernard Magné et Jacques Neefs, Paris: CNRS/Zulma, 1993.

『겨울 여행』
> *Le Voyage d'hiver*
> Paris: Seuil, collection "La librairie du 20 siècle," 1993.

『아름다운 실재, 아름다운 부재』
> *Beaux présents belles absentes*
> Paris: Seuil, 1994.

『엘리스 아일랜드』
> *Ellis Island*
> Paris: P.O.L., 1995.

『페렉 / 리나시옹』
> *Perec/rinations*
> Paris: Zulma, 1997.

공저

『오묘한 바둑기술 발견을 위한 소고』, 피에르 뤼송, 자크 루보와 공저
> *Petit traité invitant à la découverte de l'art subtil du go*
> Paris: Christian Bourgois, 1969, 152p.

『잠재문학. 창조, 재창조, 오락』, 울리포
> *La Littérature potentielle. Créations, Re-créations, Récréations*
> Paris: Gallimard/Idées, nº 289, 1973, 308p.

『엘리스 아일랜드 이야기. 방랑과 희망의 역사』, 로베르 보베르와 공저
> *Récit d'Ellis Island. Histoires d'errance et d'espoir*
> Paris: Sorbier/INA, 1980, 149p.

『눈먼 시선』, 쿠치 화이트와 공저
> *L'Œil ébloui*
> Paris: Chêne/Hachette, 1981.

『잠재문학의 지형도』, 울리포
> *Atlas de littérature potentielle*
> Paris: Gallimard/Idées, nº 439, 1981, 432p.

주요 저술 목록

341

『울리포 총서』
  La Bibliothèque oulipienne
  Paris: Ramsay, 1987.

『사제관과 프롤레타리아. PALF보고서』, 마르셀 베나부와 공저
  Presbytère et Prolétaires. Le dossier PALF
  Cahiers Georges Perec no 3, Paris: Limon, 1989, 118p.

『파브리치오 클레리치를 위한 사천여 편의 산문시들』,
  파브리치오 클레리치와 공저
  Un petit peu plus de quatre mille poèmes en prose pour Fabrizio Clerici
  Paris: Les Impressions Nouvelles, 1996.

역서

해리 매슈스, 『아프가니스탄의 녹색 겨자 밭』
  Les verts champs de moutarde de l'Afganistan
  Paris: Denoël, collection "Les Lettres Nouvelles," 1974, 188p.

—, 『오드라데크 경기장의 붕괴』
  Le Naufrage du stade Odradek
  Paris: Hachette, collection "P.O.L.," 1981, 343p.

조재룡

작품 해설   꿈의 필사, 어렴풋한 기억의 미로

—조르주 페렉『어렴풋한 부티크』의
한국어 번역에 부쳐

『어렴풋한 부티크』는 조르주 페렉이 1968년 5월부터 1972년 8월까지 꾸었던 꿈 124개를 필사해 각각 번호를 매기고 연도와 월별로 모은 책이며, 1973년 드노엘출판사에서 출간되었다. 연대기순으로 자신의 꿈을 기록한『어렴풋한 부티크』를 출간하기 전까지, 페렉은 실존적 물음을 끈덕지게 비끄러매며 반수면 상태의 '너'가 기술한 이인칭 소설『잠자는 남자』(1967)와 프랑스어에서 가장 많이 사용되는 알파벳 'e'를 단 한 차례도 사용하지 않고 장편의 추리 이야기를 만들어낸 '리포그람' 소설『실종』(1969), 그리고 사라졌던 이 알파벳 'e'를 모든 낱말을 구성하는 단 하나의 모음으로 사용한 소설『돌아온 사람들』(1972)을 출간한 상태였으며, 사실과 허구, 그러니까 자전과 소설을 챕터마다 번갈아 병치하며 전개한『W 또는 유년의 기억』의 출간을 준비하면서, 백지 위로 숱한 메모를 남기고 있었다. 또한 1967년부터 '잠재문학작업실' 울리포에 가입하여 공동 작업을 진행하기 시작했다는 사실을 염두에 둔다면, 페렉이『어렴풋한 부티크』를 집필하던 시기는 언어의 속박과 속박 고유의 규칙에 충실한 '제약contrainte'의 글쓰기를 통해 실험적인 작품들을 선보이기 시작한 때와도 다소 맞물려 있다고 하겠다.

343

*

『어렴풋한 부티크』는, 필리프 르죈이 지적하였듯, 책으로 출간할 별도의 계획 없이("책으로 출간할 생각 없이 시작된, 진행중인 실천"[1]), 몇 년간 써왔던 조각-메모 글을 하나로 그러모은 자전적 기록이자 몽환적 이야기이며, 노트에 하루하루의 일상을 적듯이 꿈을 기록한 '분류-텍스트'의 소산이다. 1979년 발표한 「꿈꾸는 자로서의 내 경험」이라는 글에서 페렉은 이렇게 말한다.

> 나는 몇 년 동안 내가 꾸어왔던 꿈들을 메모했다. 이 글쓰기 활동은 처음에는 산발적이었으며, 그런 다음 점점 확산되었다: 나는, 1968년에는 다섯 개의 꿈을, 1969년에는 일곱 개를, 1970년에는 스무 개를, 1971년에는 예순 개의 꿈을 필사했다![2]

이 '분류-텍스트'는 꿈의 표현 방식을 대상으로 삼는다. "모든 것을 적어두지 않으면 달아나버리는 이 삶에서 아무것도 붙잡을 수 없다는 듯", 온갖 경험을 문학적으로 '처리'할 수 있다고 믿으면서, 또한 "인생의 매년, 매달, 매일을 온통 분류하면서 채울 수도 있으리라"라는 생각에 "하루종일 분류하고 또 분류"[3]하는 작업을 감행해온 페렉은, 꿈에 관해서도 이 기록과 분류라는 동일한 일을 진행하였다.

> 벌써 오래된 일이지만 꿈에 대해서도 똑같은 짓을 일삼았다. 분석 치료를 받기 훨씬 전, 항상 가지고 다니던 검은색 노트에 내가 꾼 꿈을 적으려고 밤마다 일어나기 시작했던 것이다. 나는 이 일에 아주 빨리 익숙해져서, 꿈을 꾸고 나면 제목까지 달린 글 하나가 내 손안에 들어왔다. 이런 건

344

조하고 비밀스러운 서술을 나는 여전히 좋아한다. 그런 서술에서 내 이야기는 무수히 많은 프리즘을 통해 반사되어 내게 이른다.[4]

꿈의 표현 방식을 찾는 행위를 페렉은 꿈을 옮겨적기, 즉 '필사transcription'라고 불렀다. 그러니까 꿈, 자신이 직접 꾼 꿈을 '그대로' 글로 받아적는 작업을 감행했다는 것이다. 꿈을 '직접-즉각' 기술하는 글쓰기는 가능한가? 꿈과 글쓰기 사이에는 늘 불안정한 관계가 존재해왔다. 불안정한 이 관계를 감지한 것은 우선은 초현실주의였다. "사고의 실제 작용을, 때로는 구두로, 때로는 필기로, 때로는 여타의 모든 수단으로 표현하기를 꾀할 방법"인 초현실주의가 "이성이 행사하는 모든 통제가 부재하는 가운데"[5] 실행한 글쓰기, 가령 '자동기술법'에 의지해 기술한 결과물은, 실제로는 부단한 교정 작업을 거쳐야 겨우 알아볼 수 있을 뿐이었다. 꿈이나 꿈의 상태에서만 열리는 무의식의 세계를 붙잡아 펜으로 기록하거나 붓을 들어 그림으로 표현하는 일은 자주 착수되었지만, 초현실주의의 이런 시도가 항상 성공을 거두었던 것은 아니다. 상황은 오히려 반대였다고 해도 좋겠는데, 멤버 중 가장 손쉽게 최면 상태로 진입할 수 있는 시인으로 알려진 로베르 데스노스의 작품조차 결국에는 교정과 별도의 해석 없이는 알아볼 수 없는 낙서 같은 메모에 불과했다고 볼 수밖에 없었다. 잠에서 갓 깨어나 몽롱한 상태에서 자신이 꾼 꿈을 기록하는 작업은, '수면-잠'의 불안정한 기억들, 그러니까 흩어져 있는 파편들이 응축되어 형성된 이미지를 아주 짧은 순간에, 다시 말해 이 이미지들이 현실-의식의 세계에서 휘발되기 직전의 상태를 어느 정도 (멀쩡한 상태에서) 유지해야만 가능했기 때문이다.

한편, 꿈과 글쓰기의 이 불안한 관계를 실제로 실험한 사람은 프로이트였다. 프로이트는 무의식에 주의를 집중하고 무의식에 귀

345

기울일 줄 아는 자들, 의식적인 정신으로 무의식을 억압하는 대신 무의식의 잠재성에 예술적 표현을 부여할 줄 아는 소설가/시인에게 찬사를 보내면서도 "꿈의 표현 수단이 주로 시각적 이미지이지 낱말들이 아니라는 점을 반영하면, 꿈을 언어보다 문자 체계에 비교하는 것이 더 적절하다"라고 언급하면서, 꿈은 글쓰기-기록의 형태가 아니라, 오로지 해독을 통해서만 그 응축과 전이의 양태를 파악할 수 있는 "이집트의 상형문자나 암호의 모습"[6]으로만 주어진다고 덧붙인다. 꿈은 이처럼 오로지 '잘린 이미지'로 표상될 뿐이다. 페렉은 자신의 꿈이 기록되는 순간 왜곡되는 동시에 자신도 왜곡될 것이라는 사실을 알고 있음에도, 꿈을 그대로 옮겨적었노라고 말한다. 이러한 작업은 자신이 꾼 꿈을 실제로 기록할 수 있다는 믿음을 바탕으로 진행되었을 것이다. 그러나 이 작업이 손쉽게 진행되기는 어려웠을 것이다.

> 그렇지만 결국 그런 꿈들이 꿈으로써 체험된 것이 아니라 글로써 꿈꾸어진 것임을, 꿈이 확실한 방법이 될 수 있다고 믿었지만 사실은 매번 나 자신을 점점 알아볼 수 없게 만드는 가시밭길임을 받아들이게 되었다.[7]

『어렴풋한 부티크』에 모아놓은 꿈의 필사는 1971년 5월부터 1975년 6월까지 장베르트랑 퐁탈리스의 상담실에서 자기 자신을 대상으로 삼아 진행한 고백에 토대를 두고 수행한 분석에서 직접 유래했다.[8] 페렉은 "검은색 노트에 내가 꾼 꿈을 적으려고 밤마다 일어나" 기록에 매진했을 뿐만 아니라, 퐁탈리스와의 정신분석이 진행되는 동안 자신이 꾸었던 꿈을 이 분석가에게 들려주기도 하였다. 그러나 퐁탈리스의 분석은 페렉에게 갈등을 일으켰다.[9] 퐁탈리스는 페렉이 카우치에 누워 자신에게 말로 털어놓은 이 꿈이, '진짜 꿈'이 아니며 오로지 "말하기 위해 꾸어진 꿈"이라는 결론을 내린다. "당장에는 꿈을 꾼 것처럼 보이지만, 결국 그것을 말하기 위해 꾸어진 꿈"이라고 지적하면서, 그는 이러한 페렉을 "꿈을 만들어내는 자"로 부르고 "(꿈을 꾸는 것이 아니라) 꿈들을 생산하는 비상한 기계"[10]라고 정의한다. 이 꿈들이 자신에게 "이야기해주기"를, "설명해주기"를, 심지어 "변화시켜줄 것조차 기대"하고 있었던 페렉은 그러나 자신의 "이야기들이 지나치게 공들여 포장되어 있었고, 지나치게 정중했으며, 지나치게 깔끔했고, 낯설음 속에서조차 지나치게 명확했기 때문"[11]에 정신분석가가 크게 신경을 쓰지 않았다고 판단하였으며, 자신의 꿈을 출간하여, 고백했던 이 꿈들을 이 분석가에게서 도로 가져오기로 결심한다.

> 모든 사람이 꿈을 꾼다. 어떤 이들은 그 꿈을 기억하고, 이보다 적은 이들이 꿈을 이야기하며, 고작 몇 사람만이 꿈을 옮겨적는다. 그렇긴 하지만, 오로지 꿈을 왜곡할 뿐이라는 (그리고 분명 우리 자신도 이와 동시에 왜곡될 것이라는) 사실을 아는데도, 우리는 왜 그것을 옮겨적는 것일까?

> 나는 내가 꾼 꿈들을 기록할 수 있다고 생각해왔다: 나는, 아주 재빨리, 이미 내가 오로지 내 꿈들을 적기 위해서만 꿈을 꾸어왔다는 사실을 깨달았다.
>
> (『어렴풋한 부티크』, 「서문」)

페렉이 "꿈들이 꿈으로써 체험된 것이 아니라 글로써 꿈꾸어진 것" "지나치게 꾸어진, 지나치게 다시 읽힌, 지나치게 쓰인 이 꿈들을, 텍스트들"이라고 말하는 것도 이러한 까닭이다. 페렉은 "제목도 날짜도 절대 누락하지 않은 지나치게 공들인 문장들"도 "정확히 연결된 글"도 아니며 "상징들의 드러냄도, 의미의 폭발도, 진리의 조명도" 아닌, 이 "더듬거리는 말, 오랫동안 손질한 낱말들"과 "말들의 배치에서 오는 현기증, 저절로 만들어지는 것 같았던 글에서 비롯된 매혹"12을 오히려 "꿈의 계략"이라고 불렀으며,13 '계략'은 "사선斜線. 일탈. 우회"와 마찬가지로 "조르주 페렉이 자기 기억과 자신의 자전적 글들을 말할 때 사용하는 부류의 단어들"14 중 하나였다.

> 계략은 교묘하게 피해가는 것이다. 그렇다면 계략은 어떻게 피해갈 수 있을까? 이는 함정 같은 질문이고, 글texte이 되기 전, 어쩔 수 없이 글을 쓰게 되는 순간을 매번 늦추려고 던지는 구실prétexte과 같은 질문이다. 내가 적어두었던 모든 단어는 지표가 아닌 우회였고, 공상의 나래를 펼 소재였다. 4년 동안 정신분석을 받는 긴 의자에 누워 천장의 쇠시리와 갈라진 틈을 쳐다보면서 공상에 잠겼듯이, 열다섯 달 동안 나는 구불구불한 단어들을 가지고 공상에 잠겼다.15

페렉은 『어렴풋한 부티크』를 일종의 '자가-분석'이라고 특징짓는가 하면,16 물랭 당데에서 함께 살았던 연인, 쉬잔 리핑스카와의 이별 전후에 대한 '완전히 감추어진' 방식의 이야기에서 『어렴풋한 부티크』가 착수되었노라고 말한다.17 작품에서 'Z.'로 표기된 리핑스카('Z.'는 리핑스카의 약어인 동시에 꿈에서 "채찍 자국, 칼에 베인 상처, 흉터"(91「몽둥이 스물다섯 대」)의 의미를 지닌다)는 헤어지기 전부터 헤어진 이후 얼마간까지, 『어렴풋한 부티크』가 시작하는 시기에서 마무리될 때까지, 아내였던 폴레트 페트라를 제외하고, 작품에서 가장 많이 등장한다.18 이렇게 착수된 꿈 이야기는 '꿈꾸는 자의 자서전'이 된다.

처음에, 오히려 이런 혼란스러운 방식의 경험에서, 내가 무엇을 기대할 수 있다고 믿었는지 나는 더이상 잘 알지 못하며, 내게는 이 경험이 얼마 전에 이미 착수한 바 있는 에두른 자서전 계획에 포함되는 것으로 보였는데, 이 계획에서 나는 일인칭 단수로 이야기하는 것이 아니라, 주제별로 구성된 기억들을 통해 나만의 이야기를 명확하게 해보려고 시도했다: 예를 들어, 내가 살았던 장소들에 대한 기억들과 변화한 모습들, 내가 잠을 잤던 방들의 열거, 내 책상 위에 있거나 한때 있었던 물건들 이야기, 내 고양이들과 그 새끼들 이야기 등, 내 꿈 이야기들이 당시에 내가 밤의 자서전이라고 불렀었던 무언가를, 인접하고 단편적인 이 자서전 곁에서 구성할 수 있기라도 했었던 것처럼 말이다.[19]

실명을 그대로 표기한 인물들과 약어로 표시되거나 이름만 명기된 인물들은 앞서 언급했던 쉬잔 리핑스카나 폴레트 페트라 외에도 제사에 인용된 '누레딘 메크리'를 필두로 텍스트 전반에 '감추어진 채' 등장하며, 이는 이 꿈이 일정 부분 자전적인 이야기에 토대를 두고 구성되었다는 사실을 말해준다. 서로 인접하지만 파편적인 이야기들로 구성된 이 자서전에는 우선 일상적이고 지극히 평범한 꿈이 등장한다. "어떤 의사에게 나는 내 축농증에 관해 오랫동안 말해왔다"(9「축농증」)나 "나는 P.와 함께 어느 백화점의 '하이파이 제품' 코너를 지나고 있다. 혹시 기기들 중 하나가 눈에 띌 만큼 특이한 형태인가?"(44「하이파이」)처럼, 의사에게 병을 오래전부터 말해왔다는 단 한 줄로 기술된 경험이 전부이거나, 친구와 함께 쇼핑했고 거기서 보았던 가전제품이 어땠지 자문하는, 간략한 두 줄짜리 메모로 이루어지기도 한다.

페렉이 "주제별로 구성된 기억들을 통해 나만의 이야기를 명확하게 해보려고 시도"했다고 언급한 "내가 살았던 장소들에 대한 기억들과 변화한 모습들"을 살펴보자. 꿈에 나타난 장소에 대한 추억이나 장소의 변화는, 가령, 그르노블에서 파리로 돌아온 후 학창 시절을 시작했던, "열 살에서 스무 살 사이 내가 살았던 집"과 "몰리에르고등학교"가 있는 파리 16구의 '아송시옹가'(119 「아송시옹가」)와 그 일대(12 「바둑」, 48 「건전지 알람 시계」, 72 「카니발」, 73 「P.가 노래한다」, 75 「화가들」, 124 「밀고」), 폴레트 페트라와 함께 1960년 봄 정착해서 1966년 바크가로 이사할 때까지 살았던 '카트르파주가'(15 「카트르파주가」, 24 「고양이들」)나 이 카트르파주가의 변화한 모습(13 「호텔」, 58 「눈」), "보수공사중인 건물의 안뜰"로 들어가 발견하게 된 '마비용' 주변의 당시 변화한 풍경들(76 「보수공사」), "철거중인 동네"로 "잔해란 잔해를 전부 전시해둔 거대한 광장"처럼 변한 '다뤼가'(81 「개를 데리고 있는 남자」)나 "꼭대기에 선술집이 하나 있다는" '불랭빌리에가'와 "영화관 '르 라늘라그'가 있던 자리에 선술집 하나가 분명히 있다"는 사실을 기억에서 불러낸 '데비뉴가'(85 「여러 공과 여러 마스크」) 등을 통해 등장한다.

"내가 잠을 잤던 방들의 열거"는, 예를 들어, 호텔에서 실수로 숙박하게 된 스위트룸(13 「호텔」), "P.와 이웃 여자가 공동으로 소유"하고 있다는 사실을 깨닫게 된 '아파트의 첫번째 방'(15 「카트르파주가」), "비닐 커버에 싸인 스펀지 큐브들로 덮"인 침대가 놓여 있는, 현재는 수리중인 '내 방'(26 「S자 형태의 바」), 슬그머니 들어와 귀에 대고 속삭이는 여자가 등장하는 방(50 「침입자」), 잠에서 깨어나니 시녀들이 가득하더라는 비현실적인 꿈을 꾸고 있는 방(67 「도둑맞은 편지」), 조카딸과 함께 살고 있는 하나뿐인 넓은 방(81 「개를 데리고 있는 남자」) 등 작품에서 숱하게 등장하는 아파트나 집, 욕조나 주방처럼, 실내 공간, 호텔이나 여행지 숙박지 등에서의 경험을 통해 나타난다. "내 고양이들과 그 새끼들 이야기" 역시, 문을 열자 달아나는 "집 고양이 세 마리"(15「카트르파주가」), 한 번도 소유한 적이 없음에도 집에서 발견하게 된 고양이 "세 마리"(24「고양이들」), 마침내 키우기로 결심하게 된 고양이(70「왕복」)나 내가 만져보고 냄새를 맡아보는 고양이들(101「무질서」), 여행을 다녀와서 다시 본 고양이 세 마리(114「퍼즐」), 먹이도 주고 분변 통도 갈아줘야 하는 고양이(122「결혼식」) 등이 "인접하고 단편적인 이 자서전" 속에 간헐적이며 파편적인 에피소드처럼 삽입된다.

*

한편으로 『어렴풋한 부티크』는 초현실주의자들이 무의식의 받아쓰기를 감행한 것과 같이, 꿈의 표현을 찾아나서면서, 돌발적이며 놀라운, 기이한 반전을 품은 '몽환적인 글쓰기'를 실험한다. 『어렴풋한 부티크』를 통해 페렉은 친숙한 꿈이라는 기본 재료들을 글로 기록하여 분석하겠다는 애당초의 목표가 꿈의 형식이 제공하는 온갖 종류의 다양성을 체계적으로 탐색하는 것으로 바뀐 결과물을 보여준다.

> 크게 벌어진 내 입은 거대하다. 나는 몽땅 썩었다는 걸 거의 구체적이라 할 만큼 느낀다.
> 내 입은 너무 크고 치과의사는 너무 작아서 그녀가 내 입안에 제 머리를 통째로 집어넣을 것 같은 느낌을 받을 정도다. (5「치과의사」)

> 열차 칸은 길고 또 좁다. 거의 비어 있다. 차량 맞은편에는, 여자 하나뿐이다, 엄청나게 키가 크다, 그녀는 좌석 여러 개에 걸쳐 누워 있다, 비스듬히가 아니라, 차량 길이

에 맞춰서, 그녀의 발은 어림잡아 내 키에 이르고 또한 그녀의 머리는 거의 열차 칸 저 끝에 이른다. (8 「지하철 안에서」)

객실은 아주 높은 층에 있다. 우리는 걸어서 올라간다. 비좁은 입구에 조형 램프가 하나 있다, 이 램프의 받침대는 머리가 없는, 벌거벗은 여인을 재현해놓았으며, 여인은 제 몸통을 칭칭 감고 있는 보아뱀을 두 팔로 끌어안고 있거나 혹은 조르고 있다. 여인과 뱀은 나무로 되어 있지만 너무 완벽하게 모방해놓아서 살아 있는 것이라고 잠시 믿을 수 있을 정도다. (13 「호텔」)

대형 여객선은, 길쭉한 직사각형의 객실들(늘어선 관棺들과 조금 비슷한)로 가득하다, 객실들은 평행선으로 늘어서 있고, 그중 일부의 뚜껑이 끽끽 소리를 낸다(그러면 "관"이 빈다), 반면에 다른 뚜껑들은 굳게 닫혀 있다. 뚜껑은 버스비 버클리의 발레단을, 아니면 알퐁스 알레가 캐스터네츠 연주를 배울 때 사용했다는 홍합 껍데기를 닮았다. 우리는 얼마 가지 않아 깨닫는다, 그것이 바로 승무원 선실이라는 것을, 그다음에는, 그것이 봉인된(나일론 봉투에, 진공 포장된) 빵이라는 사실도.

3
빵의 석방을 위한 대대적인 캠페인.
동료 한 명(H. M.)과 함께, 우리는 아스테어-켈리와 아주 비슷한 듀엣 연기를 하고 있다, 이런 노래를 부르면서:
빵을 가두지 말아야 한다
빵은 자유로워야 한다 (애드리브) (60 「빵의 석방」)

꿈에서 흔히 볼 수 있는 '반전'은 불쑥 솟아난 이미지처럼 재현된다. 치과의사가 오기를 기다린다. 마침내 만나 진료를 받게 되었다. 의사는 이가 "몽땅 썩"어 나를 치료할 수 없다고 말한다. 그러나/그런데도 치료가 시작된다. 모순으로 진입하는 전형적인 꿈의 양상이다. 치료를 받으려고 벌린 입은, 이가 모두 썩었다는 사실, 이 때문에 느끼게 된 부끄러움, 나아가 이가 썩은 정도인 '몽땅'으로 '자유롭게 연상'되면서, 입의 거대한 벌림, 즉 벌림의 최대치가 실현된다. (5「치과의사」) 길고 좁은 열차 칸도 전개 양상은 마찬가지다. 지하철의 칸은 기이하게도 텅 비어 있다. 낯설다. 고작해야 맞은편 차량에 여자 한 명이 보일 뿐이다. 여자는 키가 엄청나게 크다. (열차 칸의) '길고 좁은'에서 도출된 메시지가 여인과 중첩되며 일종의 연상작용이 행해진다. 이렇게 이 여인의 큰 크기는 "차량 길이에 맞춰서" 더욱 늘어난다. 비현실적인 것-이루어질 수 없는 것이 범람하여 이제 현실로 치고 들어온다.(8「지하철 안에서」) 임대할 아파트를 찾는데, 없다. 그래서 한 달 정도 머물 마음으로 어느 호텔에 간다. 여기서는 학회가 열리고 있지만, 내 관심은 다른 곳에 있다. 여자 종업원 세 명이 "신혼부부용 객실"을 나에게 보여주기로 한다. 여자 종업원이라는 설정이 '신혼부부용 객실'이라는 메시지를 불러낸다. 이제 객실로, 그것도 빨리, 가야 한다. 그러나 "객실은 아주 높은 층"에 있으며, 게다가 우리는 계단을 "걸어서 올라간다". 좌절하는, 일종의 지연되는, 전형적인 꿈이다. 아직 도착하지 못한 이 방으로 향하는 복도에는 램프가 있다. 램프의 받침대는 뱀에게 몸이 칭칭 감긴 벌거벗은 여인이며, 여인은 뱀을 두 팔로 조르고 있다. 우리는 복도를 통과해야 방에 갈 수 있다. 이 여인이 받침대로 표상된 것은 욕망의 실현을 억누르는 무게와도 같은 것으로 죄의식이 응축되어 나타났기 때문이다.(13「호텔」) 우리는 해군이다. 대형 여객선에 오른다. 어느 선실로 가야 할지 알지 못한다. 대형 여객선이라는 사실에서,

그리고 해군이라는 사실에서, 전쟁이 연상되고 폭탄이 떨어질지도 모른다는 두려움이 불려나온다. 이야기는 마치 중간중간을 지워낸 문장들이 서로 이접된 것처럼, 공백을 메워 짜맞춰야 하는 퍼즐처럼 기록된다. 대형 여객선을 멀리서 조망하는 큰 장면이 하나 펼쳐지고, 직사각형의 객실이 촘촘히 박혀 있는 것이 보인다. 형태의 유사성에 따라 직사각형이 '관'이라는 메시지를 불러내면, 저 '너머meta'의 이미지들인 직사각형-객실-관이 '이동하고phora' 하나로 연결되어 불안한 조합을 완성한다. 관은 뚜껑을 떠올리게 하고, 뚜껑은 그 모양만으로 어느 연주가가 캐스터네츠로 사용했던 홍합 껍데기를 과거에서 호출한다. 그런데 여기서 반전이 일어나기 시작한다. 자신이 처한 현실로 되돌아오고 마는 전형적인 꿈들이 대개 그렇듯이, 꿈에서 연상은 결코 자연스럽거나 편안하게 전개되지 않기 때문이다. 우리는 승무원 선실로 되돌아와야 한다. 우리는 엄연히 해군이고 또 전쟁의 위험을 직시해야만 하기 때문이다. 그런 우리에게 캐스터네츠 연주나 무용단과 같은 이미지는 죄의식을 불러온다. 그래서 이 선실은 '봉인된 빵'으로 변형된다. 빵이지만, 먹지 못하는 빵, 어지간해서는 찢기지 않는 나일론 봉투로 "봉인"된 빵으로, 죄의식이 응축되고 변형된다. 빵을 먹고자 하는 욕망은 그러나 강하다. 앞서 등장한 연주자라는 메시지가 또다른 연주자를 텍스트 위로 소환한다. 오로지 이 갇힌 빵, 감금된, 밀봉된 이 빵의 해방을 위해서(먹고자 하는 욕망의 실현을 위해), 이들과 우리는 '함께' 노래를 부른다. 〈빵을 가두지 말아야 한다〉라는 낯설고 기괴한 곡은 이렇게 만들어진다. 캠페인에서 노래로, 다시 발레단을 운영하는 동시에 영화감독이기도 했던 첫 인용자 "버스비 버클리"에서 연상된 영화의 한 장면으로 전환되면서, "콧수염이 난 용감한 빵집 주인"이라는 기이한 조합이 탄생한다. "시각적 특징들은 다른 사람의 것을 지니"게 되고, "꿈-형상 자체가 현실에서 두 사람에게 속하는 시각적 특징으

354

로 조합되기도” 하면서, “제2의 인물의 몫이 시각적 특징들 대신 그가 하는 몸짓이나 입에 올리는 말, 처해 있는 상황으로 표현”된 것이다.[20] 꿈에서 표상된 잘린 이미지들은, 프로이트가 “혼합 형성”이라고 말한 자유연상을 통해 이처럼 낯설게 조합된다.(60「빵의 석방」) 페렉은 이러한 글쓰기의 과정을 이렇게 말한다.

반쯤 잠든 상태에서 끄적거린 몇 개의 낱말을 잠에서 깨어나면서 다시 찾아냈으나 아무것도 떠오른 것이 없었던 드문 경우를 제외하고, 손대지 않은 온전한 꿈은, 그것을 필사하려고 내가 시도한 그 순간에, 친숙한 일련의 형상들, 반복적인 일련의 주제들, 놀라울 정도로 정확한 일련의 감정들이 순식간에 연결된 하나의 강렬한 이미지처럼, 세부적인 것 하나나 단어 하나로부터 다시 솟아오르곤 했다. 그때마다 나는 심지어 꿈의 재료였던 것을, 모호하면서도 동시에 집요하고, 보이지 않으면서도 즉각적이며, 빙빙 돌면서도 움직이지 않는 저 무언가를, 공간의 저 미끄러짐, 시각의 저 변화들, 있을 법하지 않은 저 건축물들을, 홀린 듯 수월하게 포착했던 것 같았다.
　　(…) 우리의 밤 이미지들을 세공하고 고안하는 저 “두려운 낯섦” 한복판에, 가혹한 꿈들, 뼈 없는 꿈들, 놀라운 돌발적인 사건들로 가득한, 소설처럼 긴 꿈들, 곧 사라지는 꿈들, 돌이 된 꿈들처럼, 가능한 모든 꿈을 내가 두루 돌아다니게 해주었던, 정확하게는 몽환적인 어떤 수사법의 한복판에, 나는 있었던 것만 같다.[21]

꿈을 받아적으려는 순간, 강렬하게 솟아난 이미지처럼 다시 출현하는 어떤 단어나 자잘한 사항이 작품의 출발점이다. ‘순식간에’, 그러니까 이성적-논리적 매개의 부재 속에서, 친숙한 형상들이나 반복되어온 주제들을 '연결'한 이미지들(프로이트의 표현에 따르면 '잘린 이미지들'), 이 강렬한 이미지들은 이렇게 말에서, 자잘하고 세세한 무언가에서 촉발된다. 그러면서 '꿈의 재료'[22]였던 것들, 다시 말해, "모호하면서도 동시에 집요하고, 보이지 않으면서도 즉각적이며, 빙빙 돌면서도 움직이지 않는 저 무언가"나 "공간의 저 미끄러짐, 시각의 저 변화들, 있을 법하지 않은 저 건축물들"을, 마치 주술에 걸리기라도 한 듯, 손쉽게 포착하게 되었다고 페렉은 말한다. 여기서 페렉은 '두려운 낯설음unheimlich'이라는 프로이트의 개념을 인용한다. "공포감의 한 특이한 변종"으로, "오래전에 알고 있었던 것, 오래전부터 친숙했던 것에서 출발"하는[23] '두려운 낯설음'은, 그러니까 오로지 사적으로만 있어야 할 것이 밖으로 드러났을 때 느껴지는 곤란한 감정이며, 억압되었던 것이 '집heim으로' 되돌아오는 일종의 '폭로un'로, 판타즘phantasm을 실현하며, 경험을 재구성한다. 이와 같은 감정의 한복판에서 페렉은 "가혹한 꿈들, 뼈 없는 꿈들, 놀라운 돌발적인 사건들로 가득한, 소설처럼 긴 꿈들, 곧 사라지는 꿈들, 돌이 된 꿈들"을 몽환적인 말로 표현한다.

> 그는 막 일어나 자리를 뜨려는 참에(이것은 내가 위기를
> 모면했다는 뜻이리라), 나에게 낮은 목소리로 이렇게 말
> 한다:
> ─교미하시오!
> 나는 이해하지 못한다.
> 그는 어느 신문 가장자리 여백에, 속이 빈 커다란 글자로 이
> 단어를 적는다:
> 교미하시오

그러더니 그는 첫 두 글자의 속을 검게 채워 이렇게 다시
적는다:

교미하시오 (16「체포」)

   딸이다. 아이는 디디에르나 드니즈와 같은 무언가로
불린다. 양말과 하얗고 작은 신발을 신은 아이의 다리가 무
척 야위었다. 아이는 나를 보고 아주 못마땅한 표정을 짓
고 있다.

   아이에게 입을 맞추다가, 형성중인 아이 혀의 미세한
부분(아직 완전하게 굳어지지 않은 세포 조직)을 내가 물
어뜯는 일이 발생한다. 나는 아이의 혀 발달에 해가 될까
걱정한다.

   여자아이를 돌보고 있는 건 내 아내가 아니라 오히려
아내의 친구인 어떤 여자다. (19「지폐 다발」)

   거의 모든 사람이 프랑스어로 말하고 있다, 그러나 더
러 미국식 표현이 거기에 섞여들기도 한다. 나는 두 남자와
몇 마디 말을 주고받는다. 그다음에 또다른, 젊은 두 남자
가, 완전히 발가벗은 채로 나타난다. 그들은 계단을 통해 빠
져나간다. 그들 중 한 명의 등에는 동그랗고 바짝 마른 작
은 딱지들이 덮여 있는데 딱지들은 지붕의 슬레이트처럼
엇갈려 포개져 있다. 나는 생각한다(아니면 말한다) "다발
성경화증"이라고, 그런 다음 나는 고친다: "피부경화증"으
로. (36「백화점에서」)

작품 해설

나는 내 아내를 살해했다, 그리고 아주 거칠게, 토막을
내서 성급하게 묶어 종이로 쌌다. 이 토막들은 모두 다루기
가 아주 쉬운 두꺼운 종이 상자 안에 들어 있다.

내게 주어진 유일한 기회는 누군가 그것으로 와인이
나 알코올을 만드는 것이다. (…)

나는 그들에게, 마치 우리가 서로 알고 지내는 사이인
것처럼, 윙크를 보내거나, 그게 아니라면, 시원한 어투로,
이런 말을 뱉어낸다:

—저에게 맛있는 싸구려 고기 50킬로그램이 있습니다!

(77 「외판원」)

군데군데 숭숭 구멍이 나 있는 것 같지만, 꿈의 기록은 논리적인 결
합이 아니라 '공백'을 통해서만 주어지며, 꿈은 결함이 있는 것처럼
제시된 문자들의 조직과 연결을 통해서 재현되거나, 혹은 이미지들
을 얼기설기 연결해놓은 것과 같은 형태로 표출될 뿐만 아니라, 오
로지 틈에 의해 의미를 지니게 되는 텍스트를 출현시킨다. 충동의
활동이나 그 작용, 무의식의 과정들, 명확한 흔적을 남기는 갈등은,
꿈이 통상 그렇듯, '(자유로운) 연상작용'에 의해 실현된다. 나는 일
단 위기를 모면했다. 형사가 나를 쫓는 것 같았지만, 안심하고 이제,
앉아 있던 카페의 자리에서 그만 일어나려고 한다. 그런데 바로 그
순간, 다시 말해 모면하려는 순간, 불현듯 나지막한 소리가 들려온
다. 아니, 들려오는 것만 같다. 그것이 무엇인지 알아채지 못했기 때
문이다. 나의 몰이해에 항의하듯, 그 소리는 조금씩 커진다. 글자가
커지면서, 이내 텅 비어 있던 이 글자의 안이 검게 채워지는 것으로
표현된다. 마침내 이 말, 폭발할 것처럼 검게 부풀어오른 이 말을 이
해한 나는 "극도로 복잡"한 상황에 놓인다. 내가 유지해왔던 방향성
과 균형은 이렇게 해서 단박에 상실된다. 서늘하고도 무서운 감정이

스며든다.(16 「체포」) 나는 곧 태어날 아이의 이름을 생각하며 지내고 있다. 아이의 탄생을 맞이한 나는 갓 태어난 이 아이에게 다가가 입을 맞춘다. 그러다 아직 만들어지지 않은, 아직 완전하게 굳어지지 않은 아이의 혀 일부를 (실수로) 물어뜯는다. (식은땀이 흐른다.) 문득 돌아보니, 내 딸을 돌보고 있는 사람은 아내가 아니라 아내 친구인 여자다. (다시 식은땀이 흐른다.)(19 「지폐 다발」) 꿈속의 사건은 단편적이며, 어느 한 인물의 것이었다가, 돌연 "다른―일반적으로 더 중요한―인물"이 "관계없는 방관자로 그 옆에 등장"하기도 한다.[24] 대낮에 사람들이 북적거리는 백화점이다. 대다수의 사람들은 프랑스어로 말하고 있다. 그런데 간혹 영어 표현을 섞어 쓴 말이 들려온다. (설명할 수 없는 모종의 감정이 촉발된다.) 그러더니 젊은이 둘이 나신으로 내 앞에 나타났다가는 이내 사라져버린다. 그들의 실루엣, 그러니까 이미지가 잔상처럼 내게 남는다. 둘 중 한 명의 등에 슬레이트처럼 엇갈려 붙어 있는 딱지가 보인다. 서늘한 공포를 느끼며 나는 서둘러 딱지의 병명을 찾아낸 다음, 다시 한 번 정확한 말로 고친다. (모면하려 시도한다.) 그러나 나는 이 병명이 정확한지, 이유는 모르겠지만, 알 수 없다. 낯선 불안, 두려운 낯설음이 찾아온다.(36 「백화점에서」) 섬뜩하고도 불안한 이 낯설음은 이처럼, 아내를 살해하여 토막을 낸 다음, 완전범죄를 위해 그 조각들을 "와인이나 알코올"로 만들어서 흔적(증거)을 없앤 다음, "서로 알고 지내는 사이인" 것으로 여겨지나 결국에는 생판 모르는 사람으르 판명된, 음침한 바를 운영하는 모종의 여인에게 그것을 파는 데 성공해야만 하는 강박에 시달리나 좌절하는 꿈(77 「외판원」)이나, 고요하고 화창한 날 아침 갑자기 내가 "다시 어떤 수용소에 있"는 꿈(17 「작대기」), (아내였던) "P."와 "그녀의 친구인 두 여인"과 연달아 섹스한 다음 그곳이 객차 전체에서 우리를 볼 수 있는 일종의 받침대였다는 사실을 내가 문득 깨닫게 되는 꿈(74 「캘리포니아 탐색」) 등에서 나타난다.

무의식의 파편들은, 꿈에서조차 '있는 그대로' '직접' 표현되지 않는다. 무의식은, '전이' '응축' '이전' '삭제' '변형' 없이 그대로 재현되어 백지 위를 활보하지 않으며, 화폭을 물들이지도 않는다. 꿈에서건 예술작품에서건, 무의식은 잘린 이미지들을 얼기설기 연결해놓은 것과 같은 형태로 표출될 뿐이다. 페렉은 오히려 꿈을 '전이' '응축' '이전' '삭제'를 통한 '공백'의 문법을 토대로 필사하는 데 성공한다. 로제 바스티드가 언급하듯, 페렉은 "낱말들을 이용하면서, 시각적 본질에 대한 사유를 좇는 글쓰기를 발명"[25]했다고 할 수 있다.

*

꿈의 이러한 비논리적인 여정과 몽환적 '수사법'은 『어렴풋한 부티크』의 전반에 걸쳐 다양한 형식으로 표출된다. 단편소설처럼 긴 꿈(57 「귀가」는 전부 7쪽, 85 「여러 공과 여러 마스크」는 5쪽에 이른다), 자유시 형태의 꿈(4 「환영」), 제사로만 표현된 꿈(31 「무리」, 56 「정자와 연극」), 푯말의 안내문처럼 재현된 꿈(39 「돌다리」), 꿈속에서 다시 꿈을 연출하는(그렇게 꿈의 층위가 몇 차례 이동하는) 액자 이야기 형태의 꿈(15 「카트르파주가」, 50 「침입자」, 83 「쿠퓌르」, 104 「P.의 꿈 하나: 제3의 인물」, 114 「퍼즐」), 번역 대상 원문이 직접 나타나는 꿈(49 「M/W」), 연극 무대나 공연 현장을 재현한 꿈(25 「연극 두 편」, 108 「연극 공연」), 출간한 적이 있거나 집필중인 자신의 작품이 등장하는 상호텍스트 꿈(『잠자는 남자』―57 「귀가」, 70 「왕복」, 122 「결혼식」; 『실종』―21 「S/Z」, 91 「몽둥이 스물다섯 대」, 95 「시상하부」; 『사물들』―57 「귀가」; 『W 또는 유년의 기억』―37 「석고 세공인」, 45 「탱크」, 46 「눈 속의 강제수용소 혹은 수용소의 겨울 스포츠」, 81 「개를 데리고 있는 남자」), 이미지처럼 솟아나 끄적거린 낱말을 나열하고 이에 대해 부연 설명을 하는 꿈

360

(53「렌쇼 신경세포」), 영화의 촬영 장면들이 나오거나 시나리오가 영화화되는 꿈(14「스키 사냥」, 59「복수의 화신」, 60「빵의 석방」, 63「도시풍의 서부영화」, 99「레지스탕스」, 122「결혼식」) 등, 『어 럼풋한 부티크』는 "이미지들을 세공하고 고안"하여 만들어진 상당 한 폭과 깊이, 다양성을 겸비한 텍스트를 통하여 "꿈들을 생산하는 비상한 기계"의 면모를 유감없이 보여준다.

어떤 컬러 모험영화다; 색채가 아주 흐릿하다, 황갈
색 톤으로 단조롭게 펼쳐지는, 정말 "아메리칸 스타일 영
화"(더글러스 서크의 〈캡틴 라이트풋〉이나 라울 월시의
〈세계를 그의 품안에〉처럼).

촬영은 더블린에서 진행되고 있다, 19세기다.
(41「더블린에서의 사냥」)

어떤 영화다, a) 촬영 과정을 내가 지켜보았거나, b)
한 차례, 내가 시사회에 참여했거나, c) 내가 배우 중 하나
였을 것이다.

숲속 어딘가. 사냥 장면. 우리는 숲 한가운데 있다. 아
마도 눈이 내리고 있었을 것이다.
사냥꾼들이 자기들보다 간발의 차이로 앞서가 포획
할 사냥감을 가로채는 밀렵꾼들에게 악담을 퍼붓고 있다.

시야가 이동한다(파노라마, 측면). 나는 화면 한참 밖
에 있다. (14「스키 사냥」)

기어올라야 한다, 충분히 경 악할 험 지 위 어느 길 하
험 경
나를. M.이 거기로 진입하고 있다. 나는 그녀를 따라가려고
한다, 그러나 그렇게 하지 못한다. 내 모든 의지(그리고 한
편으로 그것은 그 순간에 내가 해보려는 유일한 무엇이기
도 하다)가 소용이 없다: 내 근육들은 솜 같다.

M.의 친구(여자)가 우리에게 도로 내려오라는 신호
를 보낸다; 약간 먼 곳에, 도로가 하나 있다, 직선으로 뻗은,
눈이란 눈은 모조리 치워진.

우리는 랑 근처 어딘가에 있다.
우리가 고개를 하나 넘었던가?
내가 보기에는 그 도로와 우리가 가고 있는 길이 같은
골짜기에 속한 것 같다.
다소 혼란스러운 이 상황이 내게는 칠판에 적혀 있는
것처럼 보인다, 아무개 씨가 가지고 다니며 이렇게 무언가
를 적는

고개가 두 개 있는 것은 아니다
두 고개가 다시 만난다
고개는 오로지 하나뿐이다
고개는 없다
아무것도 없다 (58 「눈」)

있지 않았던가―그랬었나?―내 서류에 "i"로 시작하
는 이런 낱말 세 개가:

Impédance

Inhibition

I?

그전에, 다른 게 있지 않았나? 극장에서? 촌극 세 편?

(68 「"I"로 된 낱말들」)

혁혁한 공을 세운 스포츠 선수에게 보내는 것과 비슷
한 박수갈채.
세 명의 주인공(남편, 아내, 사제)이 가짜로, 참수형
을 당한다, 마치
"오르가ㅣ즘의 신비"에서처럼. (122 「결혼식」)

페렉은 "각별하게 도드라진 꿈의 어떤 요소를 나타"낼 때는 '굵은 표
시'를 해두고, "잊어버렸거나, 혹은 해독할 수 없게 된 대목들"을 표
현할 때는 "크고 작은 여백"을 부여하며, "꿈에서 느낀 그대로의 시
간, 장소, 감정, 기분 등등의 변화"를 반영하기 위해서는 "줄바꿈"을
하는 등, 다양한 기호와 편집 장치를 사용하여 온갖 종류의 형식들
을 실험하면서 꿈의 이미지를 최대한 글로 재현하려 시도한다. 단순
한 시각적 효과에 의존하지 않고, 상이한 장르 고유의 코드를 차용
하여, 문학 형식의 미학을 갱신한다. 가령, 영화 화면이 텍스트 위에
서 실현된다. 색채가 흐리고 단조로운 톤으로 펼쳐지는 카메라 숏이
실현되거나,(41 「더블린에서의 사냥」) 영화 촬영 현장을 직접 지켜
보거나 배우로 출연한 장면이 텍스트로 연출된다.(14 「스키 사냥」)
또 어떤 이미지는 문자의 배열로 담아낸 음성적 교차점에서 네 가
지 독서의 가능성을 선명하게 드러낸다. '충분히 험악할 경지' '충분
히 험악할 험지' '충분히 경악할 경지' '충분히 경악할 험지'가 '오르
고 내려가기'를 반복하며 모종의 이미지처럼 재현된다. 타이포그래

피에 의한 '힘'('f')과 '경'('p')의 교차 쌍에 의해 형성된 두 개의 대각선은, 경사의 기울기를 효과적으로 드러내주는 것이다.(58「눈」) 국립과학연구센터에서 신경생리학 자료조사원으로 일할 때 다루었던 자료들에서 'I'로 시작하는 낱말을 떠올려본다. 'Impédance'와 'Inhibition'이 솟아난다. 이 두 단어는 공히 'I'에서 출발하지만, 부정을 나타내는 접두어 'Im'과 'In'과 연결될 뿐, 어떤 의미도 담지하지 못한다. 무언가의 앞에 붙은 'im'과 'in'은, 무언가의 부정이 대부분이며 무언가의 '아님'이라 할 수 있는 것처럼, 'Impédance'는 회로에 전압이 가해졌을 때 전류의 흐름을 방해하는 값, 즉 전류를 '부정im'하는 무엇이며, 'Inhibition' 역시 심리적 요인에 의한 생리적이거나 정신적 기능의 '제지'나 '억제'로, '노출'이나 '드러냄exhibition'의 반대, 즉 '부정하는in' 무엇이다. "있지 않았던가―그랬었나?"는 이 부정의 접두어로 인해 좌절되며, 의미적-논리적 연관성은 강박처럼 표출되는 이러한 언어의 물질성에 자리를 양보한다.(68 ""I"로 된 낱말들」) 이처럼 『어렴풋한 부티크』에서는 제약을 통한 말놀이처럼 "십자말풀이의 정답들"(66「삼각형」)을 찾아가는 과정이 부단히 펼쳐진다. 이러한 "정다운 불안감을 펼쳐 보이는 기표記票들의 성대한 왈츠"와 "충돌하는 언어들의 덧없는 섬광"[26]은 『어렴풋한 부티크』에서 가능한 꿈의 모든 형태를 드러내준다. 꿈은, 프로이트가 말했듯, "주로 시각적 형상"으로 진행되지만, "청각 형상을 이용"하기도 하며 "언어 표상Wortvorstellung의 잔재"[27]를 통해 표현되기도 한다. 페렉은 이러한 "울리포의 작업"이 『알파벳』『W 또는 어린 시절의 추억』『어렴풋한 부티크』(꿈에 관한 책)처럼 서로 다른 책을 만드는 데 도움"을 주었으며, "때로는 명백하게 드러나고 때로는 아이디어에 지나지 않는" 이 '제약'의 적용을 "텍스트를 통한 주제를 포화시키려는 시도"[28]라고 말한다.

＊

『어렴풋한 부티크』는 "내가 지칠 새도 없이 매번 같은 꿈을 반복해서 꾸기라도 해온 것 같은, 마치 내가 다른 꿈은 절대로 꾸지 않기라도 해온 것 같은" 수용소 꿈(1「키 측정기」)에서 시작하여, "아버지를 나치친위대에 밀고"하여 "나치친위대"가 체포하러 오는 꿈, 마침내 현실로 돌아온 내가 "우리 건물 맞은편에 있는 수도원 벽에 대고 공놀이를 하"는 어린 나의 모습을 꿈에서 보는 글(124「밀고」)로 마감된다. 페렉이『어렴풋한 부티크』에서 감행한 꿈의 여행은 기존의 '수사학'에서는 거의 영향을 받지 않는, 그러니까 전적으로 새로운 글쓰기의 실천으로 이루어진다. 다양한 행위들이 단편소설이나 이야기의 형식, 자유시나 산문시의 형식, 자전의 형태를 취한다. 이 밤과 꿈의 구술은 현대소설이 이제 더는 가지고 있지 않은 '강렬함'을 바탕으로, 온갖 실험을 통해 전개된다. 쇼윈도를 통해 진열된 상품들이 밖에서 어렴풋하게 보이는 이 기억의 '부티크'에서 페렉은 새로운 글쓰기의 형식을 발견하고, 전통적인 표현들이 자신을 의심의 시선으로 바라보는 시대에, 충격적인 밀도로 '꿈'의 언어라는 실험적이고 낯선 새로운 글쓰기 방식을 제안하였다.

1 Philippe Lejeune, *Le Mémoire et l'Oblique, Georges Perec autobiographe*, POL, 1991, p. 18.

2 George Perec, *Mon expérience de rêveur*, in *Le Nouvel Observateur*, n° 741, 22 janvier 1979. 이 글은 '꿈과 텍스트*Le rêve et le texte*'라는 제목으로 『나는 태어났다』(George Perec, *Je suis né*, Seuil, 1990)에 다시 수록되었다. 페이지 표시는 여기에 따른다.

3 조르주 페렉, 『생각하기/분류하기』, 이충훈 옮김, 문학동네, 2015, 59쪽.

4 조르주 페렉, 같은 책, 59~60쪽.

5 앙드레 브르통, 『초현실주의 선언』, 황현산 옮김, 미메시스, 2012, 89~90쪽.

6 Sigmund Freud, *L'enfance de l'art*(traduit par Sarah Kofman), Payot, 1970, p. 47.

7 조르주 페렉, 『생각하기/분류하기』, 앞의 책, 60쪽.

8 Marie Bonnot, La Boutique obscure: *une tentative d'épuisement du récit de rêve?*, in *Relire Perec*, actes du colloque de Cerisy, *La Licorne* n° 122, Presses Universitaires de Rennes, 2016, p. 271.

9 페렉은 정신분석의 결과를 이렇게 표현한다. "내 이야기는 미미한 반향도, 내가 맞설 수 있는 적들이 벌이는 모호한 소란도 얻어내지 못한 채, 아빠 엄마 얘기나 성교 어쩌고 하는 진부한 것으로 포장될 뿐이다. 내 감정, 공포, 욕망, 육체에 대해서는 한마디도 못 듣고, 이미 다 준비된 답변, 누가 하는지도 모르는 시끄러운 소리, 롤러코스터의 흥분만이 돌아오는 것이다." 조르주 페렉, 『생각하기/분류하기』, 앞의 책, 57~58쪽.

10 Jean-Bertrand Pontalis, *Entre le rêve et la douleur*, Gallimard, 1983, p. 234, p. 263. 황윤주, 『시인 페렉 : 조르주 페렉의 논픽션 운문들과 산문들(Perec poète : les vers et les proses non-fictionnelles de Georges Perec)』(박사학위 논문, 파리4대학－푸아티에대학, 2022) 51쪽 재인용.

11 George Perec, *Je suis né, op. cit.*, p. 76.

12 *Ibid.*, p. 77.

13 "꿈의 계략 때문에 신중해졌던 탓인지, 나는 내가 받은 정신분석에 대해서는 전혀, 혹은 거의 아무것도 기록하지 않았다. 정신분석가의 이니셜을 정해놓고 분석 치료가 며칠 몇시에 있는지만 수첩에 기호로 표시했다." 조르주 페렉, 『생각하기/분류하기』, 앞의 책, 60쪽.

14 Phillipe Lejeune, *op. cit.*, quatrième couverture.

15 조르주 페렉, 『생각하기/분류하기』, 앞의 책, 52쪽.

16 *Interview à Nice-Matin(Perec/Giles Dutreix)*, 16 septembre 1973. 이 글은 『인터뷰와 강연*Entretiens et Conférences*』(Joseph K.,

2003, tome I, éd. Dominique Bertelli et Mireille Ribière)에
재수록되었다. 인용은 『인터뷰와 강연(I)』, 137쪽.

17 *Entretien Perec/Ewa Pawlikowska*, 1981, 『인터뷰와 강연*Entretiens
et Conférences*』(Joseph K., 2003, tome II, éd. Dominique Bertelli
et Mireille Ribière)에 재수록되었다. 인용은 『인터뷰와 강연(II)』,
p. 66~67.

18 'Z.'는 2 「게임 타일」, 32 「극장에서의 야회」, 35 「카페에서」, 37 「석고
세공인」, 42 「식사 준비」, 48 「건전지 알람 시계」, 51 「커다란 마당」,
57 「귀가」, 72 「카니발」, 83 「쿠퓌르」, 84 「증언 거부」, 87 「여덟 장면,
아마도 어떤 오페라의」, 91 「몽둥이 스물다섯 대」, 93 「제설차」,
97 「항해자들」, 99 「레지스탕스」, 118 「이중 파티」 등에 등장한다.

19 George Perec, *Je suis né, op. cit.*, p. 75~76.

20 지그문트 프로이트, 『꿈의 해석』, 김인순 옮김, 열린책들, 2003, 382쪽
참조.

21 George Perec, *Je suis né, op. cit.*, p. 77~78.

22 미셸 뷔토르(Michel Butor)는 1975년 거의 동일한 제목으로 다섯
권짜리 연작소설 『꿈들의 재료*Matière de rêves*』(Gallimard)를
출간한다.

23 지그문트 프로이트, 「두려운 낯설음」, 『예술, 문학, 정신분석』, 정장진
옮김, 열린책들, 2003, 406쪽 참조.

24 지그문트 프로이트, 『꿈의 해석』, 앞의 책, 382쪽 참조.

25 Roger Bastide, *Postface*, in George Perec, *La boutique obscure*,
Denoël, 1973.

26 조르주 페렉, 『생각하기/분류하기』, 앞의 책, 57쪽.

27 지그문트 프로이트, 『꿈의 해석』, 앞의 책, 79쪽.

28 George Perec, *Entretiens et Conférences, op. cit.*, p. 163. 황윤주,
『시인 페렉 : 조르주 페렉의 논픽션 운문들과 산문들』, 앞의 글, 53쪽
재인용.

작품 해설

지은이 조르주 페렉Georges Perec

1936년 파리에서 태어났고 노동자계급
거주지에서 어린 시절을 보냈다. 2차대전에서
부모를 잃고 고모 손에서 자랐다. 소르본
대학교에서 역사와 사회학을 공부하던 시절
『라 누벨 르뷔 프랑세즈』등의 문학잡지에
기사와 비평을 기고하면서 글쓰기를 시작했고,
국립과학연구센터의 신경생리학 자료조사원으로
일하며 글쓰기를 병행했다. 1965년 첫 소설
『사물들』로 르노도상을 받고, 1978년
『인생사용법』으로 메디치상을 수상하면서 전업
작가의 길로 들어섰으나, 1982년 45세의 이른
나이에 기관지암으로 작고했다. 길지 않은 생애
동안 『잠자는 남자』『어렴풋한 부티크』『공간의
종류들』『W 또는 유년의 기억』『나는 기억한다』
『어느 미술애호가의 방』『생각하기/분류하기』
『겨울 여행』등 다양한 작품을 남기며 독자적인
문학세계를 구축했으며, 오늘날 20세기 프랑스
문학의 실험정신을 대표하는 작가로 꼽힌다.

옮긴이 조재룡

성균관대학교 불문과를 졸업하고 2002년 프랑스
파리8대학교에서 박사학위를 받았다. 현재
고려대학교 불문과 교수로 재직중이다. 2003년
『비평』지에 평론을 발표하면서 문학평론가로도
활동중이다. 저서로『앙리 메쇼닉과 현대비평:
시학, 번역, 주체』『번역의 유령들』『시는 주사위
놀이를 하지 않는다』『번역하는 문장들』『한
줌의 시』『의미의 자리』『번역과 책의 처소들』
등이 있으며, 역서로 앙리 메쇼닉의『시학을
위하여 1』, 제라르 데송의『시학 입문』, 루시
부라사의『앙리 메쇼닉, 리듬의 시학을 위하여』,
알랭 바디우의『사랑 예찬』『유한과 무한』,
조르주 페렉의『잠자는 남자』, 장 주네의『사형을
언도받은 자/외줄타기 곡예사』, 로베르
데스노스의『알 수 없는 여인에게』, 미셸 포쉐의
『행복의 역사』, 레몽 크노의『떡갈나무와 개』
『문체 연습』, 자크 데리다의『조건 없는 대학』,
마르그리트 뒤라스의『죽음의 병』, 조르주
상드의『그녀와 그』등이 있다. 2015년 시와사상
문학상과 2018년 팔봉비평문학상을 수상했다 .

조르주 페렉 선집 7
어렴풋한 부티크

초판 인쇄	2023년 7월 10일
초판 발행	2023년 7월 31일
지은이	조르주 페렉
옮긴이	조재룡
편집	이봄이랑 박아름 신선영 황문정
디자인	슬기와 민 인진성
저작권	박지영 형소진 최은진 서연주 오서영
마케팅	정민호 한민아 이민경 안남영 김수현 왕지경
	황승현 김혜원 김하연
브랜딩	함유지 함근아 박민재 김희숙 고보미 정승민
	배진성
제작	강신은 김동욱 이순호
제작처	상지사
펴낸곳	(주)문학동네
펴낸이	김소영
출판등록	1993년 10월 22일
	제2003-000045호
주소	10881 경기도 파주시 회동길 210
전자우편	editor@munhak.com
대표전화	031-955-8888
팩스	031-955-8855
문의전화	031-955-1927(마케팅)
	031-955-2646(편집)
문학동네	카페 http://cafe.naver.com/mhdn
	인스타그램 @munhakdongne
	트위터 @munhakdongne
북클럽문학동네	http:// bookclubmunhak.com
ISBN	978-89-546-9256-4 03860